プラムクリークの川辺で

On the Banks of Plum Creek

ローラ・インガルス・ワイルダー

足沢良子＊訳　むかいながまさ＊画

草炎社

プラムクリークの川辺で

ローラ・インガルス・ワイルダー(Laura Ingalls Wilder)は、1867年ウィスコンシン州で、西部開拓者《せいぶかいたくしゃ》のチャールズ・インガルスと妻《つま》キャロラインの次女として生まれました。

少女のころ、カンザスやミネソタの大草原を移動し、12歳のころ、インガルス一家はサウス・ダコタ州の近《きん》郊《こう》の農地に移住しました。15歳の終わりには、教員試《きょういんし》験《けん》に合格《ごうかく》し、16歳になると、開拓小屋の学校で教えるようになりました。

ちょうどこのころ、近くの払い下げ農地に住んでいたアルマンゾ・ワイルダーと出会い、18歳で結婚、農家の主婦《しゅふ》としての生活が始まりました。翌年には、長女ローズが生まれました。

27歳の時に永住《えいじゅう》の地となるミズーリ州へ移り住み、じょじょに豊かな安定した生活を築いていきました。

娘のローズは、前まえからローラに子供時代の思い出を本にするよう勧めていました。ローラは、1929年ついに執筆《しっぴつ》を決意し、1932年に、「大草原の小さな家」シリーズの第1冊目である『大きな森の小さな家』(*Little House in the Big Woods*)を出版しました。出版社側との交渉《こうしょう》は、ローズの役割《やくわり》でした。ローラ・インガルス・ワイルダーはこのあと、シリーズ9冊の作品を残しました。

そして、1957年、90歳で静かに息を引き取りました。

プラムクリークの川辺で

もくじ

訳 ✣ 足沢良子　たるさわよしこ

翻訳家、作家。1927年、東京に生まれる。主な訳書に、「モリーのアルバム」「ハヤ号セイ川をいく」「銀の馬車」「おき去りにされた猫」「床下の古い時計」「はじめての林檎」「大きな森の小さな家」「大草原の小さな家」など多数。主な著書に、「ナイチンゲール」「チャーチル」「バイキングの世界」など。

画 ✣ むかいながまさ

1941年神奈川県鎌倉に生まれる。上智大学卒業後、出版社を経て、画家になる。絵本や挿絵の作品に、「きょうりゅうが学校にやってきた」シリーズ、「キングゆうかい大作戦」「ソルジャー・マム」「イヤー・オブ・ノー・レイン」「15少年漂流記」「大きな森の小さな家」「大草原の小さな家」など、数多くある。

装幀　細野綾子

On the Banks of Plum Creek
by
Laura Ingalls Wilder

1 ✣ 土手にあるドア

大草原の上にかすかについていた馬車の通った跡《あと》が、もうなくなってしまうと、父さんは馬車を止めました。

まわっていた車輪《しゃりん》が止まると、犬のジャックは、車輪と車輪のあいだの日かげに、しゃがみこみました。おなかを草の上にぺったりつけて、前足は、ぐっと前へのばしています。鼻は、ふかふかした草の中にうずまっていました。こうしてからだを休ませていても、耳だけは、休んでいません。

何日も何日も、一日じゅうジャックは、家族が乗っている馬車の下を、とことことことこいそぎ足で歩いてきたのでした。インディアン居留地《きょりゅうち》の丸太《まるた》小屋の小さな家から、カンザス州をぬけ、ミズーリ州をぬけ、アイオワ州もぬけて、遠いこのミネソタ州までずっと歩きつづけてきたのです。

この旅のあいだにジャックは、馬車が止まればいつでも、こうやって、からだを休めることを覚《おぼ》えたのでした。

馬車の中で、ローラは、ぴょんと立ちあがりました。そして、メアリーも。

ふたりの足は、じっとしたままだったので、だるくなっていました。

「このへんにちがいない。」

と、父さんがいいました。

「ネルソンの家から、クリーク（訳者註《やくしゃちゅう》・アメリカ大陸やオーストラリアにある川の支流）にそって半マイル上流へのぼったところなんだから。もう半マイルはじゅうぶん来たし、そこがクリークだ。」

ローラには、クリークは見えませんでした。草が一面に茂《しげ》っている土手と、そのむこうには、そよ風にゆれている一列にならんだヤナギの梢《こずえ》が見えました。そのほかはどこも、大草原の草が、はるか遠い地平線までずうっと小さく波打って続いていました。

「あそこにあるのは家畜《かちく》小屋のようだな。」

と、父さんは、ほろのはじからあたりを見まわしながらいいました。

「だが、家はどこだ？」

ローラは、驚いて、びくっとしました。

男の人が、馬のすぐそばに立っているんです。どこにもだれもいなかったはずなのに、突然《とつぜん》、その人は、そこにいたんです。髪《かみ》の色は、うすい黄色で、まるい顔は、インディアンのように赤銅色《しゃくどういろ》でした。そして目の色は、見まちがえたかと思うほど、うすいうすい青でした。

ジャックが、うなりました。

「静かにしてろ、ジャック！」

と、父さんはいいました。

父さんは、その人にたずねました。

「ハンソンさんですか？」

「やあ。」

と、その人はいいました。

父さんは、ゆっくり、大きな声で話しました。

「あんたが西へ行きたがってるって、聞いたんだ。土地をゆずるのかね？」

その人は、馬車をしげしげ見ました。ムスタング種《しゅ》のペットとパティーを、しげしげと見ました。しばらくしてから、また、いいました。

「やあ。」

父さんが、馬車から外へ出ました。

母さんは、いいました。

「あなたたちも外へ出て、そのへんをかけまわっていいわよ。じっとすわってたから、だるくなったでしょ。」

ローラが車輪に足をかけておりると、ジャックは起きあがりましたが、父さんが、いいというまでは馬車の下にいなければなりません。

ローラが細い道を走っていくのを、ジャックは、馬車の下から見ていました。

その道は、日の光がいっぱいさしている草原の中を、土手のきわまで続いていました。

土手の下には、さざ波をたて、日の光の中できらきら光っているクリークが流れていました。

ヤナギの木ぎは、クリークのむこう岸に生えているのでした。

細い道は、土手のきわから、壁のように切りたった草の生えている土手をななめにくだっていました。

ローラは、坂道を用心深くおりていきました。

土手は、ローラのそばに切りたっていて、とうとう、馬車が見えなくなってしまいました。頭の上には、高い空が見えるだけです。足もとには、さらさらとひとりごとをいいながら水が流れています。

ローラは、ひと足、またひと足と、おりていきました。

道をおりたところは、少し広い平らな場所で、そこからまた道はまがって、クリークへおりる段に続いていました。

そのとき、ローラは、土手のところにあるドアに、気がつきました。

そのドアは、道がまがるところの、草が生えている土手に、まっすぐについていました。家のドアのようでしたが、それにしても、その後ろは、土の中のはずです。

ドアは、しまっていました。

ドアの前には、ぶかっこうな顔をした二匹の大きな犬が、寝そべっていました。

二匹の犬は、ローラを見ると、むっくり立ちあがりました。

ローラは、いっきに、馬車がある安全なところまで、かけあがりました。

そこに立っていたメアリーに、ローラは、ささやきました。

「土手に、ドアがある。それに、二匹の大きな犬も――」

ローラは、後ろを見ました。

二匹の犬は、やってきました。

ジャックの低いうなり声が、馬車の下からひびきました。二匹の犬にむかって、ジャックは、鋭い歯をむきだしました。

「あんたの犬ですか?」

父さんは、ハンソンさんにいいました。

ハンソンさんはふりかえって、ローラにはわからない言葉で、なにかいいました。でも、犬には、わかりました。一匹ずつ、こっそり土手からおりて、見えなくなりました。

父さんとハンソンさんは、家畜《かちく》小屋のほうへ、ゆっくり歩いていきました。

家畜小屋は、小さくて、丸太《まるた》作りではありません。草が壁に生えているし、屋根には、草が一面にのびて、風になびいていました。

ローラとメアリーは、ジャックがいる馬車の近くから、はなれませんでした。

大草原の草が風にゆれたりおじぎをしたり、黄色い花たちがこっくりこっくりうなずいたりしているのを、じっと見ていました。小鳥たちは、まいあがっては空をとび、また草の中にもぐりこみます。

空は、とても高く弧《こ》をえがき、そのふちは、はるか遠くの地平線にきれいにおりて、合わさっています。

父さんとハンソンさんがもどってくると、父さんがこういっているのが、聞こえました。

「じゃあ、ハンソン。あす、町へ行って、手続きをしよう。今夜は、ぼくたちはここでキャンプをするよ。」

「やあ、やあ！」

ハンソンさんは、うなずきました。

父さんは、メアリーとローラを馬車の中へ押しあげてから、草の上に馬車を乗りいれました。

父さんは、母さんに話しました。ハンソンさんの土地を、ペットとパティーと交換《こうかん》してゆずってもらうことにした、と。そして、ラバ（雄《おす》ロバと雌《めす》馬との雑種《ざっしゅ》）の子馬のバニーと馬車のほろを、ハンソンさんの収穫物《しゅうかくぶつ》と二頭の牡牛《おうし》と交換したのでした。

父さんは、ペットとパティーを馬車からはずして、水を飲ませにクリークへ連れていきました。それから、二頭をくいにつないで、母さんがキャンプのための夜のしたくをしているのを手伝いました。

ローラは、口もきかず、静かでした。遊ぶ気もしないし、みんなでたき火のそばにすわって夕食を始めるときになっても、おなかがすかないのでした。

「外で寝るのは、今夜が最後だ。」

と、父さんがいいました。

「あすからはまた、落ち着いて暮らせるよ。今度の家は、クリークの土手の中だよ、キャロライン。」

「まあ、チャールズ！」

と、母さんがいいました。

「穴《あな》ぐら。あたしたちまだ、穴ぐらなんかにすんだことありませんよ。」

「とっても清潔《せいけつ》だって、わかると思うよ。」

と、父さんは、母さんに話しました。

「ノルウェー人は、清潔な人たちだよ。冬はすみ心地がいいはずだ。冬が来るのも遠くない。」

「そうね、雪が降る前に落ち着いて暮らすのはいいわ。」

と母さんも、同意しました。

「小麦を取り入れるまでのことだよ。」

と、父さんはいいました。

「そしたら、いい家も持てるし、馬も買えるし、たぶん四輪馬車《よんりんばしゃ》だって買えるかもしれない。ここは、小麦を作るにはすばらしい土地だよ、キャロライン。土はこえてるし、平らだし、木やじゃまになる岩がない。なぜハンソンがあんな小さな畑しか作らなかったのか、わからないよ。日でりつづきだったのかもしれないし、ハンソンが畑仕事などやったことがなかったのか、あの小麦ときたら、まるでやせてて軽いんだ。」

たき火のむこうでは、ペットとパティーとバニーが、草を食べていました。ざくざくと大きな音をたてて草を食いちぎってから、もぐもぐかみながら、暗やみに低く輝く星を見ていました。

三頭は、しっぽをゆるやかにふっています。自分たちが売られてしまったことなど、知らないのです。

ローラは、七歳《さい》の、大きな女の子です。泣くなんて、はずかしい。けれど、父さんにたずねないではいられませんでした。

「父さん、ペットとパティーをあげなきゃいけなかったの？　そうなの、父さん？」

父さんの腕《うで》がローラを引きよせ、ぐっと抱きしめました。

「いいかい、かわいいちっちゃな女の子。」

と、父さんはいいました。

「ペットとパティーは、旅をするのがすきなんだよ。からだの小さなインディアン・ポニーだからね、ローラ、畑仕事にはむいてないんだよ。ペットとパティーは西のほうへ旅を続けるほうがずっと幸せなんだよ。ローラだって、あいつたちがここにいて、畑をたがやしてつらい思いをしているのはいやだろう。ペットとパティーは旅を続ける。そして父さんは、あの大きな牡牛《おうし》と大きな畑をたがやして、春には小麦をまけるようにするのさ。」

「小麦がたくさんとれれば、今までよりもっともっとお金が入ってくるんだよ、ローラ。そしたら馬だって買えるし、洋服だって、それにほしい物はなんでも買えるんだよ。」

ローラは、なんにもいりませんでした。

父さんの腕に抱かれていると、いくらかは心がやすらぎました。でもローラは、ペットとパティーと、耳の長い子馬のバニーのほかは、なんにもほしくはないのでした。

2 ✢ 土の中の家

朝早くから父さんは、ハンソンさんを手伝って、ほろとほろわくをはずして、ハンソンさんの馬車にかぶせました。それからふたりは、穴《あな》の家からハンソンさんの持ち物をぜんぶ土手の上に運びだしました。そして、ほろをかけた馬車の中に積みこみました。

ハンソンさんも、父さんの馬車から荷物を穴の家へ手伝って運んであげる、といいました。

けれど、母さんが、いいました。

「いいですよ、チャールズ。あなたが帰ってから、あたしたちでやりますから。」

それで、父さんは、ハンソンさんの馬車にペットとパティーをつけました。バニーは馬車の後ろにつないで、父さんはハンソンさんと町へ出かけていきました。

ローラは、ペットとパティーとバニーが行ってしまうのを、じっと見ていました。悲しくて目がひりひりして、のどがいたくなりました。

ペットとパティーは、首をぐっとそらし、たてがみとしっぽが風にかすかにゆれています。もう二度と帰ってくることはないということは知らないで、たのしそうに行ってしまいました。

クリークは、土手のほうで、ヤナギの木ぎのあいだを歌いながら流れています。そよ風が、土手の上の草をゆすっています。

太陽は輝き、馬車のまわりはすがすがしく、それに、探検《たんけん》できる広い草原があります。

最初にすることは、馬車の車輪から、ジャックをはなすことでした。

ハンソンさんの二匹の犬が行ってしまったので、ジャックは、そこらじゅうをうれしそうに走りまわりました。あんまり喜んで、ローラにとびついて顔をなめるので、ローラはしりもちをついてしまいました。

ジャックが土手の坂道をかけおりていったので、ローラも、あとを追いかけました。

母さんが、キャリィを抱きあげて、いいました。

「いらっしゃい、メアリー。穴のうちを見に行きましょう。」

ジャックが、まっ先にドアのところへ着きました。そして中をのぞいてから、ローラが来るのを待っています。

ドアのまわりにはぐるっと、土手からのびてきた、花をいっぱいつけたつるが、とりかこんでいました。赤、青、紫《むらさき》、赤みがかったピンク色、白、それにしまもよう。

どの花も、まるで朝をたたえて歌っているように、大きくいっぱいに花を開いていました。それは、マルバアサガオの花でした。

ローラは、歌っている花の下をくぐって、穴《あな》の家の中へ入りました。そこは一部屋で、まっ白でした。土の壁は、すべすべしていて白くぬってありました。土の床《ゆか》は平らで、しっかりとかたくなっていました。

母さんとメアリーが入り口に立つと、部屋の中が、ぼうっとうす暗くなりました。部屋には、ドアの横に、油紙をはった小さな窓がありました。でも壁がとても厚いので、外からの光は、窓のそばを明るくしているだけでした。

ドアのまわりの壁は、大草原の芝土《しばつち》で、かためてありました。ハンソンさんはすむための横穴を掘ってから、大草原の草の根がからまった土を細長く切りとって、穴の上にひとつずつ積みかさね、入り口の壁を作ったのでした。よくできた厚い壁で、ひとつのひびわれもありません。この壁なら、寒さも入ってこられません。

母さんは、うれしそうに、いいました。

「小さいけど、清潔《せいけつ》ですみよさそうだわ。」

それから天井《てんじょう》を見あげて、いいました。

「見てごらんなさい、あなたたち！」

天井は、干し草でできていました。

ヤナギの大枝を横に渡し、小枝が互《たが》いにあんでありましたが、そのすき間から、枝の上にある干し草が見えていました。

「なるほどねぇ！」

母さんは、いいました。

みんなで坂道をのぼって、家の真上《まうえ》に立ってみました。ここが屋根だなんて、だれが考えるでしょう。

屋根の上には草がのびて、クリークの土手に生えている草といっしょに、風にそよいでいます。

「なんてまあ。この家の上をだれが歩いたって、ここに家があるなんてぜったいに気がつかないわ。」

と、母さんはいいました。

けれど、ローラは、なにかあるのに気がつきました。かがみこんで、手で草をかきわけているとき、ローラはさけびました。

「ストーブの煙突《えんとつ》の穴、見つけた！　見て、メアリー！　ほら！」

母さんとメアリーは足を止めて、のぞき、キャリィは母さんの腕《うで》からからだを乗りだして、のぞきこみました。

ジャックも、走ってきました。

みんなには、白い壁の部屋が、真下に見えました。

みんなは、母さんが口をきくまで、じっと見つめていました。

「さ、あそこをきれいにして、父さんが帰ってくる前に運べる物は運んでおきましょうよ。メアリー、ローラ、バケツを持ってらっしゃい。」

母さんは、部屋のすみにあったヤナギの細枝をたばねたほうきで、壁をていねいにはらっています。

メアリーは、キャリィがクリークに落ちないようにおもりをし、ローラは、小さなバケツをさげて水をくみにいきました。

ローラは、クリークにかかっている小さな橋まで、段をぴょんぴょんおりていきました。

橋は、一枚の、はばの広い板でした。板のむこうのはしは、一本のヤナギの木の下に、かかっていました。

背の高いヤナギの木立は、空にむかって細い葉をひらひらさせ、その根もとには、ぐるりとかこんで小さなヤナギが育っていました。

木ぎの下は日かげになっているので涼しく、そこにはなにも生えていません。
細い道は、木かげを通って、小さな泉へ続いていていました。
泉の冷たくて澄んだ水は、まずちっちゃな池に落ち、そこからクリークへちょろちょろ流れていました。

ローラは、小さなバケツに水をいっぱいくんで、日のあたっている板の橋を渡り、段をのぼりました。何回も行ったり来たりしては、小さなバケツに水をくんで、入り口のそばにあるベンチの上の大きなおけにそそぎました。

それからローラは、母さんを手伝って、運べる物はみんな馬車から運びだしました。荷物をほとんど穴《あな》の家に運んだころ、父さんが、がちゃがちゃ音をたてながら土手の道をおりてきました。父さんは、ブリキの小さなストーブと、ストーブの煙突《えんとつ》を二本、かかえていました。

「やぁれやれ！」

父さんは、荷物をおろしながら、いいました。

「これを運ぶのだって、たった三マイルですむんだからありがたいよ。いいかい、キャロライン！　町までたった三マイルしかはなれてないんだよ！　ちょうどいい散歩《さんぽ》だ。さて、ハンソンは西部へ行ってしまったし、ここはぼくたちの物だ。どうだ、気にいったかい、キャロライン？」

「気にいったわ。」

と、母さんはいいました。

「でも、眠るところをどうしたらいいかわからないの。この床《ゆか》の上には、じかに作りたくないですよ。」

「それがどうしたっていうんだ？」

父さんは、たずねました。

「ぼくたち、ずっと地面の上に眠ってきたんだよ。」

「それとはちがうわ。家では、土間《どま》の上に眠るのはすきじゃないわ。」

「ああ、それはわけないさ。」

と、父さんはいいました。

「何本かヤナギの大枝を切ってくるから、それを土間にひろげて今夜はそこに眠るところを作ればいい。あすは何本かまっすぐなヤナギを見つけるから、ベッドのわくのふたつくらいは作れるよ。」

父さんは、おのを持って口笛《くちぶえ》を吹きながら土手の坂道をのぼって家の真上を通り、また土手の斜面《しゃめん》をおりてクリークへ行きました。

そのあたりは、せまい谷間になっていて、水ぎわにはずうっとびっしりヤナギが生えていました。

ローラは、父さんを追いかけました。

「お手伝いさせて、父さん!」

ローラは、息をはあはあさせました。

「少しなら運べる。」

「そうだ、きみならできる。」

と父さんは、目をきらきらさせながらローラを見おろしていいました。

「大仕事をするときには、どうしたって助けがいる。」

父さんは、ローラの助けなしではうまくやれないと、よくいいます。

ローラは、インディアンの居留地《きょりゅうち》で、丸太《まるた》小屋のドアを作るとき、父さんを手伝いました。

今度は、父さんが葉のついたヤナギの大枝を運んで家の土間にひろげるのを、手伝いました。

それから、父さんといっしょに、家畜《かちく》小屋へ行きました。

家畜小屋の四方の壁はぜんぶ、大草原の芝土《しばつち》で作ってありました。屋根は、ヤナギの大枝の上に干し草をしいて大草原の芝土を切りとった物が、しきつめてありました。屋根はとても低くて、父さんがまっすぐに立つと、頭がつかえてしまいました。

小屋の中には、ヤナギ丸太で作ったかいばおけがあって、二頭の牡牛《おうし》がつながれていました。

一頭は、短い角《つの》をした灰色の大きな牡牛で、やさしい目をしています。もう一頭は、もう少し小さいけれど、長くてものすごい角と、荒あらしい目をしています。その牡牛は、からだ全体が明るい赤茶色。

「やあ、ブライト。」

と父さんは、その牛にいいました。

「元気かい、ピート、年上の相棒《あいぼう》よ?」

と父さんは、大きなほうの牡牛をやさしくたたきながら、聞きました。

「そっちに、はなれてなさい、ローラ。この牛たちがどんな性質《せいしつ》かわかるまで。水を飲ませに連れてかなきゃいけない。」

と、父さんはいいました。

父さんは、二頭の角につなをまきつけて、小屋から連れだしました。

二頭の牛は、父さんについて、ゆっくり土手の斜面《しゃめん》をくだっていきます。緑のイグサの中を通って、クリークの水辺の平らなところまで。

ローラは、そのあとから、ゆっくりついていきました。

二頭の足はぶかっこうで、それに、大きなひづめはまっぷたつにわれています。鼻は、横にひろがっていて、ぬるぬるしています。

ローラは、父さんが二頭の牡牛《おうし》をまたかいばおけにつなぐあいだ、小屋の外にいました。

それから、父さんと、穴《あな》の家へむかって歩いていきました。

「父さん。ペットとパティーは、ほんとに西部へ行きたかったの？」

とローラは、小さな声でたずねました。

「そうだよ、ローラ。」

と父さんは、ローラにいいました。

「ねぇ、父さん。あたし、牛はすきだと思わない——あんまり。」

と、ローラはいいました。そしてローラの声は、ふるえていました。

父さんは、ローラの手を取ると、自分の大きな手の中に包みこみました。

父さんは、いいました。

「わたしたちはね、そのときできるいちばんいいことをやらなきゃならないんだよ、ローラ、文句《もんく》をいわないでね。やるからには、元気よく一生けんめいやることだ。そうすれば、いつかまたきっと馬が買える。」

「いつ、父さん？」

とローラがたずねると、父さんはいいました。

「うちの小麦を、最初に収穫《しゅうかく》したときだよ。」

それからふたりは、穴の家へ入っていきました。

母さんはにこにこしていましたし、メアリーとキャリィは、もう顔や手を洗って髪《かみ》もとかしていました。

家の中は、なにもかもととのっていました。

眠る場所は、ヤナギの大枝の上に作ってありましたし、夕食も、用意してありました。

夕食のあと、みんなで、入り口のドアの外の小道に腰《こし》をおろしました。

父さんと母さんは、それぞれ箱《はこ》の上に腰かけています。

キャリィは、母さんのひざで眠そうにしています。

メアリーとローラは、かたい小道の上に腰をおろし、足は坂道の急な斜面《しゃめん》にぶらぶらさせています。

ジャックは、三回ぐるぐる歩きまわってから、ローラのひざに頭をもたせかけて腰をおろしました。

みんなはだまったまま腰《こし》かけて、プラムクリークとヤナギの木立のずっとむこう、大草原の西の地平線《ちへいせん》に太陽が沈んでいくのをじっと見ていました。

やがて、母さんが、ほうっと息をつきました。

「なんておだやかで平和なんでしょう。」

と、母さんはいいました。

「オオカミはいないし、インディアンのさけび声も、今夜は聞くことはないんですものね。こんなに安心して休めるのは、ほんとに久しぶり。」

父さんの声が、おだやかに答えました。

「そうだ、もう安心だよ。ここなら、なんにも起こりっこない。」

おだやかな色が、大空のふちを、ぐるりととりかこんでいました。

ヤナギはかすかにそよぎ、川の水は、うすやみの中でひとりごとをいいながら流れています。

草原は、黒ずんだ灰色でした。空は、あわい灰色で、星がまたたいていました。

「眠る時間よ。」

と、母さんがいいました。

「それにとにかく、初めてのことをするんですものね。あなたたち、穴《あな》の中で眠ったことは一度もなかったわ。」

母さんは、声をたてて笑っていました。

父さんも、静かに笑いました。

ローラは、ふとんの上に横になって、川の水が話しながら流れていく音や、ヤナギがささやいているのを聞いていました。

ローラには、たとえオオカミの声が聞こえたって、外で眠るほうがよかったのです。どんなに安全でも、土の中のこの家で眠るより。

3 ✣ イグサとアヤメ

毎朝、メアリーとローラは、お皿を洗って寝床《ねどこ》をととのえ床《ゆか》をそうじしたあとは、外へ遊びにいきました。

入り口のドアをぐるっと取りかこんでいるマルバアサガオは、緑の葉のあいだからはじけたように勢いよく、咲いたばかりの花をのぞかせています。

プラムクリークの岸辺では、小鳥たちがおしゃべりをしています。たまには、一羽で歌っていることもありますが、ほとんど、おしゃべりをしていました。

トウイー、トウイー、オウ、トウイター、トウイー、トウイッ！

一羽が、いいます。

すると、もう一羽がいいます。

チー、チー、チー。

そして、もう一羽が笑います。

ハッ　ハッ　ハッ　ティラル!!

ローラとメアリーは、坂道をのぼって家の真上へ行き、それから、父さんが牡牛《おうし》に水を飲ませに連れていった細い道をくだります。

クリークにそったこのあたりは、イグサがずうっと生えていて、その中にアヤメも咲いています。

毎朝、青いアヤメは、新しく花を開きます。こい青い色の花は、緑色のイグサのあいだに、ほこらしげに立っています。

どの青いアヤメにも、三枚のビロードのような花びらがあります。花びらは、まるでほり骨《ぼね》の入ったドレスのスカートのように、ふんわりたれていました。そのウェストのように細いところから、まわりにひだのある絹のような三枚の花びらが、寄りそうように立っていました。

ローラが、その内側をのぞくと、細くてうす青い三枚の舌のような物がありました。そのどれにも、金色のふわふわした毛のような筋《すじ》があります。

ときどき、黒ビロードに金色のからだのふとったマルハナバチが、ぶんぶんいいながら花の中に頭をつっこんでいました。

クリークの平らな岸辺は、あたたかで、やわらかな土でした。

あわい黄色や、あわい青のチョウが、ひらひらと土の上にまいおり、水をすっています。トンボが、羽をきらきら光らせてとんでいました。

やわらかい土が、ローラの足の指のあいだから、ぎゅっと押しだされてきます。

ローラとメアリーがふんだところや、それに牡牛《おうし》が歩いたところには、足跡にちっちゃな水たまりができていました。

浅い水の中を歩くと、足跡は、いつまでも残ってはいません。まず、煙《けむり》のような泥《どろ》のうずまきがわきあがって、きれいな水の中に散っていきます。それから、足跡は、ゆっくりと消えていきます。つま先の跡は、跡かたもなくなり、かかとのところだけが小さなくぼみになっているだけです。

浅い水の中には、ちっちゃな魚がいました。魚たちはとても小さくて、よく見えないくらいです。すばやくさっと泳いでいくときだけ、ときどき、きらっと銀色におなかが光ります。

ローラとメアリーが、じっと立っていると小さな魚たちが足のまわりにむらがってきて、つつきます。それがくすぐったい。

水面では、アメンボウが、すいすいすべっています。水面に乗っている長い足のところが、ちょこっと水がへこんでいます。

アメンボウの観察《かんさつ》をすることなど、とてもできません。すばやくて、そこにいた、と思う間にもうどこかへ行ってしまいます。

イグサは、風の中で、ざわざわと荒っぽくさびしげな音をたてています。

イグサは、やわらかくないし、草のように平たくありません。かたくて、まるいつつ形《がた》ですべすべしていて、節《ふし》があります。

ある日ローラが、イグサが生えている岸辺にそって、水の深いところを歩いていました。

そして岸へあがろうとして、一本の太いイグサにつかまりました。

すると、きゅうー。

一瞬、ローラは、息が止まりそうになりました。それから、べつのもう一本を引っぱりました。

それは、きゅうーといって、ふたつにはなれてしまいました。

イグサは、細いつつ形の茎《くき》が、節のところでぴったり合わさってつながっているんです。引っぱってぬけば、きゅうーといいます。もう一度、押しこめば、またきゅうーといいます。

ローラとメアリーは、きゅうーというのを聞きたくて、何本もイグサを引っぱりました。

それから、細いのを集めて、ネックレスを作りました。太いのをつないで、長い管《くだ》にしました。

その管《くだ》を、クリークの水に入れて息を吹きこむと、ぶくぶくあわがたちます。ふたりは、小さな魚めがけてぶくぶくやり、驚かしました。

のどがかわけばいつでも、管から水をちゅーっ、とすいあげて、飲めました。

ローラとメアリーがからだじゅうにはねをあげ泥《どろ》だらけになって、首には緑のネックレスをまき、手には長い緑の管を持って昼食や夕食にもどってくると、母さんは声をたてて笑いました。

ふたりが、青いアヤメの花束《はなたば》を母さんに持ってかえると、母さんはテーブルの上に飾りました。

「まあまあ。あなたたちふたりとも、そんなにクリークで遊んでるとアメンボウになってしまうわよ。」

と、母さんはいいました。

父さんと母さんは、ふたりがクリークでどんなに長いこと遊んでいても、心配しませんでした。けれど、ヤナギが生えている小さな谷間《たにま》より上流へは、けっして行ってはいけないことになっていました。

クリークは、そのあたりでカーブしていて、深い水の暗いふちへと流れているのでした。

そのふちへ近づくのはもちろん、ふたりが見にいくだけでも、ぜったいにいけないのでした。

「いつか、連れてってあげるよ。」

と父さんは、ふたりに約束しました。

そして、ある日曜日の午後、きょうがその日だと、父さんはいったのでした。

4 ＊ 深いふち

　ローラとメアリーは、家の中で、着ている物をぜんぶぬいで、つぎのあたっている古い服を着ました。

　母さんは日よけぼうしをかぶり、父さんがキャリィを抱いて、みんなは出かけました。

　みんなは、牛を連れていくイグサの斜面《しゃめん》の道をぬけてくだり、ヤナギ木立の谷間《たにま》とプラム（西洋《せいよう》スモモ）の林を通りすぎました。そして、草が茂《しげ》っている急な土手をおりてから、背の高い草がまばらに生えている平らなところを、ぬけていきました。それからみんなは、草が一本も生えていない、土のがけがほとんどまっすぐに切りたっているところを通りすぎました。

「あれはなに、父さん？」

と、ローラはたずねました。

　すると、父さんは、いいました。

「あれは台地だよ、ローラ。」

父さんは、生い茂っている背の高い草を押しわけて進みながら、母さんとメアリーとローラのために道を作りました。

突然《とつぜん》、この草から出たと思ったら、クリークがありました。

水は、白い小石の上をきらきら光りながら、短い草が生えている低い岸にそってカーブしている広いふちに、流れこんでいました。

高いヤナギの木ぎが、ふちのむこう岸に、立っていました。水面には、緑がそよいでいるこのヤナギが、ちらちら光って影をうつしていました。

母さんは、岸辺にすわって、キャリィのおもりです。

ローラとメアリーは、ふちのほうへ、水の中を歩いていきました。

「岸の近くにいるのよ、あなたたち！」

母さんが、注意しました。

「深いところへ行っちゃいけませんよ。」

水は、ふたりのスカートの中へ入り、スカートがふんわり浮きあがりました。それから、ぬれたスカートの布が、足にぴったりまつわりつきました。

ローラは、深いほうへ深いほうへと、進んでいきました。

水はだんだん、だんだん高くなって、もう腰《こし》のあたりまで来ています。しゃがむと、あごまで来ていました。

あたりは水ばかりで、涼しくて、からだがふらふらしています。ローラは、自分がとても軽くなった感じでした。両足がとても軽くて、水底から浮きあがりそう。ぴょんととんで、両腕《りょううで》で水をばしゃばしゃやりました。

「あぁ、ローラ、止《や》めて！」

メアリーが、大声をあげました。

「もうそこから先はだめよ、ローラ。」

と、母さんがいいました。

ローラは、ぱしゃぱしゃ、やりつづけました。ぱしゃーんと、ひとつ大きな水しぶきをあげたら、両足が浮きあがりました。足があがって、両腕をぱしゃぱしゃやったら、頭が水の底へ。

ローラは、びっくりしました。つかまる物は、なんにもありません。どこにも、しっかりしていて、かたい物は、ありません。

次の瞬間《しゅんかん》、ローラは、立っていました。からだじゅうから、水をしたたらせて。両足で、しっかり立っていました。

だれも、これに気がついた人はいませんでした。

メアリーはスカートをたくしあげていましたし、母さんはキャリィを遊ばせていました。

父さんは、ヤナギのあいだから、姿が見えなくなっていました。

ローラは、できるだけ速く、水の中を歩いていきました。深いほうへ深いほうへと。

もう水は、おなかのあたりより高くなって、腕のところまで来ていました。

突然《とつぜん》、深い水の中で、なにかが、ローラの足をつかまえました。

ぐいっと引っぱられてローラは、深い水の中へもぐっていきました。息をすることも、できません。見ることも、できません。もがいても、なんにも、つかめません。水が、耳にも目にも口にも、どんどん入ってきました。

と、ローラの頭が、水の外へ出ました。

目の前に、父さんの顔。父さんが、ローラをつかまえていたのでした。

「ほうら、おじょうさん。遠くへ来すぎたんだよ。ご気分いかが?」

と、父さんはいいました。

ローラは、まだ口もきけません。やっと、息をしました。

「母さんが岸の近くにいなさいっていっていったのを、聞いたはずだ。」

と、父さんはいいました。

「なぜ、いわれたとおりにしないんだ？　そういう子は、水にもぐらせておしおきをするんだ。だから、きみの頭をもぐらせたんだ。次からは、いわれたとおりにするんだよ。」

「は、はい、父さん！」

ローラは、早口でいいました。

「ね、父さん、お願い、もう一度やって！」

すると、父さんはいいました。

「えっ、もう一度やる――！」

それから、父さんの大きな大きな笑い声がヤナギの木立に鳴りひびきました。

「父さんが沈めたとき、なぜ大声を出さなかった？」

と、ローラにたずねました。

「こわくなかったのかい？」

「あたし、すっごくこわかった！」

ローラは、息をはあはあさせながらいいました。

「でも、お願い、もう一度やって！」

そして、父さんにたずねました。

「どういうふうにやって、ここの水の底まで来たの、父さん？」

父さんは、ヤナギの木立のところから水の中をもぐって泳いできたのだと、話しました。

この水の深いところに、いつまでもいるわけにはいきません。岸の近くへ行って、メアリーと遊ばなくてはいけません。

その午後はずっと、父さんとローラとメアリーは、水の中で遊びました。水の中を歩いたり、水をかけあったり。そしてローラやメアリーが深いところへ近づいていくと、父さんが水の中へ沈めてしまいます。

メアリーはいい子なので、一度だけですみましたが、ローラは、何度も何度も沈められました。

遊んでいるうちに、夕方の外まわりの仕事をする時間になりました。うちへ帰らなくてはなりません。

みんなが、ぽたぽたしずくをたらしながら、背の高い草が生えている道を歩いてくると、また台地のところへ来ました。

ローラは、そのがけをよじのぼりたくてたまりません。

父さんが、とちゅうまでのぼり、ローラとメアリーは、父さんの手をつかんでよじのぼりました。

かわいた土が、ぱらぱらすべりおちます。からみあった草の根が、頭の上の、出っぱったがけのふちからたれさがっていました。

父さんが、ローラを引っぱりあげて、台地の上に立たせてくれました。

そこは、ほんとうにテーブルのようでした。そこの地面は、背の高い草の上に高く出ていて、まるくて平らでした。生えている草も、短くてやわらかい。

父さんとローラとメアリーは、台地の上に立って、草むらと深いふちと、そのむこうの大草原を見渡しました。三人は、はるか地平線までずうっと続いている大草原を、見まわしました。

それから、三人は、また下の道へすべりおりて、帰ってきました。すばらしい午後でした。

「おもしろいことがたくさんあったね。」

と、父さんはいいました。

「だけどふたりとも、父さんがいったことを覚《おぼ》えておくんだよ。父さんといっしょでなければ、ぜったいにあの水遊びをしたところへ近づいてはいけない。」

5 ✢ 見たこともない動物

次の日もずうっと、ローラは、覚《おぼ》えていました。高いヤナギの木ぎのかげになっている、涼しくて、深いふちのことを。その近くへはぜったいに行ってはいけない、ということも。

父さんは、出かけていて、留守《るす》でした。

メアリーは、母さんと家の中にいました。

ローラは、暑いかんかんでりの中で、ひとりで遊んでいました。

青いアヤメの花は、ぐったりしているイグサの中で、しぼんでいました。

ローラは、ヤナギ木立の谷間を通りすぎて、オオハンゴソウ（訳者註《やくしゃちゅう》・北アメリカの中部や東部に自生《じせい》するキク科の二年草。メリーランド州の州花にもなっている）やアキノキリンソウが咲いている大草原の中で遊びました。日ざしがとても強くて、風は、こげたような匂《にお》いがしました。

しばらくして、ローラは、あの台地のことを考えました。ひとりでのぼれるだろうと、

思いました。台地へ行ってはいけない、とは、父さんはいいませんでした。

ローラは、急ながけをかけおりて、背の高い草がまばらに生えている平らな道を通っていきました。

あの台地のがけは、高く、切りたっていました。よじのぼるのは、とてもたいへんでした。

かわいた土はローラの足もとでくずれおち、ひざをついて草につかまってのぼるので、服は、泥《どろ》でよごれました。

砂ぼこりが、汗《あせ》ばんだ肌《はだ》について、ちくちくします。でも、とうとうローラは、がけのふちに、おなかを乗せました。やっとのことでからだを持ちあげてころがると、もう台地の上にいました。

ローラは、ぴょんと、とびおきました。すると、高いヤナギの木ぎのかげになっている、深いふちが見えました。

あそこは、空気がしっとりとしめっていて、涼しい。

するとローラは、もうのどがかわいてたまらなくなりました。けれど、あそこへはぜったいに行ってはいけないということを、覚えていました。

ここの台地は、広くてなんにもなくて、おもしろくありません。父さんと来たときは、わくわくするほど興奮《こうふん》しましたが、今は、ただ平らなだけでした。

ローラは、うちへ帰って、水を飲もうと思いました。とても、のどがかわいていました。

ローラは、台地のがけをすべりおり、のろのろと、もと来た道を帰りはじめました。

背の高い草が生えているところは、息がつまるようで、とても暑い。

穴《あな》の中の家はまだ遠くで、ローラは、ものすごくのどがかわいていました。

あの水遊びをした木かげのふちの近くへはぜったいに行ってはいけないのだと、ローラは、一生けんめい自分にいいきかせていました。

ところが、突然《とつぜん》ローラは、むきを変えて、ふちへむかっていそぎはじめました。

見るだけなのだと、ローラは思ったのでした。見るだけでも、気分がずっとすっきりする、と思ったのです。その次には、ローラは、岸の近くの水の中を歩くだけならいいのだと考えていました。深いところへ行かなければ。

ローラは、父さんが草をかきわけて作ってくれた道のところへ来ました。そして、だんだんいそぎ足になっていました。

すると、その道のちょうどまん中の、ローラの目の前に、一匹の動物がいます。

ローラはとびのいて、立ったまま、その動物をじろじろ見ました。

こんな動物を、まだ見たことがありません。ジャックくらいの大きさですが、足は、とても短い。灰色の長い毛が、からだじゅうに逆立っています。平べったい顔と頭、小さな耳。

その動物は、平べったい頭を持ちあげて、ローラをじいっと見ました。

ローラも、そのおかしな顔を、じいっと見返しました。お互いに立ったまま、見つめあっていました。

するとその動物は、短くちぢまって横にひろがり、地面にぺったりくっついてしまいました。そしてどんどん平べったくなっていって、とうとう灰色の毛皮がしいてあるみたいになってしまいました。

ぜんぜん、動物のようには見えません。目だけが、ローラをじっと見あげています。

ローラは、用心しながらゆっくりからだをかがめ、手をのばしてヤナギの小枝をひろいました。これで、少しは安心。

ローラは、前かがみになって、その灰色の毛皮を見つめました。

動物もローラも、どちらも動きません。

ローラは、もしつついたら、どうなるだろうと思いました。ほかの形になるかもしれない。

ローラは、短い小枝で、そっとつつきました。

動物は、ものすごいうなり声をあげました。目はいかりに燃え、鋭く白い歯が、ローラの鼻にもう少しでかみつこうとしました。

ローラは、全速力で走りました。ローラは、走るのは速い。家まで、息もつかずに走りました。

「まあまあ、ローラ！」

母さんが、いいました。

「この暑いのにそんなにさわいだら、病気になりますよ。」

ローラが外にいたあいだメアリーはずっと、小さなレディーらしくいすに腰《こし》かけ、母さんが読み方を教えている本の言葉の、書きとりをしていました。メアリーは、いい子なんです。

ローラは、悪い子です。自分でも、わかっています。父さんとの約束を、やぶってしまいました。

でも、だれもローラを見た人はいません。水遊びをしたふちへ行きかけたことを知っている人は、いません。ローラが話さなければ、だれも、いつまでも知らないのです。あの見たこともない動物だけが知っていても、あれは告《つ》げ口はできません。

けれど、ローラは、だんだんだんだんだん、ゆううつになってきました。

その夜、ローラは、メアリーのそばで、目をあけたまま横になっていました。父さんと母さんは、外の星明かりの中にすわって、父さんがバイオリンをひいていました。

「おやすみなさい、ローラ。」

と母さんが、やさしくいいました。

バイオリンがやさしく、ローラのために歌っています。

父さんは、星空を背に黒い影になり、バイオリンの弓《ゆみ》が、輝く星たちの中でおどっています。

なにもかも、美しくてすばらしい。ローラのほかは。

ローラは、父さんとの約束をやぶってしまったのでした。

約束をやぶるということは、うそをいうのと同じくらい、悪いことでした。

ローラは、あんなことをしなければよかったのです。けれど、もうやってしまったのでした。

もし父さんが知ったら、おしおきをするにきまっています。

父さんは、星明かりの中で、静かにバイオリンをひきつづけていました。ローラのために、やさしくたのしく、ひいていました。

父さんは、ローラがいい女の子だと思っているのです。

とうとう、ローラは、もうこれ以上がまんできなくなりました。

ローラは、寝床《ねどこ》からすべりおりると、素足《すあし》のまま、ひんやりする土間をこっそりと横切っていきました。

ねまきにナイトキャップ姿《すがた》で、ローラは、父さんの横に立ちました。

父さんは、弓で、最後の音をひき終わりました。そして、ほほえみながらローラを見おろしているのが、ローラにはわかりました。

「どうしたんだい、かわいいちっちゃな女の子？」

と父さんは、ローラにたずねました。

「暗い中で真っ白だから、小さなゆうれいみたいに見えるぞ。」

「父さん。あたし、あたし、あの水遊びしたふちへ行こうとしたの。」

と、ふるえる小さな声で、ローラはいいました。

「行こうとした！」

父さんは、大声でいいました。それから、たずねました。

「そうか、どうして止《や》めたんだ？」

「あたしの知らない物……灰色の毛のがいたの——地面にぺっちゃんこになった。うなったの。」

とローラは、ささやくような小さな声でいいました。

「どのくらいの大きさ?」

父さんが、たずねました。

ローラは、あの見たこともない動物のことを、すっかり話しました。

父さんは、いいました。

「アナグマだろうな。」

そのあとしばらくのあいだ、父さんは、なんにもいいませんでした。

ローラは、じっと待っていました。暗くて、ローラには父さんの顔は見えませんでした。

でも、ひざにもたれていると、父さんがとてもたくましくて、それに思いやりのあるのが感じられました。

「うーん。」

と父さんは、やっといいました。

「どうしたらいいか、父さんにもわからないよ、ローラ。いいかい、父さんはきみを信用《しんよう》してた。信用できない人間を、どうしたらいいか、むずかしいよ。だが、信用できない人間がどうされなければいけないか、知ってるかね?」

「な、なにをされるの？」

ローラは、ふるえ声でいいました。

「そういう人間は、監視《かんし》されるんだ。だから父さんはきみを見張ってなくちゃいけない。母さんが、それをやる。父さんは、ネルソンのところではたらかなくてはならないからね。だからあすは、母さんが見張れるところに、ずっといなくちゃならない。一日じゅう、母さんの目がとどくところにいなきゃいけない。もし一日じゅういい子でいたら、そしたら、父さんたちはまた、この女の子は信用できるということになるかもしれない。」

と、父さんはいいました。

「それでどうだい、キャロライン？」

と父さんは、母さんにたずねました。

「けっこうよ、チャールズ。」

と暗い中で、母さんがいいました。

「あしたは、ローラを見張ってますよ。でもきっと、いい子でいますよ。さあ、ベッドへもどって、ローラ、おやすみなさい。」

次の日は、ひどい一日でした。

母さんは、つくろい物をしていました。だからローラは、ずっと家の中にいなければなりません。

泉《いずみ》へ水をくみに行くことさえ、できません。だって、母さんの目のとどかないところへ行くことになりますから。

メアリーが水くみをして、メアリーがキャリィを連れて大草原へ散歩《さんぽ》に行きました。

ローラは、家の中に、ずっといなければなりません。

ジャックは、前足に鼻を乗せてしっぽをふり、それから道へとびだしていきました。そしてローラをふりかえって、出てきてほしいと耳を動かしてねだります。どうしてローラが出てこないのか、ジャックには、わからないのでした。

ローラは、母さんの手伝いをしました。お皿を洗《あら》い、父さんたちと自分たちのベッドをととのえ、床《ゆか》をはいて、食事のテーブルの用意をしました。

昼食のときは、いすに腰《こし》かけ、下をむいて、母さんが目の前に出してくれた物を食べました。

それからは、お皿をきれいにしました。そのあとは、まん中がいたんで弱くなったシーツを、ふたつにさきました。母さんがその細長い布の両脇《りょうわき》を合わせてまち針《ばり》で止め、ローラが、そこをこまかい針目《はりめ》で返しぬいをしていきます。

ローラは、このぬいあわせの仕事も、その日も、もう終わらないのかと思いました。

けれど、ようやく、母さんがつくろい物をまとめて、夕食の時間になりました。

「いい子だったわよ、ローラ。父さんに、そう話しましょうね。あしたの午前中、母さんとそのアナグマを探《さが》しに行きましょう。おかげであなたは、おぼれずにすんだのよ。もし深いふちまで行ってたら、あなたは水の中へ入ってたわ。一度、よくないことを始めるとどんどん悪くなっていくものなのよ。そしていつかは、おそろしいことになってしまうの。」

と、母さんはいいました。

「はい、母さん。」

と、ローラはいいました。

今では、ローラにはそれがよくわかりました。

こうして、その日は、すぎていきました。ローラは、日の出も見なかったし、大草原の上を流れていく雲の影も見ませんでした。マルバアサガオはしぼみ、朝開いた青いアヤメも、しおれてしまいました。一日じゅうローラは、クリークの流れも、その中の小さな魚も、水面をすいすい泳いでいるアメンボウも見ませんでした。

見張られているのは、よい子でいるよりずっとずっとつらいことでした。

あくる日、ローラは、アナグマを探しに、母さんと出かけました。あの道のところへ来ると、ここの草の上でアナグマがぺちゃんこになったのだと、母さんに説明しました。

母さんが、アナグマがすんでいる穴《あな》を見つけました。土手の草むらにある、まるい穴でした。

ローラは、アナグマを呼んで、小枝で、穴をつつきました。

もしアナグマが中にいたって、出てくるはずはありません。

ローラはそれから一度も、あの灰色のアナグマを見かけることはありませんでした。

6 ✣ バラの花のリース

家畜《かちく》小屋のむこうの大草原の中に、灰色の長い岩がありました。

その岩は、風にそよぐ草や、風にうなずく野の花の上に、つきでていました。岩の上は平らでなめらかで、ローラとメアリーがならんで走れるくらいのはばがありました。長さも、かけっこができるくらいです。

遊ぶのには、とってもいい場所でした。

岩の上には、ひらひらしたふちの灰色がかった緑色のこけが、びっしり生えていました。

その上を、道にまよったアリたちが、あちこち行きかっています。

たまには、チョウが、羽を休めて止まっていることもありました。

そんなときローラは、ビロードのような羽をゆっくり開いたりとじたりするのを、じっと見守ります。まるでチョウは、羽で息をしているようでした。岩の上のちっちゃな足も、ふるえている触角《しょっかく》も、まんまるでまぶたのない目までも、ローラは見ていました。

ローラは、ぜったいに、チョウをつかまえようとはしませんでした。チョウの羽が、見えないくらいこまかいりんぷんでおおわれていることを、知っていました。ちょっとさわっただけで、このこまかいりんぷんははげおちて、チョウは傷《きず》ついてしまうのです。

太陽は、この灰色の大きな岩の上を、いつもあたたかくてらしていました。日の光は、風にそよぐ大草原の草の上にふりそそぎ、小鳥もチョウもその中にいました。そよ風が、いつも岩の上には吹いていていました。そよ風はあたたかく、それに太陽であたためられた草のいい匂《にお》いがしました。

はるか遠く、空と陸地《りくち》とのさかいの地平線のあたりの大草原に、黒い小さな物が動いています。それは、草を食べている牛の群れでした。

ローラとメアリーは、朝は、灰色の岩の上に遊びには行きません。そして日が沈んだあとも、そこで遊んでいるようなことはありませんでした。どうしてかというと、朝と夕方に、その牛の群れが、岩のそばを通るのです。

牛たちは、ひづめを鳴らし角《つの》をぐいとあげ、群れになって通っていきます。

牛飼《か》いの男の子、ジョニー・ジョンソンがあとについていきます。赤いまる顔で、まんまるの青い目、白っぽいうすい黄色の髪。

ジョニーは、にこっと笑いますが、なんにもいいません。ローラとメアリーがわかる言葉を、ちっとも知らないのでした。

ある日の夕方、父さんが、クリークからふたりを呼びました。ジョニー・ジョンソンが牛を連れてかえるのを見に、父さんが大きな岩のところへ行くので、ローラとメアリーもいっしょに来ていいというのでした。

ローラは、うれしくて、スキップをしながら行きました。

牛の群れを、そんなに近くで見たことは、まだありません。それに、父さんがいるのでこわくもありません。

メアリーは、父さんにくっついて、のろのろやってきます。

牛の群れは、もうすぐそこまで来ていました。

牛たちの鳴き声が、どんどん大きくなってきます。角をぐいとあげ、金色のこまかい土ぼこりが、あたりに立ちのぼっていました。

「ほうら、来たぞ！」

父さんが、いいました。

「よじのぼれ！」

父さんは、メアリーとローラを、大きな岩の上に押しあげました。

それから、三人は、牛の群れをながめました。

赤い背中、茶色の背中、黒と白のまだらの背中が、波がうねるように通りすぎていきます。

目をぎょろりとさせ、舌で平べったい鼻をなめ、おそろしい角でつきさそうと、いじわるそうに頭をかたむけて。

けれど、ローラとメアリーは、灰色の高い岩の上にいるので安全です。それに父さんが、群れにむかって立って、見守っています。

牛の群れの最後が通りすぎようとしたとき、ローラもメアリーもまだ見たこともないような、きれいな牝牛《めうし》に気がつきました。

それは、かわいい白い牝牛でした。赤毛の耳で、ひたいのまん中に、ぽちっと赤い斑点《はんてん》があります。小さな白い二本の角が内側にカーブして、その赤い斑点を指《さ》しています。そして、白い脇腹《わきばら》のちょうどまん中に、バラの花くらいの大きさの赤い斑点が、まるい輪になっていました。

メアリーでさえ、とびはねました。

「ほら見て！　ほら、見て！」

ローラは、さけびました。

「父さん、バラの花のリース（花輪《はなわ》）の牛よ、見てよ！」

父さんは、声をたてて笑いました。そしてジョニー・ジョンソンが牛の群れからその牝牛を引きはなそうとして追いたてているのを手伝いました。

父さんは、ふりかえって、大声で呼びました。

「こっちへおいで、ふたりとも！　これを小屋へ追いこむのを手伝ってくれ！」

ローラは岩からとびおりて、さけびながら父さんのところへ走りました。

「どうして、父さん、どうして？　あぁ、父さん、これ、うちの牛になるの？」

かわいい白い牝牛が、小屋へ入ると、父さんは答えました。

「うちの牝牛さ！」

ローラは、くるりとむきを変え、ありったけの力で走りました。斜面《しゃめん》の道をどすんかけおりて、大声でさけびながら家の中へとびこみました。

「ねぇ、母さん、母さん！　牝牛を見にきて！　うちの牝牛よ！　あぁ、母さん、いちばんきれいな牝牛！」

母さんはキャリィを抱いて、見にきました。

「チャールズ！」

と、母さんはいいました。

「うちの牝牛《めうし》だよ、キャロライン！　どうだい気にいったかい？」

と、父さんはいいました。

「だけど、チャールズ！」

母さんは、いいました。

「ネルソンから、ゆずり受けた。日当《にっとう》で支払《しはら》っていくよ。ネルソンのところも、干し草作りや取り入れで人手がいるんだ。見てごらんよ。いい乳牛《にゅうぎゅう》だよ。キャロライン、また牛乳もバターも手に入るんだよ。」

と父さんは、母さんに話しました。

「まあ、チャールズ！」

と、母さんはいいました。

ローラは、もうそれ以上は聞いていませんでした。くるりとむきを変えて、もう一度、走りました。全速力で道をくだって、家へとびこみました。

ローラは、夕食のしたくがしてあるテーブルから自分のカップをひっつかむと、また、かけもどりました。

かわいい白い牝牛は、小屋のピートとブライトの横の、小さな自分の場所に、つながれていました。牝牛は、静かに立って、もぐもぐ反《はん》すうしています。

ローラは牝牛の横にしゃがんで、片手にカップをにぎり、もう片方の手で乳房《ちぶさ》をつかんで、ぎゅうとしぼりました。父さんがしていたように。

するとほんとに、ひと筋《すじ》のあたたかい白い牛乳が、しゅーとカップに入りました。

「まあ！　この子はなにをしてるの！」

母さんが、大声をあげました。

「牛乳をしぼってんのよ、母さん。」

と、ローラはいいました。

「そっち側じゃだめ。」

と母さんは、すぐにローラにいいました。

「あなたをけりますよ。」

けれど、このおとなしい牝牛は首をまわして、やさしい目でローラをじっと見ただけでした。驚いてローラを見たのですが、けったりはしませんでした。

「いつも牛の右側から、しぼるものよ、ローラ。」

と、母さんはいいました。

でも、父さんがいいました。

「ごらんよ、このちっちゃな女の子を！　だれに牛乳しぼりをおそわったんだい？」

だれも、ローラに教えたことはありません。でもローラは、どうやって牛乳をしぼるのか知っていました。父さんがやるのを、注意深く見ていたからです。

今、みんなは、ローラが牛乳をしぼるのを見守っています。

牛乳は、あとからあとから筋になって、カップの中にしゅうしゅう入っていきます。そして、あわだち、その白いあわが、カップのふちすれすれまであがってきました。

それから、父さんと母さんとメアリーとローラがそれぞれ、あたたかくておいしい牛乳をひと口ずつごっくりと飲み、残りはキャリィがぜんぶ飲みました。

みんなは、満足した気持ちで立ったまま、美しい牝牛《めうし》をながめていました。

「なんていう名前?」

メアリーが、たずねました。

父さんの大きな笑い声がひびいて、いいました。

「名前はリートだよ。」

「リート?」

母さんが、聞きかえしました。

「変わった名前じゃない?」

「ネルソンのうちでは、なにかノルウェー語の名前で呼んでたんだよ。ぼくがどういう意味かってたずねたら、ネルソンの奥さんが、リートだっていったんだ。」

「いったい、リートってなあに？」

母さんが、たずねました。

「そうなんだ。それでぼくがネルソンの奥さんに聞いたんだ。だが、『リート』『リート』って、くりかえすばかりなんだ。とうとう、よっぽどぼくがまぬけに見えたらしいよ。しまいにこういったんだ。『バラのリートよ。』」

と、父さんはいいました。

「リースよ！」

ローラが、さけびました。

「バラの花のリースってことよ！」

それからみんなは、笑って笑って、もう笑えなくなるまで笑いました。

父さんが、いいました。

「ああおかしかった。ウィスコンシンでは、スウェーデン人とドイツ人の中で暮らした。インディアンの居留地《きょりゅうち》では、インディアンの中で暮らした。今度ここのミネソタでは、近所はみんなノルウェー人だよ。彼らも、いい隣人《りんじん》だ。だがわたしたちと同じ民族《みんぞく》の人たちは、ほんとに少ないらしいね。」

「さあ。あたしたちはこの牝牛《めうし》をリートと呼ぶつもりはないし、バラのリースでもないわね。名前は、スポット（斑点《はんてん》）ね。」

と、母さんはいいました。

7 ✣ 屋根に乗った牡牛《おうし》

もう今では、ローラとメアリーには、やらなければならない仕事がありました。毎朝、太陽がのぼる前に、スポットを灰色の大きな岩のところまで追っていくのです。そうするとジョニーが、牛の群れといっしょに、一日じゅう草を食べさせに連れていってくれるのでした。

夕方になるとふたりは、忘れずに迎えにいって、スポットを小屋へ入れるのでした。朝、ふたりは、つゆがおりてひんやりしている草の中を走っていきます。足はしめっぽくなり、服のすそは、ぬれてしまいます。ふたりは、つゆのしずくがいっぱいついている草の中を、はだしで走るのがすきでした。そして太陽が地平線にのぼってくるのを、見守るのがすきでした。

最初は、なにもかも灰色で、ひっそりしています。空は灰色で、草も、つゆにぬれて灰色。あたりも灰色で、風は息をひそめています。

そのうちに、緑色のくっきりした何本かの線が、東の空にさしこみます。もしそのとき小さな雲があれば、ピンク色にそまってしまいます。

ローラとメアリーは、ひんやりしている足を両腕《りょううで》でかかえこんで、しめって冷たい岩の上に腰《こし》をおろしています。ひざの上にあごを乗せて、じっと見つめています。

ふたりの下の草の上には、ジャックもすわって、じっと見ています。

それでも、空全体がピンク色にそまる瞬間《しゅんかん》を、どうしても見ることができません。

空は、初めは、かすかにほのかなピンク色で、それからだんだん、色がこくなってきます。そしてその色は、ずんずん空の上のほうまでそまっていきます。その色は、ますます明るく深くなります。

そして火のようにぱっと赤く輝いたかと思うと、ピンク色にそまっていた小さな雲が、金色に輝きます。

赤く輝いている地平線のまん中に、太陽のほんのわずかなはしが、あらわれました。それは白い光の短い筋《すじ》のようでした。

突然《とつぜん》、まんまるで大きな太陽が、ぐんぐんのぼってきました。昼間見ている太陽よりずっと大きくて、はじけるばかりにふくれあがり、輝く光をとっくとっくと放ちながら。

ローラは、まぶしくて、まばたきをしないではいられません。でも一度まばたきをしたらそのあいだに、空はもう青くなり、あの金色の雲は消えてしまっています。そして毎日、太陽は、何千羽の小鳥たちがとんだりさえずったりしている大草原の上に輝いているのです。

牛たちが帰ってくる夕方には、ローラとメアリーはいつもいそいで走っていって、あの頭や角《つの》やどしんどしんふみならす足がやってくる前に、大きな岩の上にいるのでした。

今は父さんが、ネルソンさんのところではたらいているので、ピートとブライトは、する仕事がありません。それで二頭は、スポットやほかの牛たちと、草を食べにいっていました。

ローラは、おとなしい白いスポットはちっともこわくありませんが、ピートとブライトは、だれでもびっくりするほど大きいんです。

ある夕方、牛たちはみんな、おこっていました。大きな声で、もうもう鳴き、ひづめで土をけちらしながらやってきて、大きな岩のところまで来ると、先へ進まなくなりました。岩のまわりをぐるぐる走って、すごい声で、もうもう鳴きながらけんかをしています。

目をぎょろつかせ、角を立てて、相手を攻撃《こうげき》しています。けちらすひづめで砂ぼこりがまきあがり、かちんかちんぶつかりあう角は、ぞっとするほどおそろしい。

メアリーは、あんまりこわくて、動けなくなってしまいました。

ローラは、あんまりこわくて、岩からぴょんととびおりました。

スポットとピートとブライトを、小屋へ追いこまなければならないことは、わかっていました。

牛たちは、砂ぼこりの中で、大きなかたまりになってあばれています。足をどしんどしんふみならし、角をかちんかちんぶつけあい、もうもう鳴きながら。

ジョニーが、ピートとブライトとスポットを小屋へ追っていくのを、手伝ってくれました。

ジャックも、手伝いました。

ジャックは三頭のすぐ後ろでうなり、ローラは、その後ろから大声をあげて走ります。

そしてジョニーは、太いつえで群れを追って、行ってしまいました。

スポットが、小屋へ入りました。それからブライトが、入りました。

ピートも入りかけたので、ローラがやっとほっとしたそのとき、大きなピートが、急にくるりとむきを変えたんです。角をつきたてしっぽをぴんとあげて、すごい勢《いきお》いで群れのあとから走りました。

ローラは、ピートの正面に走りでました。腕《うで》をふりまわし、大声をあげました。

ピートは、大きな声で、もうーと鳴くと、今度は土手へむかって突進《とっしん》していきました。

ローラは、ありったけの力で走って、またピートの前に出ようとしました。けれど、ローラの足は短くて、ピートのほうが長い。

ジャックが全速力で走ってきましたが、ピートを、ぼうんぽうんと、とぶように走らせただけでした。

ピートが、ローラたちの穴《あな》の家のちょうど真上で、とびはねました。ピートの片方の後ろ足が屋根をつきぬけて沈んでいくのを、ローラは見ました。そしてピートは、屋根の上にすわりこんでしまったんです。

あんなに大きな牡牛が、母さんとキャリィの上に落ちていくのでしょうか。こうなったのは、ピートを止めなかったローラの責任《せきにん》でしょうか。

ピートは、沈んだ片足を、やっと持ちあげて引きぬきました。

そのあいだにもローラは、前に出ようと走りつづけていました。ようやく、ピートの前に出ました。

ジャックも、前に出ました。

ピートを小屋の中に追いこんで、ローラはかんぬきをかけました。

ローラは、からだじゅうがふるえ、足の力はなくなり、へなへなでした。ひざが、がく

がくふるえつづけています。

母さんが、キャリィを抱いて、道をかけあがってきました。

かすり傷《きず》ひとつありません。ピートの足がふみぬいたところの屋根に、穴《あな》がひとつあいただけでした。

天井《てんじょう》から足が出てきたのを見たときは、ひっくりかえるほどびっくりしたと、母さんはいいました。

「だけど、たいした被害《ひがい》はなかったわ。」

と、母さんはいいました。

母さんは、穴に草をびっしりつめ、家の中に落ちた土をはきだしました。

そうしてから、母さんとローラは、声を出して笑いました。牛が屋根をふみぬくような家にすんでいるのが、とてもおかしかったのです。ウサギになったような感じでした。

次の日の朝。ローラがお皿を洗っていると、なにか黒っぽい物が白壁をころがりおちているのに気がつきました。

それは、土の小さなかたまりでした。どこから落ちてくるのか見ようとして、ローラは見あげました。

と、ローラは、ウサギよりすばやく、とびのきました。大きな石がどしんと落ちてきて、そこから天井《てんじょう》が、くずれおちてきました。

太陽の光が家の中にさしこみ、あたりは、砂ぼこりでいっぱいです。

母さんとメアリーとローラは、砂ぼこりでむせたりくしゃみをしたりしながら、天井だったところから青空を見あげていました。

キャリィも、母さんに抱かれて、くしゃみをしています。

ジャックが、走りこんできました。ジャックは、頭の上の青空を見て、うなりました。

それから、くしゃみをしました。

「まあまあ、けっきょくはこういうことに落ち着くのね。」

と、母さんがいいました。

「なんですって、母さん？」

ローラは、たずねました。

ローラは、母さんがいった意味は、なにかがこの砂ぼこりをしずめて落ち着かせてくれるのかと、思ったのです。

「こういうことよ。父さんがあした、屋根をなおさなきゃならないことになった、ってこと。」

と、母さんはいいました。

それから、みんなは、落ちてきた石や土や干し草のたばを、外へ運びだしました。母さんは、ヤナギの細枝のほうきで、何度も何度も床《ゆか》をはきました。

その夜みんなは、家の中で、星が輝く空の下で眠りました。こんなことは、今までに一度もなかったことでした。

次の日、父さんは仕事に行かないで、新しい屋根を作りました。

ローラは、ヤナギの大枝を運んでくるのを手伝いました。父さんが枝を押しこんで屋根の場所を埋《う》めていくときは、枝を手渡していました。

ふたりは、そのヤナギの枝の上に、新しい青草を厚《あつ》く乗せました。それから、その草の上に、土を積みかさねました。そしていちばん上に、父さんは、大草原から細長く切りとった草の根のからまったかたい土をしきました。

父さんが、細長いかたい土を互いにぴったり押しつけると、ローラは、足でふんでふみかためるのを手伝いました。

「この草は、あそこからここへ移ってきたことなんか、ぜんぜん知らないのさ。」

と、父さんはいいました。

「二、三日もすれば草がのびて、屋根は大草原と見分けがつかなくなってしまう。」

父さんは、ローラがピートをにがしてしまったことを、しかりはしませんでした。

父さんは、ただ、こういっただけでした。

「うちの屋根の真上を、大きな牡牛《おうし》が走りまわるんじゃや、たまったもんじゃやない！」

8 ✣ 麦わらの山

ネルソンさんのところの刈り入れがすむと、父さんは、スポットの代金をはらいおわりました。

今度は、うちの刈り入れにとりかかれます。

父さんは、女の子にはぜったいにさわらせない、長い柄《え》の危険そうな大がまをとぎました。そして、家畜《かちく》小屋のむこうの、小さな畑の小麦を刈りました。

刈りとった小麦はたばにしばって、山のように積みました。

それがすむと、毎朝、父さんは、クリークを渡ったむこう側の平地へ、はたらきにでかけました。

父さんは草を刈ってから、かわかすために日にあてておきます。それから木のくま手でかきよせて、積みかさねておきました。

父さんは、ピートとブライトを馬車にくびきでつないで、その干した草を引っぱってい

かせて、六つの大きな干し草の山を作りました。

夜になると、父さんはあんまりつかれていて、もうバイオリンをひくどころではありません。

けれど、父さんは満足していました。干し草を積んで山にしてしまえば、草を刈った土地をたがやして、小麦畑にできるからです。

ある朝、まだ夜が明けたばかりのころ、知らない三人の男の人が、脱穀機《だっこくき》といっしょにやってきました。

三人は、父さんが刈りとった小麦の山を、脱穀するのです。

ローラが、つゆにぬれた草の中を通ってスポットを牛の群れのところへ連れていくとき、やかましい機械の音が聞こえました。

太陽がのぼると、もみがらが、風の中で金色にとびちっていました。

脱穀をすませて三人の男の人は、朝食前に、機械を持って帰っていきました。

父さんは、ハンソンさんがもっと小麦を作っておいてくれればよかったと、いいました。

「だがうちで使う小麦粉《こむぎこ》のぶんは、じゅうぶんにある。」

と、父さんはいいました。

「それにあの麦わらと、このあいだ刈った干し草で、この冬のあいだのえさはある。来年こそは、驚くほどの小麦を収穫《しゅうかく》にするぞ！」

と、父さんはいいました。

その日の午前中、ローラとメアリーが遊ぼうと思って出ていくと、まず見た物は、美しい金色の麦わらの山でした。

麦わらの山は、見あげるように高くて、太陽の光の中で、きらきら光っていました。干し草より、ずっといい匂《にお》い。

ローラの足は、つるつるすべりおちていく麦わらの中ですべりましたが、ずんずんのぼっていきました。わずかのあいだに、いちばん上までのぼってしまいました。

ローラは、ヤナギの梢《こずえ》越しに、クリークのずっとむこうの、遠いところをながめました。すばらしい、まるい大草原全体が見えました。

ローラは、自分が空高くにいて、まるで小鳥のような感じでした。腕をくねらせ、ばねのようにはずむ麦わらの上で、ぼうんぼうんとはねました。風が吹いている高い空を、まるでとんでいるような感じでした。

「あたし、とんでるのよ！　あたし、とんでるのよ！」

ローラは、下にいるメアリーに、呼びかけました。

メアリーは、のぼってきました。

「とびはねて！　とびはねて！」

ローラは、いいました。

ふたりは手をにぎりあって、高く高く、はねまわりました。

風で、スカートはぱたぱたし、日よけぼうしは、首にぶらさがっているひもの先で、ゆらりゆらりゆれています。

「もっと高く！　もっと高く！」

ローラは、とびはねながら歌いました。

突然《とつぜん》、足もとの麦わらが、すべりおちました。

ローラは、積んである麦わらのふちを、すわったまま、しゅうーとすべりおりていきました。

どしん！

ローラは、しりもちをついて着陸。

どさん！

メアリーが、その上に着陸。

ふたりは、ぱちぱち音をたてる麦わらの中をころがって、笑いました。それから、また、麦わらの山をのぼって、すべりおりました。

こんなおもしろいことは、生まれて初めてです。

ふたりは、よじのぼっては、すべりおり、よじのぼっては、すべりおりました。

とうとう、積んであった山はすっかりなくなり、そこには、ばらばらになった麦わらがいっぱいあるだけ。

今まではしゃいでいたふたりは、急におとなしくなってしまいました。

父さんが、あの麦わらの山を作っておいたのです。それが今はもう、あとかたも残っていないのでした。

ローラはメアリーを見つめ、メアリーはローラを見つめました。それからふたりは、麦わらの山のざんがいをじっと見ました。

少したってからメアリーが、うちへ帰る、といいました。

ローラは、だまったまま、メアリーと帰っていきました。

ふたりは、父さんが食事に帰ってくるまで、母さんの手伝いをしたり、キャリイを遊ばせたりしていました。

父さんは、うちへ入ってくると、ローラをまっすぐに見つめました。

それでローラは、床に目をやりました。

「ふたりとも、もうあの麦わらの山をすべりおりちゃだめだぞ。帰ってくるとちゅうで、ばらばらになった麦わらを、ぜんぶ積みあげなきゃならなかった。」

と、父さんはいいました。

「もうしません、父さん。」

とローラは、まじめにいいました。

そして、メアリーもいいました。

「しません。父さん、もうしません。」

食事のあと、メアリーがお皿を洗い、ローラがふきました。

それからふたりは、日よけぼうしをかぶって大草原のほうへ道をのぼっていきました。

麦わらの山は、日の光の中で、金色に輝いていました。

「ローラ！　なにしてるのよ！」

と、メアリーがいいました。

「なんにもしてないわよ！　さわってもいないもん！」

「そこからすぐにはなれなさいよ。そうでないと母さんにいうわよ！」

と、メアリーはいいました。

「父さんは、匂《にお》いをかいじゃいけないっていわなかったわよ。」

と、ローラはいいました。

ローラは、金色の麦わらのすぐそばに立って、深く長く息をすいこんで、匂《にお》いをかぎました。

麦わらは、太陽にてらされてあたたかくなっていました。その匂いは、小麦のつぶを口に入れてかんだときより、いい匂い。

ローラは、麦わらの中に顔をうずめて目をとじ、深く深く息をすいこみました。

「うーん、いい匂い！」

と、ローラはいいました。

メアリーもやってきて、匂いをかいで、いいました。

「うーん、いい匂い！」

ローラは、きらきら光る麦わらが顔にちくちくする金色の山を、見あげました。

その金色の上にある、こんなに青い空を、ローラはまだ見たことがありません。

もう、下にいることはできません。あの青い空へむかって、高くのぼっていかなくては。

「ローラ！」

メアリーが、さけびました。

「父さんが、いけないっていったわよ！」

ローラは、よじのぼっていました。

「のぼっちゃいけないなんて、いわなかったわよ。すべりおりちゃいけないって、いったのよ。あたしはただのぼってるだけ。」

と、ローラはいいかえしました。

「そっからすぐ、おりてきなさいよ。」

と、メアリーはいいました。

ローラは、麦わらの山のてっぺんにいました。メアリーを見おろして、ローラは、とってもいい子ぶっていいました。

「すべりおりては行きませんよ。父さんが、いけないって、いいましたもの。」

ローラより高い物は、青い空だけ。

風が、吹いていました。緑の大草原は、どこまでも広びろとしています。

ローラは、腕《うで》をひろげて、ぴょーんと、とびはねました。

すると麦わらが、ローラのからだを、ぽーんと高くはねあげました。

「あたしはとんでる！　あたしはとんでる！」

と、ローラは歌いました。

メアリーも、のぼってきました。メアリーも、とびはじめました。

ふたりは、とびあがれるだけ高く、とびはねました。そして、いい匂いのするあたたかい麦わらの上に、ばったりひれふしました。

ローラのからだの両脇《りょうわき》に、麦わらがふくらんでもりあがります。その上にローラがころがってへこますと、またその脇がもりあがりました。

ローラは、そのふくらんだ上に、ころがりました。すると、ころころころころ、ころがって止まれなくなりました。

「ローラ！」

メアリーが、ありったけの声でさけびました。

「父さんがいったじゃない――」

けれど、ローラは、ころがっていきます。ころころ、ころころ、ころころ、麦わらの山をころがりおちて、土の上に散らばっている麦わらの上にどしーん。

ローラはとびおきると、また、麦わらの山をできるだけ早くよじのぼりました。そしてぴったりひれふすと、また、ころがりはじめました。

「いらっしゃいよ、メアリー！」

と、ローラはさけびました。

「ころがっちゃいけないって父さんいわなかった！」

メアリーは、麦わら山の上に立ったまま、ちょっと自分の意見をいいました。

「ころがっちゃいけないって父さんはいわなかった。それは知ってる。でも――」

「じゃ、いいじゃない！　やんなさいよ！　とってもおもしろいわよ！」

ローラはまたころがりおりながら、メアリーを呼びました。

「うーん、でもあたし――」

と、メアリーはいいました。

でも次には、メアリーは、ころがりおりていました。

とっても、おもしろい。すべりおりるより、もっとおもしろい。

ふたりは、のぼってはころがりおり、のぼってはころがりおり、大声で笑いつづけました。

ふたりといっしょに、麦わらは、どんどんころがりおちました。落ちた麦わらをふんで歩いたり、互いにころがしっこしたりして、またのぼってはころがりおります。

ついに、よじのぼっていくところなど、なくなってしまいました。

それでふたりは、服についている麦わらをぜんぶはらいおとし、髪の毛についているのもぜんぶつまんで取りました。それから、口をきかずに、帰ってきました。

その晩、父さんが干し草作りの仕事から帰ってきたとき、メアリーは、せっせと夕食のテーブルの用意をしていました。

ローラは、ドアのかげで、紙人形の箱をせっせと片づけていました。

「ローラ。ここへ来なさい。」

と父さんは、こわい声でいいました。

のろのろと、ローラは、ドアの後ろから出てきました。

「ここへ来なさい。メアリーもすぐこっちへ。」

と、父さんはいいました。

父さんは腰《こし》かけて、自分の前に、ふたりをならんで立たせました。けれど、父さんがじっと見ているのは、ローラの顔でした。

父さんは、きびしくいいました。

「きみたち、また麦わらの山をすべりおりたんだね。」

「ちがう、父さん。」

と、ローラはいいました。

「メアリー！　麦わらの山をすべりおりたんだね？」

「いいえ、ちがう、父さん。」

と、メアリーはいいました。

「ローラ！　もう一度、答えなさい。あの麦わらの山をすべりおりたんだね？」

父さんの声は、ものすごい。

「ちがいます、父さん。」

と、ローラは、もう一度、答えました。

ローラは、父さんの驚きあきれている目をまっすぐに見ました。どうしてそんな目をしているのか、ローラにはわかりません。

「ローラ！」

父さんは、いいました。

「あたしたち、すべりおりてません、父さん。」

と、ローラは説明しました。

「でも、ころがりおりたんです。」

父さんは、すばやく立ちあがってドアのところへ行き、外をながめました。背中が、ふるえています。

ローラとメアリーには、なんなのかわかりません。

父さんが、くるりとこちらをむいたとき、顔はいかめしいけれど、目はきらきら光っていました。

「わかったよ、ローラ。だが、今度は、ふたりとも麦わらの山の近くへは行かないでもらいたい。ピートとブライトとスポットがこの冬に食べる干し草と麦わらは、あれしかないんだ。あいつたちには、一本残らず必要なんだ。牛たちがひもじい思いをするのは、きみたちだっていやだろ？」

と、父さんはいいました。

「あぁ、いや、父さん！」

と、ふたりはいいました。

「うん。もしあの麦わらを牛たちのえさにとっておきたいんなら、『麦わら山に近づくべからず』。わかったか？」

「はい、父さん。」

と、ローラとメアリーはいいました。

こうして、あの麦わら山の遊びも、終わりとなってしまいました。

9 ✣ イナゴ日和《びより》

今は、プラムの季節《きせつ》です。プラムクリークぞいの野生《やせい》のプラムがある雑木林《ぞうきばやし》では、実がじゅくしはじめていました。プラムの木は、高くありません。でこぼこした小枝が何本もくっつきあうようにのび、その枝に、皮のうすいみずみずしいプラムがたくさんなっています。あたりの空気は、あまくて眠くなりそうで、虫の羽音がぶんぶんいっています。父さんは、草を刈ってしまったクリークのむこう岸の土地を、ぜんぶたがやしていました。

朝早くローラが、太陽がのぼる前に、スポットを灰色のまるい岩のところへ連れていくために家畜《かちく》小屋へ行くと、ピートとブライトはもういません。父さんが、耕作用《こうさくよう》のすきに二頭をつないで、仕事に出かけてしまっているのです。

ローラとメアリーは、朝食のお皿を洗ってしまうと、ブリキのバケツを持って、プラムつみに出かけます。家の屋根の上まで行くと、父さんがたがやしているのが見えました。二頭の牡牛《おうし》とすきと父さんは、曲線をえがいている大草原の地平線にそって、ゆっくり進んでいました。とても小さく見えて、すきからは、少し土煙《つちけむり》があがっています。

毎日、たがやされたこげ茶色のビロードのような畑は、だんだんひろがっていきました。とうとう、干し草の山のむこうの、銀のように光っている黄金色《こがねいろ》の、草を刈りとったところも、たがやしつくしてしまいました。

畑は、大草原の上を、波がおしよせるようにひろがっていきました。そこは、とても広い小麦畑になるのです。そしていつの日か、父さんが小麦を刈りとったら、父さんも母さんもローラもメアリーも、なんでも思う物は手に入るのです。小麦を収穫《しゅうかく》してしまえば、新しい家も馬も、持てるでしょう。それにキャンディーも、毎日、食べられるでしょう。

ローラは、クリークぞいのプラムの雑木林《ぞうきばやし》へむかって、背の高い草をかきわけかきわけ歩いていきました。日よけぼうしは背中にぶらさげ、手にさげたバケツは、ぶらぶらゆれています。

草は、もう、かりかりして黄色くなっていました。小さなイナゴがたくさん、ローラの足もとから、音をたててとびだします。

メアリーは、ローラがつけた道のあとから、日よけぼうしをきちんとかぶって歩いてきます。

ふたりは、プラムの木のところへ来ると、大きなバケツを下へおきました。小さなバケツがプラムでいっぱいになると大きなバケツに、あけました。

バケツがいっぱいになったら、家の屋根のところまで運びます。よごれていない草の上には、母さんが洗ってきれいにした布がひろげてあります。その上に、ローラとメアリーは、つんだプラムをならべて日に干しました。

この冬には、干しプラムが食べられるでしょう。

このプラムの雑木林《ぞうきばやし》には、木かげが、ほとんどありません。

日の光が、頭の上の細い葉のあいだから、ちらちらふりそそいでいます。

細い枝はプラムの重みでたわみ、落ちたプラムは、足もとの背の高い草のあいだをころがって、一か所にたまっていました。

いくつかの実は、ぐんにゃりつぶれてしまい、いくつかは、傷ひとつなくなめらかでした。そしてぱっくりわれて、みずみずしい黄色い中味を見せているのもありました。

ミツバチやスズメバチが、そのわれめにたかって、夢中《むちゅう》で汁をすっています。うろこのようになっているからだの先のほうが、うれしくて、ひくひく動いています。

ハチたちは、あんまりいそがしくてあんまり幸せで、人をさすどころではありません。ローラが、草の葉でつついても、ちょっと動くだけで、おいしいプラムジュースをすうのは止《や》めません。

ローラは、傷のないプラムは、ぜんぶ、バケツに入れました。けれど、われたプラムは、つめでスズメバチをはじいて、すばやくぽんと口に入れます。あまくて、日のぬくもりであたたかくて、それにみずみずしい。

はじかれたスズメバチたちはびっくりして、ローラのまわりをぶんぶんとびまわります。自分たちのプラムがどうなったのか、わからないんです。けれど、すぐに、ほかの実にむらがります。

「まったくあんたったら、つむより食べるプラムのほうが多いじゃない。」

と、メアリーがいいました。

「そんなことありませんよ。あたしは、食べるプラムをぜんぶつんでるんですからね。」

とローラは、いいかえしました。

「あたしのいってる意味が、よくわかってるくせに。」

とメアリーは、ぷんぷんおこっていいました。

「あたしがはたらいているあいだ、あんたはまわりで遊んでるだけ。」

けれど、ローラは、メアリーより早く自分の大きなバケツをプラムでいっぱいにしてしまいます。

メアリーは、きげんが悪いんです。だって、プラムつみより、ぬい物をしたり本を読んだりするのがすきなんですから。

ローラは、じっとしていることが大きらい。プラムつみは、すきでした。

ローラは、プラムの木をゆすって実を落とすのがじょうずでした。

プラムの木のゆすりかたは、こつを知っていなければなりません。もし、あまり強くゆすると、緑色のかたい実まで落として、むだにしてしまいます。そっとゆすったら、うれたプラムは、ぜんぶは落ちてきません。残ったプラムは夜になって落ちて、つぶれて、むだになってしまうのです。

ローラには、プラムの木のゆすりかたのこつが、わかっていました。

まず、ざらざらした幹《みき》をにぎって、一度すばやく、静かにゆすります。すると、細い枝の先の、うれた実がぜんぶ、まわりにぽたぽた落ちてきます。

それから、まだ木がゆれているうちに、もう一度、ぐいとゆすると、残っていたうれた実が、

ぽん、ぽとん！　ぽん、ぽとん！　ぽとん！　ぽとん！

林には、いろいろな種類のプラムがありました。

赤いプラムをぜんぶつんでしまうと、黄色のが、うれました。

それから、青紫《あおむらさき》のプラム。

いちばん大きな実のプラムは、ずっとあとになって、じゅくしました。それは霜《しも》プラムといって霜がおりないと、うれないのでした。

ある朝、大草原全体が、かすかに銀色になっていました。草の葉の一枚一枚が銀色に光り、土手の斜面《しゃめん》の道も、うっすらときらめいていました。

その道を行くローラのはだしの足は、火の上を歩いたようにひりひりして、黒ずんだ足跡がつきました。息をすうと鼻から冷たい空気が入って、はく息も白い。スポットの息も、白い。

太陽がのぼると、大草原全体が、きらきら輝きました。小さな小さな無数のきらめきが、草の上で、ぱっと燃えるように光っています。

そんな日、霜プラムは、じゅくすのでした。大きくて紫色のプラムには、表面に、霜のような銀色のあわいつやがありました。

太陽は、もうそんなに強くてりつけません。そして夜には、冷えこみました。

大草原も、ほとんど、干し草の山のような黄色がかった褐色《かっしょく》になりました。

空気の匂《にお》いも、ちがってきましたし、空も、もうぬけるような青さではありません。

それでも日ざしは、日中はあたたかでした。

雨は降らないし、霜も、あれ以来おりていません。もうじき感謝祭《かんしゃさい》が来るのに、雪も、降りません。

「どういうことなんだかわからないよ。こういう天候は初めてだ。ネルソンがいうには、老人たちは、イナゴ日和《びより》だっていってるそうだがね。」

と、父さんはいいました。

「いったいそれはどういう意味なの?」

母さんは、たずねました。

父さんは、首を横にふりました。

「ぼくに聞いたってわからないよ。『イナゴ日和』とは、ネルソンがいったことなんだから。どういう意味なのか、まるっきりわからないよ。」

「昔のノルウェー人たちがいってたことなんでしょうね。」

と、母さんはいいました。

ローラは、その言葉のひびきが、気にいってしまいました。

それで、かさかさ音をたてる大草原の草の中をかけぬけるとき、とびはねているイナゴを見ると、ローラは節《ふし》をつけて歌ってしまうのでした。

「イナゴ日和《びより》！　イナゴ日和！」

10 ✣ 干し草の中に牛たちが……

夏は行ってしまい、冬が近づいていました。

そろそろ、冬の用意のために、父さんが町へ出かけるころでした。

ミネソタのこの家は、町からとても近いので、父さんは一日で行ってこられます。それで、母さんもいっしょに行くことになりました。

母さんは、キャリィも連れていきます。キャリィはとても幼いので、おいていくことはできないからです。

メアリーとローラは、大きな女の子です。

メアリーは九歳になるところですし、ローラはもうじき八歳。

ふたりは家にいて、父さんと母さんがいないあいだ、家の用はなんでもできます。

町へ行くために、母さんは、キャリィに新しい服を作りました。それはローラが小さかったころに着ていた、ピンク色のキャラコ地のワンピースをほどいて、作りました。

布地がたっぷりあったので、キャリィの小さな日よけぼうしもできました。

キャリィの髪の毛は、眠る前に、カールペーパーでまいてありました。朝、紙をはずすと、クルクルの長い金髪のまき毛がたれていました。母さんが、ピンクの日よけぼうしのひもをキャリィのあごの下でむすぶと、キャリィはバラの花のようでした。

母さんは、輪骨《わぼね》の入ったペチコートをはいて、いちばんいいドレスを着ました。

それは小さなイチゴもようの美しいモスリン地のドレスです。ずっと前、大きな森にいたとき、おばあちゃんのところの「カエデ糖《とう》のダンスパーティー」で着た物でした。

「じゃ、いい子でいるのよ、ローラもメアリーも。」

と、すっかりしたくができると、最後に母さんはいいました。

母さんは馬車の荷台の席に腰《こし》かけ、キャリィは、その横にいます。

昼食のおべんとうは、馬車に積《つ》んでありました。

父さんが、牛を追いたてるぼうを取りあげました。

「日暮れ前に帰ってくるよ。」

と、父さんは約束しました。

「そうーれ!」

と父さんは、ピートとブライトにいいました。

大きな牡牛《おうし》と小さな牝牛《めうし》は、もたれかかるようにくびきを押して、馬車は出発しました。

「いってらっしゃい、父さん！　いってらっしゃい、母さん！　いってらっしゃい、キャリィ、いってらっしゃい！」

ローラとメアリーは、馬車の後ろから大きな声でいいました。

ゆっくりと、馬車は、出ていきました。

父さんは、牛の横を歩いていきます。

母さんとキャリィが乗った馬車と、父さんは、だんだん小さくなって、とうとう大草原のかなたへ消えてしまいました。

すると大草原がとても大きく見えて、それになにかものたりない感じになりました。でも、こわいことなんかなにもありません。ここにはオオカミもいないし、インディアンもいません。

それに、ジャックが、ローラのそばに、いつもついています。

ジャックは、信頼《しんらい》できる犬でした。父さんがいないときには、自分がすべてに注意をはらっていなければならないことがわかっていました。

午前中、メアリーとローラは、クリークの岸のイグサの中で遊びました。

いつか泳いだ深いふちの近くへは、行きません。麦わらの山にも、さわりません。

お昼には、母さんが用意してくれた、トウモロコシパンと糖蜜《とうみつ》を食べ、牛乳を飲みました。

ふたりは、カップを洗って、片づけました。

そのあとローラは、大きな岩の上で遊びたかったのですが、メアリーは、家の中にいたいのでした。そして、ローラも家の中にいなければいけない、といいました。

「母さんのいうことならきくわよ。でも姉さんのいうことはきかない。」

と、ローラはいいました。

「そんなのだめよ。母さんがいないときは、あたしのいうこときかなきゃ。だってあたしのほうが大きいんだもの。」

と、メアリーはいいました。

「あたしのほうが小さいんだから、あたしのしたいとおりにさせてくれなきゃ。」

と、ローラはいいました。

「それはキャリイのことでしょ。もしあたしのいうことをきかなかったら、母さんにいうわよ。」

とメアリーは、ローラにいいました。

「あたしがしたいことをして遊んだっていいと思う!」

と、ローラはいいました。

メアリーがローラをつかまえようとしましたが、ローラのほうが、すばやかった。外へ矢のようにとびだして、斜面《しゃめん》の道をかけあがろうとしましたが、ジャックが道のとちゅうにいました。

ジャックはじっと動かずに立ったまま、クリークのむこう岸を見ています。

ローラもそっちを見て、きーきー声でさけびました。

「メアリー！」

牛たちが、父さんが作った干し草の山のまわりを、うろうろしています。

干し草を、食べているんです。角で山をつきくずし干し草をほじくりだして、食べたりふみつけたりしています。

これでは、ピートとブライトとスポットの冬のえさが、なんにもなくなってしまいます。

ジャックには、なにをすればいいのか、わかっていました。うなりながら、一本橋のほうへ段をかけおりていきました。

父さんがいないのですから、干し草の山を守るために、ローラたちで牛を追いはらわなければなりません。

「あぁ、できないわよ！　できないわよ！」

メアリーは、おびえていいました。

けれど、ローラは、ジャックの後ろから走りました。

メアリーも、あとについて走りました。

クリークを渡り、泉を通りすぎました。

大草原へかけあがると、もう目の前に、どうもうな大きな牛たちがいました。

長い角をつきだし、太い足でふみつけふみにじり、広い口をあけてモーモー鳴きながら。

メアリーは、あんまりこわくて、からだを動かすこともできません。

ローラは、あんまりこわくて、じっと立っていられません。メアリーを、ぐいぐい引っぱりました。

ローラは、ぼうが落ちているのを見ると、ひっつかみ、牛にむかって大声でさけびながら走りました。

ジャックも、うなりながら走りました。

一頭の大きな赤毛の牝牛《めうし》が、角でむかってきましたが、ジャックは、牝牛の後ろへとびのきました。

牝牛は、ふうーと鼻をならして、全速力で走りました。

ほかの牛たちは、そのあとから、押しあいへしあいしながら走りました。

ジャックとローラとメアリーは、その後ろから走りました。けれど、牛たちを、干し草の山から追いはらうことができません。牛たちは、山のあいだを押しあいわめきながら走りまわり、干し草をちぎりとったり、ふみつけたりしています。

干し草の山は、どんどんくずれていきました。

ローラは、息をきらしてさけびながら、ぼうをふりまわしました。ローラが走って追いかければ追いかけるほど、牛たちは走りまわりました。

黒や茶色や赤毛や、まだらの大きな牛たちが、おそろしい角で、干し草の山をめちゃめちゃにしているのです。なかには、ぐらぐらゆれている山に、よじのぼろうとするのさえいました。

ローラは、暑いし、目がくらくらしました。髪の毛がばらばらになって、目に入りました。のどは大声をあげるのでひりひりしましたが、ぼうをふりまわし、さけびつづけ走りつづけました。

大きなからだの角のある牛を、ぼうでたたくことは、こわくてできませんでした。

干し草はますますくずれおち、牛たちはその上を、もっと速く走りまわりました。

突然《とつぜん》、ローラは、くるっとむきを変えて走りました。

すると、干し草の山をまわってきたあの大きな赤毛の牛と、出くわしました。

とてつもなく大きな足と肩と、ぞっとする角が、どんどん近づいてきます。

ローラは、もう悲鳴《ひめい》をあげることもできませんでした。でも、とびあがって、ぼうをふりまわしました。

赤毛の牝牛《めうし》は止まろうとしましたが、ほかの牛たちがすぐ後ろからやってくるので、止まれません。

赤毛の牛はむきを変え、たがやした土地を横切ってにげていきました。ほかの牛たちは、そのあとから全速力《ぜんそくりょく》で走りました。

ジャックとローラとメアリーは、牛たちを、干し草からずっとずっとはなれた遠くまで追っていきました。背の高い草が生えている大草原の中へ、牛たちを追っていきました。

ジョニー・ジョンソンが、目をこすりながら、草の中からむっくり起きあがりました。草原のあたたかいくぼ地で、からだを横たえて眠っていたのでした。

「ジョニーー！　ジョニーー！　目をさまして牛の番をしなさいよ！」

ローラが、かん高い声をあげました。

「もっとちゃんとしなさいよ！」

メアリーが、いいました。

ジョニー・ジョンソンは、深い草の中で草を食べている牛たちを、じっと見ました。それからローラとメアリーとジャックを、じっと見ました。

ジョニーには、なにが起こったかわからないのです。ジョニーは、ノルウェー語しか知らないので、説明することもできません。

ふたりは、がくがくする足を引きずりながら草の中をぬけて、帰ってきました。泉《いずみ》で水を飲んで、ほっとしました。

ふたりは、静かな家の中へ入って腰《こし》かけたとき、やっとくつろいだ気持ちになったのでした。

11 ✣ 暴《ぼう》走《そう》

それからあとの、長くて静かな午後はずっと、ふたりは家の中にいました。

牛たちは、干し草の山にはもどってきませんでした。

太陽はゆっくりと、西の空へ沈んでいきました。そろそろ、大きな岩へ牛を迎えにいく時間でした。

ローラとメアリーは、父さんと母さんが帰ってくるのを、今か今かと待っていました。

何度も何度もふたりは、馬車が帰ってくるのを待って、斜面《しゃめん》の道をのぼっていきました。

とうとうふたりは、家の屋根の上の草が茂っているところに、ジャックといっしょにすわって待っていました。

太陽が沈んでいくにつれて、ジャックの耳は、ますます注意深くなりました。

ときどき、ジャックとローラは立ちあがって、馬車が行ってしまったあたりの地平線をじっと見守りました。すわっていても、見えるのは同じなのですけれど。

ようやく、ジャックが片方の耳を、地平線のほうへむけました。それから、もう片方も。

そしてローラを見あげて、短いしっぽをぷりぷりふり、からだじゅうをゆすりました。

馬車が、帰ってきたのです！

みんなは立ちあがって、大草原に馬車があらわれるのを見守りました。

ローラは、二頭の牡牛《おうし》が見え、馬車の中の母さんとキャリィが見えると、とびはねて日よけぼうしをゆすりながらさけびました。

「帰ってきた！　帰ってきた！」

「おっそろしい速さよ。」

と、メアリーがいいました。

ローラは、じっと動かなくなってしまいました。

馬車が走る、そうぞうしい、がらがらがらがらいう音が聞こえました。

ピートとブライトが、ものすごい速さでやってきます。二頭は、暴走しているのでした。

馬車は、がたんがたん、どすんどすん、はねながらやってきます。

母さんがキャリィを抱きしめ、荷台のすみにかじりついているのが、ローラに見えました。

父さんが、ブライトの横を大またに、はねるようにやってきます。ぼうで、ブライトを

たたいて、
さけびながら。
父さんは、
クリークの土手へ

むかっているブライトの方向を、変えようとしているのでした。

でも、だめでした。二頭の牡牛《おうし》は、急な土手のふちめがけて、どんどん近づいていきます。

ブライトは、父さんを押しのけようとしています。

これでは、土手から落ちてしまいます。馬車と、母さんとキャリィは、土手をころがって、クリークへ落ちてしまいます。

父さんが、ものすごいさけび声をあげました。そしてありったけの力でブライトの頭をぶつと、ブライトはむきを変えました。

ローラは、悲鳴《ひめい》のような声をあげながら走りました。

ジャックは、ブライトの鼻先に、とびかかりました。

馬車と、母さんとキャリィが、さっと通りすぎていきました。

ブライトは、家畜《かちく》小屋に衝突《しょうとつ》。

そして急に、なにもかも静かになりました。

父さんが、馬車の後ろから走り、ローラはそのあとに続きました。

「どーどー、ブライト！　どーどー、ピート。」

と、父さんがいいました。

父さんは馬車の荷台におおいかぶさるようにして、母さんを見ました。

「だいじょうぶよ、チャールズ。」

と、母さんはいいました。

母さんの顔は、真っ青で、からだじゅうがふるえていました。

ピートは小屋の入り口から入ろうとしましたが、ブライトとくびきでつながれていて、ブライトがまだ小屋の壁に頭をぶつけていました。

父さんが、母さんとキャリィを抱きあげて荷台からおろしました。

母さんが、いいました。

「泣かないのよ、キャリィ。ね、だいじょうぶだったでしょ。」

キャリィのピンク色の服は、前が、すそまでさけていました。

キャリィは、母さんにいわれたので泣くまいとして、母さんの首にしがみついて、鼻をくすくすいわせていました。

「あぁ、キャロライン！　土手から落ちてしまうかと思ったよ。」

父さんは、いいました。

「あたしも一瞬、そう思ったわ。でもあなたが、そんなことさせておくことはないってわかってるのに。」

と、母さんは答えました。

「ふう！　ピートのおかげで助かったんだよ。あいつは暴走《ぼうそう》したんじゃない。ブライトはむちゃくちゃに走ったが、ピートはただ引っぱられて走っただけだよ。それで小屋が見えたから、夕ごはんがほしかったんだ。」

けれど、ローラにはわかっていました。

もし父さんが、あんなに速く走ってブライトをあんなにひっぱたかなかったら、母さんとキャリィは、馬車と牡牛といっしょにクリークへころがりおちていたんです。

ローラは、母さんのスカートにからだを押しつけ抱きしめて、いいました。

「あぁ、母さん！　あぁ、母さん！」

メアリーも同じことをしました。

「さあ、さあ。終わりよければすべてよし、よ。さ、あなたたち、父さんが牛をつないでるあいだに、買い物の包みを運ぶのを手伝ってね。」

と、母さんはいいました。

ふたりは、小さな包みをぜんぶ、家の中へ運びました。

そして、灰色の岩まで牛を迎えにいってスポットを小屋に入れました。

それからローラは、牛乳しぼりを手伝い、メアリーは、夕食のしたくを手伝いました。

夕食のとき、ふたりは、牛たちが干し草の山に入りこんでどんなふうだったか、どうやって追いはらったかを話しました。

父さんは、ふたりがもうしぶんなく正しいことをやったと、いいました。

父さんは、いいました。

「きみたちなら、時《とき》と場合に応じてなんでもやれるってわかったよ。そうだよね、キャロライン?」

ふたりは、父さんが町へ行ったときはいつもおみやげを持ってきてくれることを、夕食がすむまですっかり忘れていました。

父さんは腰《こし》かけを後ろに引き、まるでなにかを期待しているようなようすをしました。

すると、ローラは父さんの片方のひざにとびのり、メアリーは、もう片方のひざに腰かけました。

ローラはぴょんぴょんはねて、たずねました。

「なに買ってきてくれた、父さん? なあに? なあに?」

「あててごらん。」

と、父さんはいいました。

ふたりには、あてられませんでした。

けれど、ローラは、父さんのジャンパーのポケットになにか、がさがさする物があるので、とびつくように手を入れました。

そして、紙ぶくろを引っぱりだしました。赤と緑の細いしまもようの、美しい紙ぶくろを。ふくろの中には、二本のぼうキャンディーが入っていました。

メアリーに一本、ローラに一本！

ぼうキャンディーは、カエデ糖《とう》の色で、片方の面が、平らでした。

メアリーは、自分のぼうキャンディーを、なめました。

けれど、ローラはかじったので、外側が、ぽろりととれました。

中の芯《しん》は、かたくてすきとおっていてこげ茶色でした。とてもあまくて、こうばしくて、ちょっとぴりっとする味。

父さんが、それはニガハッカのキャンディー（訳者註《やくしゃちゅう》・シソ科のニガハッカの汁で味をつけたキャンディー）だと、いいました。

お皿洗いをすませてから、ローラとメアリーは、それぞれ自分のキャンディーを持って入り口の外の涼しい夕やみの中で、父さんのひざに腰かけました。

母さんは、家のすぐ内側に腰《こし》をおろして、キャリィを抱いてハミングで歌を歌っていました。

クリークは、葉が黄ばんできたヤナギの下で、ひとりごとをいいながら流れています。空に低くかかる大きな大きな星は、そよ風に、ひとつまたひとつとゆれてまたたいているようでした。

ローラは、父さんの腕《うで》の中で、ゆったりした気分でした。父さんのあごひげが、ローラのほおをやさしくくすぐり、おいしいキャンディーが、舌の上にとろけます。

しばらくたって、ローラがいいました。

「父さん。」

「なんだい、ちっちゃな女の子?」

父さんの声が、ローラの髪のすぐ上で、たずねます。

「あたし、牛よりオオカミのほうがすきみたい。」

と、ローラはいいました。

「牛のほうがずっと役にたつよ、ローラ。」

と、父さんはいいました。

ローラは、少しのあいだ、考えていました。それから、いいました。

「でもやっぱり、あたしはオオカミのほうがすき。」

ローラは、父さんにたてついたのではありません。自分が思ったことを、いっただけでした。

「そう、ローラ。じきに、いい二頭の馬が手に入るようになるよ。」

と、父さんはいいました。

ローラには、それがいつのことか、わかっていました。それは、小麦の収穫《しゅうかく》が終わってからなのでした。

12 ＊ クリスマスの馬

イナゴ日和《びより》は、ふしぎな天気でした。

感謝祭《かんしゃさい》になっても、まだ雪が降りません。

家のドアを大きく開いたまま、感謝祭のごちそうを食べました。

ローラには、葉を落としたヤナギ木立《こだち》越しに、大草原のはるかむこうの、日が沈むあたりが見えました。雪なんか、ぜんぜんありません。

大草原は、黄色いやわらかな毛皮のようでした。地平線は、今は、空とのさかいがあまりはっきりしていません。ぼうっと、にじんで見えました。

「イナゴ日和なんだ。」

と、ローラは思いました。

ローラは、イナゴの長くて重ねてある羽と、高いところに関節《かんせつ》のある足を思いうかべました。その足は、細くてざらざらしています。頭はかたくて、はしのほうに大きな目があ

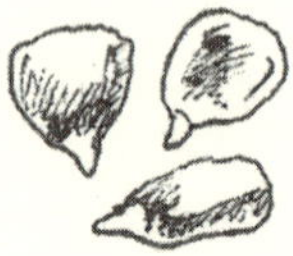

り、ちっちゃな口で、ばりばり物をかみます。

イナゴをつかまえてしっかり手に持ち、一本の青草を口の中にそっと入れてやると、すぐさまばりばりやりはじめます。そしてたちまち、草一本を食べつくし、草の先が口の中へ消えていきます。

感謝祭のごちそうは、とてもおいしかった。父さんが、感謝祭のために、野ガモをしとめました。

暖炉《だんろ》も、料理用ストーブのオーブンもないので、母さんは、野ガモをとろ火でゆっくり煮《に》てシチューにしました。そのグレービー（肉汁《にくじる》）で、ダンプリング（訳者註《やくしゃちゅう》・小麦粉をねって、だんご状《じょう》にした物）も煮ました。

トウモロコシの粉《こな》で作ったパンや、マッシュポテトもありました。バターや、牛乳、それに干しプラムを煮た物もあります。

そして、三つぶの炒《い》りトウモロコシが、それぞれのお皿の横においてありました。

昔、イギリスからアメリカへ渡ってきた最初の人たち（英国国教会《えいこくこっきょうかい》に不満《ふまん》を抱いて、一六二〇年、メイフラワー号に乗ってアメリカへ来た人たち）は、初めての感謝祭には、貧しくて三つぶの炒りトウモロコシのほかはなにも食べる物がなかったのでした。すると、インディアンたちが、七面鳥《しちめんちょう》を持ってきてくれたのです。それで、その人たちは心から感謝《かんしゃ》したのでした。

今、ローラたち一家は感謝祭の大ごちそうを食べたあと、ローラもメアリーも三つぶの炒《い》りトウモロコシを食べて、最初の移住者《いじゅうしゃ》たちのことを思いおこすのでした。でも炒りトウモロコシは、おいしい。カリッとしていてこうばしくて、あまい味がします。

さて、感謝祭がすむと、クリスマスのことを考えるころでした。

まだ、雪も降らないし、雨も降りません。空は灰色で、大草原もどんよりしていますが風は冷たい。冷たい風は、家の中には吹きこまず、屋根の上を通りすぎていきます。

「穴《あな》の家は、居心地《いごこち》がいいのね。だけど、冬ごもりする動物になった感じだわ。」

と、母さんはいいました。

「気にするな、キャロライン。来年はいい家にすめるぞ。」

と、父さんはいいました。

父さんの目は輝いて、声は歌っているようでした。

「それにいい馬と、しゃれた馬車！ きみに絹のドレスを着せて、その馬車で出かけるんだ！ 考えてごらん、キャロライン――平らでよくこえたこの土地には、石のひとつもじゃまな切り株もないんだよ。それに、鉄道からたった三マイルのところなんだ！ とれた小麦は、ひとつぶ残らず売れるんだよ！」

それから父さんは、指で髪の毛をかきむしって、いいました。

「すきを引く、二頭の馬がほしいよ。」

「でもねぇ、チャールズ。こうしてあたしたちみんなが健康で無事で、気持ちよくいられて、そのうえ冬の食べ物もあるんですよ。今ある物に、感謝しましょうよ。」

と、母さんはいいました。

「そうだ。」

と、父さんはいいました。

「だが、ピートとブライトじゃ、たがやしたり刈《か》り入れたりするにはあんまりのろますぎる。あの広い畑を、あいつたちとどうにかたがやしたがね。だが馬なしでは、ぜんぶ小麦畑にはできないよ。」

それから少し間《ま》があったので、ローラは、話のじゃまをせずに話すことができました。

ローラは、いいました。

「暖炉《だんろ》がないじゃない。」

「いったいなんのことを話してるの?」

母さんが、たずねました。

「サンタクロースよ。」

と、ローラは答えました。

「お食事をなさい、ローラ。取りこし苦労《ぐろう》はしないようにしましょうね。」

と、母さんはいいました。

ローラとメアリーには、わかっていました。サンタクロースは、暖炉《だんろ》の煙突《えんとつ》をおりてくるので、煙突がなければ来られないのです。

ある日、メアリーが母さんに、サンタクロースはどうやって来るのかたずねました。

母さんは、答えませんでした。そのかわりに、母さんは聞きました。

「あなたたちクリスマスに、なにがほしいの?」

母さんは、アイロンをかけていました。

アイロン台のいっぽうのはしはテーブルの上に、もういっぽうのはしは、ベッドのわくに乗せてありました。アイロンがかけられるように、父さんが、ベッドのわくの高さとテーブルの高さを同じにしておいたのです。

キャリィは、ベッドの上で遊んでいました。

ローラとメアリーは、テーブルの前にすわっていました。

メアリーは、キルトに使う小ぎれをえりわけていましたし、ローラは、ぬいぐるみ人形のシャーロットの小さなエプロンを作っていました。

風が、頭の上のほうでほえ、ストーブの煙突の中で、ひゅうひゅう音をたてています。

でも、雪はまだ降りません。

ローラは、いいました。

「あたし、キャンディーがほしい。」

「そう、あたしも。」

と、メアリーがいいました。

するとキャリィがさけびました。

「タンディ？」

「それに新しい冬のワンピースと、オーバーコートとフード。」

と、メアリーがいいました。

「そう、あたしも。」

と、ローラはいいました。

「それにシャーロットのドレスと、それから――」

母さんが、ストーブの上に乗せてあったアイロンを持ちあげ、ふたりのほうにさしだしました。

ふたりは、アイロンの熱をテストできるのです。

指をなめてからふたりは、目にもとまらない早さで、なめらかなアイロンの底にさわりました。もし、チュッという音がすれば、アイロンはじゅうぶんに熱くなっているのでした。

「ありがとう、メアリー、ローラ。」

と、母さんはいいました。

母さんは、父さんのシャツのそでのあて布のまわりと、それからその上に、ていねいにアイロンをかけはじめました。

「父さんがクリスマスになにがほしいか、あなたたちわかる？」

ふたりには、わかりませんでした。

「馬よ。」

と、母さんはいいました。

「あなたたち、馬をほしくない？」

ローラとメアリーは、互いに顔を見あわせました。

「ちょっと考えたんだけど……」

そういって母さんは、話しつづけました。

「もしあたしたちみんなが馬がほしくて、ほかの物はほしくなかったとしたら、そしたらたぶん――」

ローラは、おかしいと思いました。

馬は、毎日の生活の中の、あたりまえの物です。クリスマスの贈《おく》り物《もの》のような物ではありません。もし父さんが馬を必要なら、なにかと交換《こうかん》すればいいのです。

ローラには、サンタクロースと馬とを、同時には考えられませんでした。

「母さん！」

とローラは、大きな声をあげました。

「サンタクロースって、いるんでしょ？」

「もちろんサンタクロースはいますよ。」

と、母さんはいいました。

母さんは、アイロンを熱くするために、またストーブの上にアイロンをおきました。

「大きくなればなるほど、あなたたちはもっとサンタクロースのことがよくわかるようになるわ。もうふたりとも大きいんだから、サンタクロースがたったひとりじゃないってことはわかるでしょ？　クリスマスイブにはどこにでも来てくれるのよ。大きな森にも、インディアンの土地にも、それからもっと遠いニューヨークにも、そしてここにも。同じときに、どの煙突《えんとつ》からもおりてくるのよ。それは知ってるわね？」

「うん、母さん。」

と、メアリーとローラはいいました。

「そう。それじゃ、わかるでしょ――サンタクロースって、天使みたいなんじゃないかしら。」

と、メアリーが、ゆっくりゆっくりいいました。

ローラも、メアリーと同じように、それはよくわかりました。

それから母さんは、サンタクロースについて、またほかのことを話しました。サンタクロースはどこにでもいるし、それに、いつでもいるのだということを。

だれでも、自分の利益《りえき》ばかりを考えずほかの人のことを考えたときには、いつでもそこには、サンタクロースがいるのだというのです。

クリスマスイブは、だれもが、思いやりの心を持つときなのです。その夜は、サンタクロースは、いろいろなところにいます。だって、だれもが、自分だけのことを考える心をすてて、ほかの人たちが幸せになることを願うからです。そして朝になると、人びとはサンタクロースがどんなことをしていったかわかるのです。

「もしみんなが、ほかの人も幸せになってほしいといつも思っていたら、それじゃ、いつもクリスマスっていうことになるの？」

ローラがたずねると、母さんは、いいました。

「そうですよ、ローラ。」

ローラは、母さんのいったことをよく考えました。

メアリーも、考えました。

ふたりは考えてから、互いに顔を見あわせました。ふたりには、母さんがどうしてほしいかわかりました。

母さんは、ふたりが父さんのために、クリスマスの贈《おく》り物《もの》に馬だけをほしいと願ってくれるように、思っているのでした。

ふたりはもう一度、互いに顔を見あわせ、それからすばやく目をそらして、なんにもいいませんでした。

いつもとってもいい子のメアリーでさえ、ひとことも、いいませんでした。

その夜、夕食のあと、父さんは腕《うで》の中にローラとメアリーをかかえて、引きよせました。

ローラは、父さんの顔を見あげ、からだをぴったりつけて、いいました。

「父さん。」

「なんだい、かわいいリンゴ酒《しゅ》のちっちゃな女の子?」

父さんが、聞きました。

ローラは、いいました。

「父さん。あたしサンタクロースに――持ってきてほしいんだけど――」

「なにを？」

父さんは、たずねました。

「馬。もしときどき、あたしに乗らせてくれたら。」

と、ローラはいいました。

「そうよ、あたしも！」

と、メアリーがいいました。

最初にいったのは、ローラでした。

父さんは、驚きました。父さんの目はやさしく輝き、ふたりを見てぱっと光りました。

「ほんとに馬がほしいのかい？」

と、ふたりにたずねました。

「ええ、そうよ、父さん！」

と、ふたりはいいました。

「それだったら……」

と父さんは、にっこりしながらいいました。

「サンタクロースはすばらしい馬を二頭持ってきてくれると思うよ。」

これで、決まりました。

ふたりには、もうクリスマスは来ないのです。来るのは、二頭の馬だけ。

ローラとメアリーは、しょんぼり服をぬぎ、しょんぼりねまきのボタンをかけて、ナイトキャップのひもをむすびました。

ふたりは、ひざをついてお祈りをしました。

「主よ　いま眠るとき、
わが魂《たましい》を　ゆだねます。
もし　目ざめる前に　死ぬるとも、
主よ　わが魂を　ささげます。

父さんと母さんとキャリィとみんなの人をおめぐみください。そしてあたしが、いつもいつもいい子でいられますように。アーメン。」

すばやくローラは、心の中でつけくわえました。

『そしてクリスマスの馬のことは、あたしがほんとにうれしいといつまでも思うようにさせてください。もう一度、アーメン。』

ローラは、ベッドにもぐりこむと、ほんとにすぐにうれしくなってしまいました。なめらかでつやつや光っている毛並みの馬のことを、ローラは思いうかべました。たてがみとしっぽを風になびかせ、足をさっとあげて、ビロードのような鼻で空気をかいでいます。輝くやさしい目で、なにもかも見ています。父さんが、その馬に乗せてくれるのです。

今、父さんはバイオリンの調子をととのえて、肩にあてました。

頭の上では、風が、冷たく暗い中で、さびしげにひゅうーと吹きすぎていきます。けれど、家の中は、なにもかも心地よい。

ストーブのすき間からもれるかすかな火の明かりが、母さんのはがねのあみぼうをきらきらてらし、バイオリンをひいている父さんのひじをつかまえようとしています。

暗い中で、バイオリンの弓はおどり、父さんのつま先が、床《ゆか》をとんとんたたいています。

陽気な音楽は、泣きさけぶような風のさびしい音を、かきけしてしまうのでした。

13 ✣ クリスマスおめでとう

次の日の朝、雪が、空中をまっていました。雪のかたいつぶが、ほえまくる風の中を、とびまわりくるくるまっています。

ローラは、外へ遊びには行けません。

家畜《かちく》小屋では、スポットとピートとブライトが、一日じゅう立ったまま、干し草やわらを食べていました。

家の中で父さんが自分のブーツを修繕《しゅうぜん》しているあいだ、母さんがまた「ミルバンク」という物語の本を読んであげていました。

メアリーはぬい物をし、ローラは、シャーロットと遊んでいました。

キャリィにシャーロットは抱かせてあげられました。でも、キャリィはあまり幼いので紙人形はだめでした。引きちぎってしまうのです。

午後になって、キャリィが昼寝をすると、母さんが、メアリーとローラを手まねきで呼

びました。母さんの顔は、ないしょの話があるらしく、明るく輝いていました。

ふたりが、顔を近づけると、母さんは話しました。

キャリィのクリスマスの贈《おく》り物《もの》に、ボタンをつないだネックレスを、ふたりに作らせてくれるというのです！

ふたりはベッドに乗って、キャリィに背中をむけ、スカートを大きくひろげました。

母さんが、ボタンの入った箱を持ってきました。

ボタンの箱は、ボタンで、ほとんどいっぱいでした。母さんがローラよりずっと小さかったころから、ずっとためてきたのです。それに、母さんのお母さんが少女のころにためたのも、入っていました。

青いボタンや赤いボタン、銀色のや金色のボタン。ちっちゃな城や橋や木が浮きぼりになっているのや、つやつや光っている黒玉のボタン。陶《とう》のボタンに絵が描《か》いてあるのや、しまもようのボタン。みずみずしいブラックベリーのようなボタン。それに、小さな犬の顔のボタンまであります。

ローラは、それを見たとき、うわあーと声をあげてしまいました。

「しっ！」

母さんが、いいました。

けれど、キャリィは、目をさましませんでした。

母さんは、箱の中のボタンをぜんぶ、ふたりにあずけました。

それからはローラは、家の中にずっといるのも、いやでなくなりました。

外を見ると、草も生えていない凍りついた大地を、風が吹きまくって、雪の吹きだまりを作っていました。

クリークは凍り、ヤナギの梢《こずえ》が、ざわざわ音をたてています。

家の中では、ローラとメアリーが、キャリィにはひみつのことをしていました。

ふたりは、キャリィとやさしく遊んであげて、ほしがる物はなんでもあげました。キャリィを抱いてかわいがり、歌を歌ってあげて、できるだけ眠らせてしまうのです。そうしてから、ふたりは、ボタンつなぎにとりかかるのでした。

メアリーが、ひもの片方を持ち、ローラが、もう一方を持ちます。そして通したいボタンを、通していきました。

ふたりは、ひもを持ちあげてながめ、いくつかのボタンは、ほかのと取りかえます。

ぜんぶのボタンを引きぬいてしまって、また初めからやりなおすこともありました。

ふたりは、世界でいちばん美しいボタンのネックレスを、作っているのでした。

ある日、母さんがふたりに、きょうはクリスマスの前の日だと、いいました。

きょうじゅうに、ネックレスをしあげてしまわなければなりません。

ところが、その日にかぎって、キャリィを眠らせることができませんでした。

キャリィは大声をあげて走りまわり、いすによじのぼってはとびおり、スキップをしたり歌を歌ったり。つかれるようすも、ありません。

メアリーが、かわいいレディーらしく静かにすわっているのよ、と話しても、ぜんぜんだめ。

ローラがシャーロットを抱かせてあげると、ふりまわして、壁に投げつけました。

とうとう、母さんがキャリィを抱いて、子守歌《こもりうた》を歌いました。

ローラとメアリーは、ことりとも音をたてずに、じっとしていました。

だんだんだんだん、母さんの声が小さくなっていくと、キャリィはまばたきをひとつして、目をとじました。

母さんが、静かに歌うのを止《や》めると、キャリィの目がぱっちり開いて、さけびました。

「もっと、母さん！　もっと！」

けれど、キャリィは、とうとう眠ってしまいました。

それで、ローラとメアリーは大いそぎで、ボタンのネックレスをしあげました。

母さんが、ひもの両はしをむすんでくれました。これで、できあがり。もう、ボタンを取りかえることはできません。

美しい、ボタンのネックレスでした。

その晩、夕食のあと、キャリィが眠ってしまうと母さんは、テーブルのはしに、きれいに洗ったキャリィの小さなくつ下をさげました。

ねまきを着たローラとメアリーは、その片方のくつ下に、ボタンのネックレスをすべりこませました。

これで、ぜんぶ完了《かんりょう》。

メアリーとローラがベッドのほうへ行くと父さんが、たずねました。

「きみたちのくつ下をさげておかないのかい？」

「でも、あたし……。サンタクロースはあたしたちに、馬を持ってくると思う。」

と、ローラはいいました。

「たぶんそうだよ。でも女の子たちは、いつもクリスマスの前の夜には、くつ下をさげておくんじゃなかったのかい？」

と、父さんがいいました。

ローラは、なんだかわけがわかりませんでした。

メアリーも、同じでした。

母さんが、衣類《いるい》の入っている箱から、洗いたての二本のくつ下を取りだしました。父さんが手伝って、キャリィのくつ下の横に、その二本をさげました。

ローラとメアリーは、お祈りをしてから、なんだかわけのわからない気持ちのまま眠ってしまいました。

朝、ローラは、火がぱちぱちはねる音で目がさめました。片目をわずかにあけると、ランプの光で、自分のクリスマスのくつ下がふくらんでいるのが見えました。

ローラは、大声をあげて、ベッドからとびだしました。

メアリーも、走ってきました。

キャリィが、目をさましました。

ローラとメアリーのそれぞれのくつ下には、そっくり同じ紙づつみが入っていました。

紙づつみの中は、キャンディーでした。

ローラが六こ、メアリーも六こ。

ふたりは、こんな美しいキャンディーを見たことがありません。あまり美しくて、食べるのがおしいくらい。

くねくねまがっていて、リボンのようなキャンディー。ステッキのように上がまるくなっている、短いぼうキャンディー。切り口に色とりどりの花もようがあって、どこを切っても同じ花もようが出てくるキャンディー。それに、まんまるのキャンディーや、しまもようのもありました。

キャリィの片方のくつ下にも、こういう美しいキャンディーが、四こ入っていました。もう片方には、あのボタンのネックレス。

それを見たキャリィの目は、まんまるになり、口はぽかんとあいてしまいました。それから、キャアキャア声をあげ、ネックレスをつかんではまた、キャアキャア声をたてました。

父さんのひざにすわったキャリィは、キャンディーとボタンのネックレスをしげしげとながめ、うれしくてからだをよじって笑いました。

そのうちに、父さんが外まわりの仕事をする時間になりました。

父さんが、いいました。

「きみたち、家畜《かちく》小屋になにか贈《おく》り物《もの》があると思わないかい?」

すると、母さんがいいました。

「早く着がえなさい、あなたたち。そしたら父さんが見つけた物を見られるわ。」

冬なのでふたりは、くつ下をはいたりくつをはいたりしなければなりませんでした。母さんが、くつのボタンを止めるのを手伝ってくれ、ショールをあごの下でピンで止めてくれました。

ふたりは、寒い外へ走りでました。

なにもかも、灰色でした。ただ東の空に、赤く長いひとすじの光が、さしていました。その赤い光は、灰色がかった白い雪の上にきらきら輝いていました。

小屋の壁や屋根の枯れ草に積もった雪も、光で赤く見えました。

父さんは、小屋の戸を入ったところで、待っていました。ローラとメアリーを見ると笑って、小屋の外へ一歩出て、ふたりを中へ入れました。

そこには、ピートとブライトが立っているはずのところに、二頭の馬がいました。

二頭の馬は、ペットとパティーより大きくて、絹のようにつやつやしたやわらかな毛並みで、赤茶色《あかちゃいろ》でした。

たてがみとしっぽは、黒でした。目は、やさしくて、きらきら光っていました。

ビロードのような鼻をローラに近づけ、手をやわらかくかんで、あたたかい息を吹きかけました。

「さあて、ちびのおてんばちゃん！　それにメアリー。この贈《おく》り物《もの》は気にいったかい？」

と、父さんがいいました。

「とってもよ、父さん。」

と、メアリーはいいましたが、ローラは、これしかいえませんでした。

「あぁ、父さんたら！」

父さんの目がきらっと光って、いいました。

「クリークへ、クリスマスの馬に乗っていきたいのはだれかな？」

ローラは、待ちきれないほどでした。父さんがメアリーを持ちあげて馬に乗せ、たてがみのつかみ方を教え、こわがることはないと話しているあいだ。

それから父さんの強い手が、ぽうんとほうりあげるように、ローラを馬に乗せました。

馬の大きくてやさしい背中《せなか》に乗ったローラは、馬が自分を乗せて歩いていくのが、ひしひしと感じられました。

外はどこもここも、雪や霜《しも》が太陽の光にてらされて、きらきら光っていました。

父さんは、馬がクリークで水が飲めるように、氷をわるおのを持ち、たづなをにぎって先頭を歩いていきます。

馬たちは頭をあげ、息を深くすいこむと、鼻からしゅーと寒さを吹きとばします。ビロードのような耳をぴくりと前へたおし、それから後ろへおこし、また前へ動かすのでした。

14 ✣ 春の大水

真夜中、ローラは、ベッドの上に、すっくと身を起こしました。

入り口のドアのところで、なにかゴウゴウとすさまじい音がしています。こんな音は、聞いたこともありません。

「父さん！　父さん、あれ、なに？」

とローラは、キーキー声で聞きました。

「クリークの音のようだ。」

父さんは、ベッドからとびだしながらいいました。

父さんがドアをあけると、ゴウゴウいう音が、家の暗やみの中へ入りこみました。

ローラは、おびえました。

父さんがさけんでいるのが、ローラに聞こえます。

「こりゃあ、すごいぞ！　すごいどしゃぶりだ！」

母さんがなにかいっているのが、ローラには聞こえません。

「なにも見えやしない！」

父さんが、さけびました。

「黒猫《くろねこ》の群れみたいに、暗やみだ！　心配しなくていい、クリークの水はこっちの高いほうへは来ない！　むこう側の低い岸のほうへあふれてくんだから！」

父さんがドアをしめると、ゴウゴウいう音は、いくらか小さくなりました。

「寝なさい、ローラ。」

と、父さんはいいました。

けれど、ローラは、横になったまま眠らず、ドアを通して聞こえてくるかみなりのようなゴウゴウいう音を聞いていました。

やがて、ローラは、目をさましました。

窓が、うす明るくなっていました。

父さんは、もう出かけてしまって、いませんでした。

母さんが、朝食のしたくをしていましたが、クリークは、まだゴウゴウいっています。

ローラは、さっとベッドからとびでて、入り口のドアをあけました。

ザアー！

氷のように冷たい雨がローラに降りかかり、やっと息がつけるくらい。外へとびだしたローラに、冷たい雨が降りそそぎ、肌《はだ》までぐっしょりぬれました。すぐそばの足もとでは、クリークが、ゴウゴウとすさまじく流れています。

ローラが立っている場所は、土手の斜面《しゃめん》の道のいちばん下のところでした。たけりくるった水は、いつも使っている小さな橋へおりていく段の上で、はねあがりうずまいています。

むこう岸のヤナギの木立は、すっかり水につかり、梢《こずえ》が、黄色くあわだっている水の中でぐらぐらゆれていました。

クリークのすごい音で、ローラの耳は、聞こえなくなりそうでした。雨の音も、聞こえません。

びっしょりぬれたねまきの上を、雨がたたきつけるように降っているのがわかりました。まるで髪の毛なんかないように、頭にも、なぐりつけるように降っています。でも、聞こえるのは、クリークのゴウゴウいう、ものすごい音だけでした。

はげしい早い流れは、おそろしいけれど、見ているとおもしろくて心をうばわれそうでした。

水の流れは、ヤナギの梢のあいだをあわだちうなりをあげて通りぬけ、大草原へむかって、うずまいていきます。

上流の、あの白い小石のあるカーブしているあたりでは、水は高いところから、いっきに流れおちていました。流れは、たえず変わっているようでいつも同じようで、はげしくておそろしい。

突然《とつぜん》、母さんが、家の中へローラを引っぱりこみました。

「母さんが呼んでるの、聞こえないの？」

と、いいながら。

「聞こえなかった、母さん。」

と、ローラはいいました。

「そう、聞こえなかったのね。そうでしょうとも。」

と、母さんはいいました。

水がローラのからだからしたたり落ち、はだしの足のまわりが、水たまりになりました。

母さんは、ローラのからだにぬれてぺったりついているねまきを引っぱってぬがせ、からだじゅうをタオルでごしごしこすりました。

「さあ、早く服を着なさい。そうでないと、死ぬようなかぜをひきますよ。」

と、母さんはいいました。

けれど、ローラは、からだがぽかぽかしてきました。こんなにさっぱりして気持ちがいいのは、初めてでした。

メアリーが、いいました。

「あんたには驚くわよ、ローラ。あたしはこんな雨ん中に出てって、そんなにずぶぬれになったりしないわよ。」

「あぁ、メアリー、あのクリークだけは見なきゃだめよ！」

ローラはそうさけんでから、母さんに聞きました。

「母さん、朝のお食事がすんだら、もう一度クリークを見に外へ行ってもいいですか？」

「だめですよ。雨が降ってるあいだは。」

と、母さんはいいました。

けれど、朝食のあいだに、雨は止《や》みました。

太陽が、輝きはじめました。

父さんが、ローラとメアリーは父さんといっしょにクリークを見にいってもいい、といいました。

外の空気は、すがすがしく、澄《す》んでいて、そのうえしっとりしていました。

それは、春らしい匂《にお》いでした。

空は青く、大きな雲が、ゆったりと渡っていきます。雪は、すっかり大地にしみて、消えてしまっていました。

高い土手の上に立っても、まだローラにはクリークのゴウゴウいう音が聞こえました。

「驚いたもんだ。こんな天候《てんこう》は見たこともない。」

と、父さんはいいました。

「これもまだ、イナゴ日和《びより》の続きなの？」

ローラはたずねましたが、父さんにはわかりませんでした。

三人は、いつもとまったくちがう光景を見ながら高い土手の上を歩いていきました。

ゴウゴウと、あわだって流れるクリークは、なにもかも変えてしまっていました。

プラムの雑木林《ぞうきばやし》は、流れの中で、ただあわだらけのやぶでした。

あの台地は、まるい島になっていました。はば広く、もりあがって流れてきた水は、まわりをとりかこむように分かれて流れ、またひとつになって進んでいきます。

水遊びをしたふちのところは、高いヤナギの木ぎが短い木になって、湖の中に立っているように見えました。

そのずっとむこうには、父さんがたがやした土地が、黒ぐろとぬれてひろがっていました。

「麦まきができるのも、もうそう長くはかからないな。」

15 ✣ 一本橋《いっぽんばし》

次の日、ローラは、母さんはクリークに遊びにいかせてはくれない、と思いました。

クリークは、まだゴウゴウ音をたてていましたが、だいぶおだやかになっていました。家にいると、クリークがローラを呼んでいるのが聞こえてきます。それでローラは、母さんにはなにもいわないで、こっそり外へぬけだしました。

水面は、もう、そんなに高くありません。

橋へおりる段には、水はありませんでした。流れが橋にあたって、あわだっているのが見えました。橋の一部分は、水の上に出ていました。

冬のあいだずっと、クリークは、氷でおおわれていました。そのあいだクリークは、じいっと動かず、物音ひとつたてませんでした。

今、クリークは、どんどん流れ、うれしそうに音をたてています。水は橋にぶつかって、白いあわをたて、ひとりで笑っています。

ローラは、くつとくつ下をぬいで、ぬれないように、いちばん下の段の上におきました。それから橋板の上に乗って、音をたてている水を見守りながら立っていました。しぶきが、はだしの足にはね、小さな波が足のまわりを走ります。片方の足を、うずまいているあわの中に入れて、ぱしゃぱしゃ、やりました。橋板の上に腰《こし》かけて、両足を水の中にざんぶり入れました。

クリークの水は、足にむかってすごい勢いで流れてきます。ローラは、それをけりかえします。とっても、おもしろい!

もうからだじゅうほとんどぬれてしまいましたが、からだごと、水の中につかりたくなりました。

ローラは、橋板の上に腹《はら》ばいになり、腕《うで》を橋の両側から、深くて早い流れの中にぐいと入れました。

けれど、これだけでは、ものたりません。ゴウゴウと、たのしそうに流れているクリークの中に、ほんとに入りたくてたまりません。

ローラは、橋板の下で両手をぐっとにぎって、くるっと回転しました。

その瞬間、ローラには、クリークが遊んでなんかいないということが、はっきりわかりました。

水の流れは、強くて、おそろしい。ローラのからだごとつかまえて、橋板の下へ引っぱります。

ローラは、頭だけ橋板の上へ出し、死にものぐるいで、片方の腕をせまい板に渡してつかみました。

水の流れは、ローラを引っぱり、押しながそうとします。あごを橋板のはじにしっかりかけ、片腕でしがみついているローラを、水の流れは、ものすごい勢いで押しながそうとしているのです。

クリークは、もう、笑ってはいませんでした。

だれも、ローラがここにいることは知りません。大声で助けを呼んだって、だれにも聞こえません。

流れは、ゴウゴウと大きな音をたて、ますますローラを引きずりこもうとします。

ローラは、足でけりましたが、流れのほうが強い。

やっと両腕《りょううで》をかけて、からだを持ちあげようとしました。が、水の流れは、もっと強く引きずりこもうとします。ローラの頭を水の中へ引っぱりこもうとして、まるでからだをふたつにさこうとしているようです。

寒い。冷たさが、からだじゅうにしみわたりました。

クリークの流れは、オオカミや牛の群れのような物ではありません。

クリークは、生き物ではありません。強くておそろしくて、けっしてとどまることはありません。

ローラを引きずりこみ、うずの中に投げいれ、ヤナギの枝のようにくるくるまわして押しながすでしょう。そうしたって、知らん顔。

足は、つかれて、腕は、だんだん感覚《かんかく》がなくなってきました。

「水の外へ出なきゃなんない。出なきゃなんない！」

と、ローラは思いました。

クリークのゴウゴウいう音が、頭の中で鳴っています。

ローラは、足首に力を入れて思いっきりけり、両腕《りょううで》でぐいっと、からだを持ちあげました。そうしたら、またもとのように、橋板の上に腹ばいになっていました。

おなかと顔の下には、がんじょうな板の橋がありました。ローラは、そのままの姿勢《しせい》で大きく息をはき、橋がしっかりしていてよかったと思いました。

からだを動かそうとしたら、頭が、くらくらしました。

ローラは、板の上をはって、橋からおりました。

くつとくつ下を持ち、ぬかるんだ段を、ゆっくりやっとのぼりました。

ローラは、家の入り口で立ちどまりました。母さんに、なんていったらいいのかわかりません。

しばらくたってから、ローラは、中へ入りました。ドアを入ったところで、水をぽたぽたたらしながら立っていました。

母さんは、ぬい物をしていました。

「どこへ行ってたの、ローラ?」

母さんは、顔をあげながら、たずねました。それから大いそぎでやってきて、いいました。

「なんてこと! 後ろをむいて、早く!」

母さんは、ローラの後ろのボタンをはずしはじめました。

「どうしたの? クリークに落ちたの?」

「そうじゃない。あたし——あたしが入ったんです。」

と、ローラはいいました。

母さんは、ローラの服をぬがせタオルでからだをごしごしこすりながら、聞いていました。ローラがすっかり話しおわっても、母さんはひとこともいいませんでした。

ローラの歯は、がちがちいっていました。

母さんは、ローラをキルトのかけぶとんにくるんで、ストーブの近くにすわらせました。

やっと、母さんはいいました。

「ね、ローラ、あなたはとんでもないことをしたのよ。それは自分でもわかっていると思うわ。でも、母さんにはおしおきはできない。しかることさえもできない。あなたは、もう少しでおぼれるところだったのよ。」

ローラは、なんにもいいませんでした。

「父さんかわたしがいいというまでは、クリークの近くへ行ってはいけませんよ。水が引くまでは、行ってはいけません。」

「行きません。」

と、ローラはいいました。

クリークの水は、やがて引くでしょう。おだやかになって、また、たのしい遊び場所になるでしょう。

けれど、だれも、むりにそうさせることはできません。だれも、クリークを思いどおりにさせることはできないのです。

人の力より強い物があるということを、ローラは今、知りました。

けれど、クリークは、ローラをのみこんではいませんでした。

クリークは、悲鳴《ひめい》をあげさせもしませんでしたし、泣き声も出させなかったのでした。

16 ✢ すばらしい家

クリークは、水が引きました。

にわかに、毎日が、あたたかくなりました。毎朝、父さんは早くから、クリスマスの馬、サムとデービッドを連れて小麦畑へ出かけました。

「わたしは、はっきりいいますよ。そんなに夢中ではたらいたら、からだをこわしてしまいますよ。」

と、母さんはいいました。

けれど、父さんは、雪があまり降らなかったので土地がかわいている、といいました。すきで深くたがやし土をならして、早く種をまかなければならないのでした。

毎日、父さんは日がのぼる前に出かけ、暗くなるまではたらきました。

ローラは、サムとデービッドがクリークの浅瀬《あさせ》をパシャパシャやって帰ってくる音を聞くまで、暗い中で待っています。音がするとすぐ、カンテラを取りに家の中へ走ります。

そしてカンテラをさげて家畜《かちく》小屋へいそぎ、父さんが外まわりの仕事ができるように、明るくしてあげるのでした。

父さんは、あまりにもつかれていて、笑ったり話したりしません。夕食をすますと、ベッドへ入ってしまいます。

やっと、小麦の種をまきおわりました。それから、父さんは、カラス麦をまきました。

そしてジャガイモ畑と、菜園《さいえん》を作りました。母さんとメアリーとローラは、種イモを植えつけたり、菜園のうねに小さな種をまくのを手伝いました。

キャリィには、お手伝いのまねをさせてあげました。

今は、大草原全体が、緑の草でおおわれていました。

ヤナギも、黄緑色の葉を、のばしはじめました。

スミレやキンポウゲが、くぼ地にびっしり咲いています。クローバーに似ているカタバミの葉やラベンダーの花は、口に入れるとすっぱくておいしい。

小麦畑だけが、なにも生えていなくて、茶色でした。

ある日の夕方、父さんはローラに、その茶色の畑に、あわい緑色のもやのような物がかかっているのを教えてくれました。

小麦が、芽を出したのです！　ひとつひとつのちっちゃな芽は、とても細くて、やっと見えるくらいです。でもそれが、たくさんいっしょになると、緑色のもやがかかったようになるのでした。

その夜は、だれもが幸せな気持ちでした。だって、小麦がよく育っているからです。

次の日、父さんは、町へ馬車で出かけました。

サムとデービッドといっしょに町へ行くので、午後には帰ってこられます。父さんがいなくてさびしいと思うこともなく、それに、いつかいつかと待っていることもなく、帰ってくるのです。

ローラが、まっ先に馬車の音を聞きつけて、まっ先に土手の道へ出ました。

父さんは、馭者台《ぎょしゃだい》に腰《こし》かけていました。その顔は、うれしさで輝き、後ろの荷台には材木が山のように積んでありました。

父さんは、歌うようにふしをつけて、いいました。

「さあ、新しい家ですよ、キャロライン！」

「だけど、チャールズ！」

母さんは、息を止めました。

ローラは走っていって、車輪をよじのぼり、板の山の上にあがりました。

こんなになめらかで、まっすぐな美しい板を、まだ見たことがありません。これは、機械で製材した物でした。

「だけど、小麦がやっと芽が出たばかりよ！」

母さんは、いいました。

「それはだいじょうぶなんだ。材木を先に渡してくれたんだ。小麦を売ってから、代金をはらえばいいんだよ。」

と父さんは、母さんに話しました。

ローラは、父さんに聞きました。

「板で作った家にすむの？」

「そうだよ、ぱたぱたじょうちゃん。家をぜんぶ、製材した材木で建てるんだよ。それにガラス窓も入ることになるんだ！」

と、父さんはいいました。

それはほんとうのことでした。

翌朝、ネルソンさんが手伝いにやってきました。ふたりは、新しい家の食料貯蔵庫《ちょぞうこ》の地下室を、掘りはじめました。すばらしい家が、できていきました。こういうことも、小麦が順調に育っているからです。

ローラとメアリーは、土の中の家で手伝いをしていても、外へ出たくてたまりません。

けれど、母さんは、いつものとおり手伝いをさせました。

「決められてる仕事は、きちんとやらなきゃいけません。」

と、母さんはいいました。

ふたりは、朝食に使ったお皿を残らず洗って片づけました。自分たちのベッドを、きちんと、ととのえました。それからヤナギの小枝のほうきで床《ゆか》をはき、ほうきをもとの場所へしまいました。

そうしてから、外へ行けるのです。

ふたりは、段をかけおりて板の橋を渡り、ヤナギの木ぎの下を、大草原へかけあがりました。

大草原の草の中を通って緑の小高い丘へあがると、そこで、父さんとネルソンさんは、新しい家を建てていました。

家の骨組みを組みたてていくのを見ているのは、とてもおもしろい。

材木は、新しくて金色に光っていて、すらりと立っています。空が、そのあいだから、真《ま》っ青《さお》に見えます。

金づちが、陽気な音をたてています。

かんなが、いい匂《にお》いのする板をけずって、くるくるうずまきになった長いかんなくずをけずりだします。

ローラとメアリーは、耳に、小さなかんなくずをかけてイヤリングにしました。首のまわりにかけて、ネックレスにしました。

ローラは、髪の毛にかんなくずをからませてたらし、金色のまき毛のようにしました。それは、いつもこういう髪になりたいと思っている色でした。

骨組みの屋根の上で、父さんとネルソンさんは、金づちでたたいたり、のこぎりをひいたりしています。

小さな木切れが落ちてくると、ローラとメアリーはたくさん集めて、ままごとの家を作りました。

こんなたのしいことは、初めてです。

父さんとネルソンさんは、壁の骨組みの上に、板をななめにしてくぎで打ちつけました。それから、買ってきた屋根板で、屋根をはりました。この屋根板は、うすくて、みんな同じ寸法《すんぽう》です。

父さんが、おのでうすく切っていた物より、はるかにずっとうすい。はりおわった屋根は、ぴっちりしていて、すき間ひとつありません。

そのあと、父さんは、絹のようになめらかな床板で、床をはりました。この床板は、ふちにそってみぞがほってあり、床《ゆか》をはると、きっちり合わさるようになっていました。

頭の上にも、屋根裏部屋の床をはり、これが下の部屋の天井《てんじょう》になりました。

父さんは、一階に仕切りをつけました。

この家には、ふたつの部屋があることになるんです！

ひとつは寝室《しんしつ》で、もうひとつは、居間《いま》だけに使うのです。

その居間に、父さんは、きらきら光る明るいガラス窓をつけました。ひとつは東側で、太陽がのぼるのが見えます。

もうひとつは南側で、入り口の横。

寝室の壁にも、ふたつの窓があって、それもガラス窓でした。

ローラは、こんなにすばらしい窓をまだ見たことがありません。

窓は、上下、ふたつに区切られていて、上と下にそれぞれ六枚の板ガラスが入っていました。

下の半分を押しあげて、支えの細長いぼうをはめておくと、窓はあけたままになっていました。

父さんは、入り口のドアの反対側に、裏口のドアをつけ、そのすぐ外に

ちっちゃな部屋を作りました。
これは、「さしかけ小屋」でした。家にもたれかかるように、作ってありましたから。

この「さしかけ小屋」は、冬には、北風を防いでくれました。それに、母さんが、ほうきやモップやたらいをしまっておけました。

もうネルソンさんが手伝いにきていなかったので、ローラは、質問のしどおしでした。寝室《しんしつ》は、母さんとキャリィと父さんが使うのだと、父さんはいいました。屋根裏部屋は、メアリーとローラが眠ったり遊んだりする部屋だと、いいました。

ローラが屋根裏部屋をとても見たがったので、父さんは「さしかけ小屋」ではたらいていたのを止《や》めて、上へのぼるはしごを作ってくれました。細長い板を何枚か、くぎで打ちつけて。

ローラは、とびはねるようにはしごをのぼり、屋根裏部屋の床《ゆか》の穴《あな》から、下が見えるところへ行きました。屋根裏部屋は、下のふたつの部屋を合わせた広さです。

床は、すべすべした板でした。ななめになった天井《てんじょう》は、黄色の新しい屋根板の裏側になっています。

部屋の両はじには、それぞれ小さな窓がありました。その窓も、ガラス窓です！

メアリーは、初めのうちは、はしごから屋根裏部屋の床へぽうんととぶように入るのをこわがっていました。次には、床からはしご段へおりるのをこわがりました。

ローラも、こわいとは思ったのですが、こわくないふりをしました。

すぐにふたりは、はしご段から床へぽうんと入ったり、はしごの段へ出てきたりするのになれてしまいました。

さあこれで、家はできあがったのだと、ふたりは思いました。

けれど父さんは、家の外壁《そとかべ》全体に、黒いタール紙（訳者註《やくしゃちゅう》・下張りに使うタールをしみこませた紙）をくぎではりつけました。それからその上にまた板を打ちつけました。すべすべした長い板を一枚ずつ、下から順《じゅん》に少しずつ重ねてはっていくのです。

次には、窓のまわりと入り口に、平たいわくを打ちつけました。

「この家は、たいこみたいにきっちりできてて すき間がないぞ！」

と、父さんはいいました。

この家には、屋根にも壁にも床にも、雨や冷たい風が入りこむたったひとつのすき間もありません。

つぎに、父さんは、ドアをとりつけました。

このドアも、買ってきた物です。なめらかで、板をおのでけずった物より、ずっとうすい。しかも、うすい板が、上のほうとまん中より少し下のあたりに、はってありました。

ちょうつがいも、店から買ってきた物で、あけたりしめたりすると、すばらしい。木のちょうつがいのようにがたがた音がしたり、皮の物のようにドアが重くなったりしません。

父さんは、ドアに、買ってきた錠《じょう》をとりつけました。小さなかぎ穴《あな》にかぎを入れてまわすと、かちっと音がします。錠には、陶器《とうき》の白い取っ手がついていました。

ある日、父さんはいいました。

「ローラとメアリー、ひみつが守れるかい？」

「あら、守れるわよ、父さん！」

ふたりは、いいました。

「母さんにいわないって、約束するね？」

ふたりは、約束しました。

父さんは、さしかけ小屋のドアをあけました。するとそこには、黒く光っている料理用のストーブがおいてありました。

父さんはこれを町から買ってきて、母さんを驚かそうとして、ここに入れておいたのです。

ストーブの上には、四つのまるい穴があって、そこには四つのまるいふたが、ぴっちりはまっていました。

それぞれのふたには、くぼんだみぞ穴があります。

ふたを持ちあげるときには、そのみぞ穴にぴっちり合う鉄の取っ手を入れるのでした。

ストーブの前の部分には、下のほうに、横長のとびらがありました。そのとびらには、たてに細長い穴が何本かあいていて、鉄の板を左右に動かすと、穴があいたりとじたりしました。通気孔《つうきこう》なのでした。

その下には、長方形のフライパンのようなたなが、つきでています。灰をそこで受けとめて、床に落ちないようにするのでした。このくぼんだ灰受けの上には、するっと開く平たいふたがついています。

ふたの上には、二列に、文字がうきでていました。

メアリーが、下の列の上を指でなぞって、つづりを読みました。

「ピー《P》　エー《A》　ティー《T》。一　七　七　〇。」

そして、父さんにたずねました。

「これなあに、父さん？」

「パットって読むんだよ。」

と、父さんがいいました。

ローラは、通気孔の横についている、大きなとびらをあけました。中は四角で、たなが渡してあります。

「ねえ、父さん、これはなに？」

と、たずねました。

「それがオーブンだよ。」

と父さんは、教えてくれました。

父さんがこのすてきなストーブを持ちあげて運び、居間《いま》にすえてから、煙突《えんとつ》をつけました。煙突のつつを一本一本つないでいって、天井《てんじょう》から屋根裏部屋へ。それから屋根にのこぎりであけておいた穴を通って、外へ。

父さんは、屋根へあがって、そのつつより大きなブリキのつつをかぶせました。

このブリキのつつは、下のほうがひろがっていて、屋根の穴をおおうようになっています。

ひとしずくの雨も、新しい家の中へ流れおちることはありません。

これが、大草原の家の煙突でした。

「さ、すんだ。大草原の煙突までつけたぞ。」

と、父さんはいいました。

もうこれ以上、家に必要な物は、なにもありません。

ガラス窓は、家の中にいるとは思えないほど、中を明るくしています。

壁と床の、黄色の新しい板から、さわやかで松のような香《かお》りがしています。

料理用のストーブは、さしかけ小屋のドアに近い部屋のすみで、どっしりと立っています。

ドアの白い陶器《とうき》の取っ手にちょっと手をかければ、店売りのちょうつがいがついているドアは、さっと開きます。そして取っ手の小さな鉄の舌のような物が、かちっといってドアはしっかりしまります。

「あしたの午前中に、引っ越しだよ。土の中の家に眠るのは、今夜が最後の夜だ。」

と、父さんはいいました。

ローラとメアリーは、父さんと手をつないで、丘をくだりました。

小麦畑は、大草原のなだらかな土地をおおって、絹のようにちらちら光る緑のさざ波になっていました。畑の側面はまっすぐで、角もきっちり四角になっているので、まわりの草が、ぼうぼうと茂《しげ》って黒ずんだ緑に見えました。

ローラはふりかえって、もう一度、すばらしい家を見ました。

太陽が輝く丘の上で、製材された板の壁や屋根は、まるで麦わらの山のように、金色に光っているのでした。

17 ✢ 引っ越し

日の光が明るい次の日の朝、母さんとローラは、土の中の家から荷物をぜんぶ土手の上へ運んで、馬車に乗せました。

ローラは、父さんの顔をなるべく見ないようにしていました。ふたりの胸の中は、母さんを驚かせるひみつのことで、いっぱいでした。

母さんは、なにも気がついていないようでした。父さんが運べるように、古い小さなストーブから、母さんは熱い灰をかきだしました。そして父さんに、たずねました。

「ストーブの煙突《えんとつ》がもっと必要なの、覚えてました？」

「ああ、キャロライン。」

と、父さんはいいました。

ローラは、声は出しませんでしたが、ぐっと息を止めて、笑いをこらえました。

「おやまあ、ローラ。のどにカエルでもいるの？」

と、母さんはいいました。

デービッドとサムが馬車を引き、浅瀬《あさせ》を渡って、新しい家へむかって大草原へとのぼっていきました。

母さんとメアリーとローラは腕《うで》いっぱいに物をかかえ、ちょこちょこ歩くキャリィを先頭に、板の橋を渡り草が茂《しげ》る小道をのぼっていきました。

店で買った屋根板の屋根と製材された材木で作った家は、丘の上で、金色に光っていました。

父さんは馬車からとびおりて、待ちかまえました。母さんが料理用のストーブに気がつくのを見ようと思って。

母さんは家の中へ入っていって、すぐに立ちどまりました。口が開き、またとじました。それから、かすかな声でいいました。

「まあぁあ！」

ローラとメアリーは、ワーイワーイといいながらおどりまわりました。

キャリィは、わけがわからないのに、同じことをしました。

「母さんのよ！　母さんの新しい料理用のストーブ！」

ふたりは、さけびました。

「オーブンがあるの！　四つのふたと、小さな取っ手も！」

それからメアリーが、いいました。

「字があるのよ。あたし、読める！　ピー《P》　エー《A》　ティー《T》、パット！」

「チャールズったら、いけないわ！」

母さんは、いいました。

父さんは、母さんを抱きしめました。

「心配しなくていいんだ、キャロライン！」

と、父さんは、母さんにいいました。

「心配なんかしてないわ、チャールズ。だけどこの家を建てて、ガラス窓を入れて、そのうえストーブを買うなんて——ぜいたくすぎるわ。」

と、母さんは答えました。

「きみにぜいたくすぎるなんて物はないよ。費用《ひよう》のことは心配しなくていい。ちょっとその窓から、小麦畑を見てごらん！」

けれど、ローラとメアリーは、料理用のストーブのところへ母さんを引っぱりました。

ローラがふたを指さすと母さんはふたを持ちあげ、メアリーが通気孔《つうきこう》を動かすとじっと見つめ、そしてオーブンをのぞきこんだりしました。

PAT.1770

「あぁ！」

と、母さんはいいました。

「こんなに大きくてりっぱなストーブで、どうやってお食事を作ったらいいかわからないわ！」

けれど母さんは、このすばらしいストーブで食事を作り、メアリーとローラは、明るく風通しのいい部屋にテーブルの用意をしました。

ガラス窓があいていて、風と明るさが、両側の窓から入ってきます。入り口とその横の輝いている窓からは、日光がさしこんでいました。

こんなに大きくて風通しのいい、明るい家で食事をするのは、なんてすてきでしょう。みんなは、食事が終わってもテーブルについたまま、いい雰囲気《ふんいき》をたのしんでいました。

「いやあ、これはいいなあ！」

父さんは、いいました。

それから、みんなは、カーテンをつるしました。ガラス窓には、カーテンが必要です。母さんが、使い古したシーツをまっ白に洗い、ぱりっとのりづけして、何枚かのカーテンを作っておいたのです。ふち取りには、きれいなキャラコ地を細長く切った物がついています。

居間の大きな部屋のカーテンには、ピンク色のふち取りがついていました。これは牛が暴走《ぼうそう》したとき、さけてしまったキャリィのかわいいドレスからとった物。

寝室《しんしつ》のカーテンには、メアリーの古くなった青いドレスからとったふち取りが、ついていました。

このピンクのキャラコ地と青いキャラコ地は、ずっと前、大きな森にいたとき、父さんが町から買ってきたのでした。

父さんが、カーテンをつるすつなの止めくぎを打っているあいだに、母さんが、茶色の細長い包装紙《ほうそうし》を出してきました。母さんは包装紙を折ってから、その折ったところをはさみでちょっと切るやりかたを、メアリーとローラに教えました。

ふたりが、それぞれ切りぬいた紙をひろげてみると、星が一列にならんでいました。

母さんは、その紙をストーブの後ろのたなに、ひろげました。すると、たなのふちに星がならんでさがり、光がそこを通して輝きました。

カーテンをとりつけてしまうと、母さんは寝室《しんしつ》のすみに、まっ白に洗った二枚のシーツをつるしました。これで、父さんと母さんの服をさげておく、すてきな場所ができました。

屋根裏部屋にも、母さんは、メアリーとローラが服をさげておけるように、シーツをつるしました。

母さんの仕事がすむと、この家は、美しくなりました。

純白《じゅんぱく》のカーテンが、すきとおるガラス窓の両脇《りょうわき》に、くくられています。ピンクのふち取りをした雪のように白いカーテンのあいだから、日ざしがさしこんでいます。

家の骨組みにはられた壁は、松のすがすがしい香《かお》りがする板です。そしてはしご段が、屋根裏部屋へ続いています。

料理用ストーブと煙突《えんとつ》は、つややかな黒で、その後ろには、星飾りのついたたなもあります。

母さんは、食事をしないときにかけておく赤い格子《こうし》じまのテーブルクロースをひろげ、その上に、ぴかぴかにみがいたランプをおきました。そして紙のカバーをかけた聖書《せいしょ》と、緑色の大型《おおがた》の「動物の世界のふしぎ」と、「ミルバンク」という題の小説《しょうせつ》をおきました。

いちばん最後に父さんが、入り口に近い窓の横に、腕木《うでぎ》で支えた張り出しだなをつけました。母さんがその上に、あのかわいい陶人形《とうにんぎょう》をおきました。

この茶色の木のたなには、父さんがほった星やつる草や花が、きざまれてあります。何年も前のクリスマスに、母さんのために作った物でした。

かわいい陶人形も、そのときと同じようにほほえんでいました。金髪《きんぱつ》で青い目で、ピンク色のほおをしています。陶のリボンのついたかわいいボディス（訳者註《やくしゃちゅう》・胸からウェストにかけて胴《どう》にぴったりと合わせて、ひもやリボンでレース編みにしてある）を着て、陶のエプロンをつけ、陶のくつをはいていました。

この人形は、「大きな森」からずうっと遠い「インディアンの居留地《きょりゅうち》」まで行き、そこからまたミネソタの「プラムクリーク」まで旅をして、ここにこうしてほほえみながら立っているのでした。どこも、かけてはいません。ひっかき傷ひとつ、ついていません。いつも同じほほえみをたたえている、かわいいいなかの娘《むすめ》の陶人形でした。

その夜メアリーとローラは、はしご段をのぼって、大きくて広びろしている屋根裏部屋にあるベッドへ行きました。

ここの窓には、カーテンがありません。もう、古いシーツがないからです。けれど、ふたりが腰《こし》かけにする箱をひとつずつと、宝物《たからもの》をしまっておく箱を、それぞれにもらいました。ローラの箱には、シャーロットと紙人形がすみこみましたし、メアリーの箱には、キルト用の小ぎれとはぎれを入れたふくろが入っていました。

仕切りカーテンの後ろには、服がかけておけるように、めいめいのかけくぎがありました。

この屋根裏部屋でひとつこまったことは、ジャックがのぼってこられないことでした。

ローラは、すぐ眠ってしまいました。一日じゅう、新しい家を出たり入ったり、はしごをのぼったりおりたりしていたんですもの。

ところが、長く眠ってはいられませんでした。この新しい家は、あまりにも静かすぎます。子守歌《こもりうた》のようだったクリークの流れの音が、ないんです。静けさが、ローラを眠らせないのでした。

そのうちにこんどは、なにか物音で、目があいてしまいました。ローラは、耳をすましました。

いくつもの小さな足が、頭の上のほうで走りまわっているような音でした。たくさんの小さな生き物が、屋根の上を四方八方かけまわっているらしい。

なんなのかしら？

あらっ、雨の音！

ローラは、屋根をたたく雨の音を長いこと聞いていなかったので、忘れてしまっていたのでした。

あの土の中の家は、雨の音がしませんでした。頭の上の屋根には、土や草が、ぶ厚く積んでありましたから。

ローラは、ぱらぱらぱらぱらと屋根をたたく雨の音を聞きながら、また眠りに引きこまれていきました。幸せな気持ちでした。

18 ✣ りこうなザリガニ、そしてヒル

朝、ローラがベッドからとびだすと、はだしの足は、なめらかな木の床《ゆか》の上におりました。

まわりの板から、松《まつ》のような香《かお》りがしてきます。頭の上には、黄色に輝く傾斜《けいしゃ》した屋根があって、それをはりがしっかり支えていました。

東の窓からは、草が茂《しげ》るこの丘をくだっていく細い小道が見えました。そして、うす緑の絹《きぬ》のようにつやつやした小麦畑の四角い一画《いっかく》と、そのむこうには、灰色がかった緑のカラス麦畑が見えました。

ずっとはるかむこうは、広大な緑の大地の地平線で、太陽のふちが銀色の線になって、かすかにのぞいていました。

ヤナギにかこまれたあのクリークや、土の中の家は、ずっとはるか遠くでずっと前のことに思えました。

いますす。

突然《とつぜん》、あたたかな金色の日の光が、ねまきの上にふりそそぎました。黄色の清潔《せいけつ》な木の床《ゆか》の上に、窓ガラスが輝いてうつり、細いさんは影になってうつっています。

ナイトキャップをかぶったローラの頭や、あんだおさげ髪や、指をひろげて上にあげた手は、もっとはっきりした影絵《かげえ》になっていました。

下の部屋では、新しいすてきな料理用ストーブが、かちゃかちゃいっています。母さんの声が、下からあがってきました。はしご段の四角い穴《あな》を通して。

「メアリー！　ローラ！　起きる時間よ、あなたたち！」

こうして、新しい家の新しい一日は、始まりました。

広くて風通しのいい部屋で朝食をとっているあいだでも、ローラは、クリークが見たくてたまりません。それで、あそこで遊んでもいいかと、父さんに聞きました。

「いいや、だめだ、ローラ。あそこのクリークへは行ってもらいたくないよ。暗いし、深い穴がある。だけど、朝の手伝いがすんだら、いつもネルソンがやってくる道をメアリーと走ってってごらん。さあ、なにが見つかるかな！」

と、父さんはいいました。

ふたりは、いそいで朝の仕事にとりかかりました。

さしかけ小屋に、買ってきたほうきがありました!

この新しい家では、驚くことが、あとからあとから起こります。ほうきの柄《え》は、長くてまっすぐで、まるくてなめらかです。先のほうには、黄緑色《きみどりいろ》の細くてかたいブラシの毛のような物が、たくさんたばねてありました。

母さんが、それは、ホウキグサのくきを干した物だといいました。きっちりとまっすぐに切りそろえてあって、上のほうが、平たく扇のような形にととのえてあります。そこを赤い糸で、しっかりぬいつけてありました。

このほうきは、父さんがヤナギの枝をまるくたばねた物とは、ぜんぜんちがいます。はくのに使うのが、もったいないみたい。

ほうきは、まるで魔法《まほう》のように、床の上をすうーすうーすべりました。

それでも、ローラとメアリーには、あの小道を歩いていくのが待ちきれないほどでした。ふたりは、さっさと仕事をすませました。そしてほうきをしまってから、出かけました。

ローラはあんまりいそいだので、歩いたのは二、三歩だけで、あとはかけだしてしまいました。

日よけぼうしは背中《せなか》にずりおち、首のまわりのひもで、ぶらさがっています。はだしの足は、草の生い茂った道を、とぶようにくだっていきました。

平らなところを少し通り、また、ゆるやかな坂をあがっていきました。

そこに、クリークはありました！

ローラは、びっくりしました。このクリークは、むこうのクリークとはあまりにもちがいます。

草の生えている低い土手のあいだを、日の光をあびて、おだやかに流れていました。

細い道は、大きなヤナギの木の下で終わっていました。

一本の橋が渡してあり、日のあたる草地へ続いていました。かすかな細い道は、そこから小さな丘をぐるっとまわって、見えなくなっていました。

ローラは、この細い道は、日のあたる草地をくねりながら進み仲よしの小川を渡り、むこうになにがあるか見ようとして、低い丘をぐるっとまわっているのではないかと思いました。

じっさいにはネルソンさんの家に行くのだとわかっているのですが、ローラには、この細い道がどこにも止まりたくないと願っているように思えるのでした。どこまでも、どこまでも進んでいきたがっているように。

クリークは、プラムの茂《しげ》みから流れてきていました。低い木ぎが、せまい流れの両側にびっしり茂り、枝が水の上にとどきそう。水面は、枝のかげになって暗くなっていました。

それから川はばが急にひろがって、水も浅くなり、砂や小石の上を、さざ波をたてて流れていました。流れは一本橋の下にすべりこみ、それからふちまで、ごぼごぼと流れこんでいました。

このふちは、ヤナギの木立にかこまれ、鏡《かがみ》のように静かでした。

ローラは、メアリーが来るのを待ちました。

ふたりは、きらきらしている砂や小石の浅瀬へ入っていきました。ちっちゃな魚が、足の指のまわりにむらがってきました。じっと立っていると、小魚たちが足をつつきます。

突然《とつぜん》、ローラは、水の中に見たこともないみょうな生き物がいるのに気がつきました。

それは、ローラの足の甲《こう》くらいの大きさです。すべすべしていて、緑色がかった茶色。前のほうには、二本の長い手があって、先には、大きな平たいはさみがついています。

からだの両脇《りょうわき》には、短い足が何本もあります。強そうなしっぽは平たく、うろこ状で、先のほうは細くふたつにわかれています。鼻からひげがつきでて、目はまるくて、でっぱっていました。

「これ、なあに！」

メアリーが、いいました。

メアリーは、こわがっていました。

ローラは、今、立っているところから先へは行きませんでした。よく見ようとして、用心深く腰《こし》をかがめたとたん、もう、それはいません。アメンボウより早く、さっとさがって平たい石の下へ。泥水《どろみず》の小さなうずが、石の下から出ていました。

少したつと、はさみをつきだして、かちんとやりました。それから、顔を出しました。

ローラが近づいていくと、また石の下へさっと入りました。

ローラが、石に水をぱしゃっとかけると、出てきて、はさみをかちんと鳴らして、足をはさもうとします。

ローラとメアリーは、悲鳴をあげ、水をはねながらにげました。

ふたりは、長いぼうで、からかってみました。すると大きなはさみが、かちんとぼうをまっぷたつにしてしまいました。もっと太いぼうを持ってきました。今度はひとつのはさみでぼうをきゅっとつかみ、ローラが水から持ちあげても、はなしません。

じろっとにらんで、しっぽをからだの下にくるりとまるめ、もうひとつのはさみを、かちんと鳴らしました。それからぼうをはなして、とぼんと水に落ちると、さっと石の下へ入ってしまいました。

ふたりが、石にぱしゃっと水をかけるたびに出てきて、おこってはさみをふりまわします。

そのたびにふたりは、キャアキャアいいながらにげるのでした。

ふたりは、しばらくのあいだ、大きなヤナギの木かげになっている一本橋に腰《こし》かけていました。流れていく水の音に耳をかたむけ、きらきら光る水面をじっと見ていました。それから、水に入って、プラムの茂みのほうへ歩いていきました。

メアリーは、プラムの木ぎの下の、暗いところへは行こうとしません。そのあたりの川底がぬるぬるしているので、ぬかるみを歩くのがいやなのでした。それで、ローラが茂みのところへ歩いていくあいだ、岸にすわっていました。

茂みのかげになっているあたりは、水がよどんでいて、岸には枯れ葉が浮かんでいました。

泥が、ローラの足の指のあいだにぬるっと入りこみ、水の中は泥でもうもうとして、川底が見えなくなりました。

あたりの空気はよどんでいて、かびくさい。

ローラは、くるりとからだをまわして、日があたっているきれいな水のほうへもどってきました。

ローラの足首から上や甲《こう》に、なにか泥のような物が、いくつかついています。洗いながそうとして、水をぱしゃっとかけました。けれど、取れません。手でこすっても、取れません。

それは泥《どろ》の色をしていて、泥のようにやわらかでした。そしてローラの肌《はだ》に、ぴったりすいついていました。

ローラは、キャアーとさけび声をあげました。

「あぁ、メアリー、メアリー！　来て！　早く！」

とさけびながら、そこに立っていました。

メアリーは来ましたが、そのおっそろしい物に、さわれません。それは、ミミズだといいました。ミミズというだけで、メアリーは、気分が悪くなるのでした。

ローラだってもっとぞっとしましたが、こんな物をくっつけておくより、さわって取ったほうがずっといい。

ローラはひとつつまんで、つめをたて、ぎゅうっと引っぱりました。

それは、のびてのびてのびて、ながあくのびましたが、まだすいついています。

「あぁっ止《や》めて！　止めて！　あぁ、ふたつに切れちゃう！」

メアリーが、いいました。

けれど、ローラは、引っぱって引っぱって、はなれるまで引っぱりました。すいついていたところから、血が、たらたらと足に流れおちました。

ひとつひとつ、ローラは、引っぱって取りました。取ったところからは、血が、細くしたたりおちました。

ローラは、もう遊ぶ気にはなれませんでした。きれいな水で手と足を洗って、メアリーと家へ帰ってきました。

ちょうど食事の時間で、父さんも家にいました。

ローラは、父さんに、クリークの中で肌にすいついた、目も頭も足もない泥のような物のことを話しました。

母さんが、それはヒルで、お医者《いしゃ》は病人《びょうにん》の悪いところにすいつかせることがあるのだと、いいました。

父さんは、ヒルは、血をすう生き物だと、いいました。暗い、よどんだ泥の水の中にいるのだと、いいました。

「あたし、ああいうのすきじゃない。」

と、ローラはいいました。

「それなら、あそこの泥の中には行かないことだ、おてんばちゃん。ひどい目にあいたくなかったら、近よらないことだ。」

と、父さんはいいました。

するとお母さんが、いいました。

「そう、いずれにしても、あなたたちはもうクリークであんまり遊ぶ時間はないのよ。こんなに気持ちのいい家に落ち着いたんだし、町からたった二マイル半よ。学校へ行けますよ。」

ローラは、あまり驚いて口もきけませんでした。メアリーも、そうでした。

ふたりは、互いに見つめあったまま、考えました。

「学校？」

19 ✣ やな

ローラは、学校の話を聞けば聞くほど、学校へは行きたくなくなりました。一日じゅうクリークからはなれているなんて、考えられない。

それでローラは、たずねました。

「ねぇ、母さん、行かなきゃだめ?」

母さんは、もうすぐ八歳になる大きな子はプラムクリークの岸を走りまわっていないで、読み方を習わなければならないのだと、いいました。

「でもあたし、読める。母さん。」

とローラは、必死でたのみました。

「お願いだから学校へ行かせないで。あたし本が読める。聞いて!」

ローラは、「ミルバンク」という題《だい》の本を取って開き、母さんを見あげながら読みました。

「ミルバンクのとびらと窓は、しまっていた。黒の喪章《もしょう》が、とびらの取っ手にかけられ――」

「あぁ、ローラ。それは読んでるんではないのよ！　母さんが何度も父さんに読んでるのを聞いて覚えてて、ただ声を出していってるだけ。それに、習うことがもっとほかにもあるんですよ――書き方や作文や算数。この話は、もうこれでおしまい。あなたは月曜の朝から、メアリーと学校へ行くんですよ。」

と、母さんはいいました。

メアリーは、いすに腰《こし》かけて、ぬい物をしていました。どう見ても、メアリーは、学校へ行くのが大すきないい子のようです。

ちょうどそのとき、さしかけ小屋の外で、父さんがなにかにくぎを打っていました。

ローラが急にとびだしたので、もう少しで金づちで打たれるところでした。

「おうっと！　もう少しで打つとこだった。父さんが気をつけてなきゃいけなかったんだ、ね、おてんばちゃん。きみはいつだって目の前をうろうろしてるんだから。」

と、父さんはいいました。

「あ、なにしてるの？」

ローラは、たずねました。

父さんは、家を建てた残りの細い板の何枚かを、くぎで打ちつけていました。

「魚をとるやなを作ってるんだよ。手伝いたいかい？　くぎを渡してくれ。」

と、父さんはいいました。

一本ずつ、ローラがくぎを渡すと、父さんはそれを打ちつけました。

桟《さん》が何本もある箱を、作っているのです。ふたのない細長い箱で、父さんは、桟のあいだを広くあけました。

「どうやってこれで魚をつかまえるの？」

ローラは、たずねました。

「クリークに入れたって、すき間から入ってきても、また泳いで出ていっちゃうわよ。」

「ま、見てなさい。」

と、父さんはいいました。

ローラは、父さんがくぎと金づちをしまうのを待っていました。

父さんは、魚をとるやなを肩にかつぐと、いいました。

「しかけるのを手伝ってくれるね。」

ローラは父さんと手をつなぎ、スキップをして丘をくだり、平らな草地を横切ってクリークのほうへ行きました。

ふたりは、低い土手にそって歩き、プラムの茂《しげ》みを通りすぎました。このあたりの土手はだんだん急ながけになり、クリークの川はばもせまく、流れの音が大きい。

父さんは、やぶをかきわけながらおりていき、ローラは、はいつくばるようにしておりていきました。と、そこに滝《たき》がありました。

水は勢いよくなめらかに流れていき、滝つぼのところで大きな音をたて、びっくりするような水しぶきをあげて落ちこんでいました。

そして滝つぼの中でぐるりともう一度もりあがり、それからはねあがって、いそいで流れていきます。

ローラは、いつまで見ていても、ちっともあきません。

けれど、やなをしかける父さんを手伝わなくてはなりません。

ふたりは、滝の真下に、やなをすえました。

水は、すっぽりやなの中に落ちこんでから、もっとすさまじくもりあがります。でも、外へは出ない。水は、さくのあいだから、あわだって流れていきます。

「ほうら、わかっただろ、ローラ。」

と、父さんはいいました。

「魚は滝から落ちてきてやなに入る。小さいのはすき間から出ていくけど、大きいのは出

られない。滝《たき》をのぼっていくこともできない。それで、父さんが取りにくるまで、この箱の中で泳いでるってわけだよ。」

ちょうどそのとき、一匹の大きな魚が、滝をすべりおりてきました。

ローラが、キーキー声でさけびました。

「ほら、父さん！　見て！」

ぴちぴちはねている魚を、父さんは両手でつかみあげました。

ローラは、もう少しで水の中にころぶところでした。

ふたりは、銀色のふとった魚を、よおくながめました。それから父さんは、またやなの中へもどしました。

「ねぇ、父さん、もっとここにいて、夕ごはんになるくらいの魚をとりましょうよ？」

ローラは、ねだりました。

「父さんは芝土《しばつち》を積んで、納屋《なや》を作らなきゃならないんだぞ、ローラ。」

と、父さんはいいました。

「野菜畑をたがやしたり、井戸を掘ったり――」

そういってから、ローラを見ていいました。

「よおし、おてんばちゃん、たいした時間はとられないだろうしな。」

父さんとローラは、しゃがんで、魚がかかるのを待ちました。

水は、滝つぼにそそぎこんでは、しぶきをあげてはねかえります。いつも同じように見えていて、でも、同じではありません。

きらきら光る日の光が、水の上でおどっています。水の上の空気は、ひんやりしています。ローラの首のあたりは、日の光であたたかい。

プラムの茂《しげ》みは、数しれない小さな葉を、空へむかってのばしています。そして心地よい、いい匂《にお》いをただよわせていました。

「ねえ、父さん。」

と、ローラはいいました。

「あたし、学校へ行かなきゃいけないの？」

「学校がすきになるよ、ローラ。」

と、父さんはいいました。

「ここにいるほうがいい。」

とローラは、沈んだ顔つきでいいました。

「だがね、おてんばちゃん。だれもが、学校へ行って読み書きや計算を習えるわけじゃないんだよ。母さんは、父さんに会うまで学校の先生だった。父さんと西部へ来るとき、約《やく》束《そく》したんだ。子どもたちには、勉強する環境《かんきょう》をかならずあたえてやろうってね。ここにすむことに決めたのも、そのためだよ。学校がある町に、近いからね。きみも、もうすぐ八歳になる。メアリーは九歳になる。勉強を始めるには、ちょうどいいときだ。そのチャンスをあたえられたのを、感謝《かんしゃ》しなくちゃいけないよ、ローラ。」

と、父さんはいいました。

「はい、父さん。」

とローラは、ため息まじりにいいました。

そのとき、一匹の大きな魚が滝をおりてきました。

父さんがつかまえようとすると、また、もう一匹！

父さんは、ふたまたにわかれている木の小枝を切って、皮をはぎました。そして四匹の大きな魚をやなから取りだすと、その小枝にさしました。

ローラと父さんは、ぴちぴちしている魚を持って、家へ帰ってきました。

それを見た母さんは、目をまんまるにしました。

父さんは、魚の頭を落として腹わたを出してから、うろこの取り方を、ローラに教えました。三匹のうろこは父さんが取り、あとの一匹は、ほとんどローラが取りました。

母さんが、それに粉《こな》をまぶして、油で揚《あ》げました。

みんなで、夕食に、おいしい魚を食べました。

「あなたはいつも、なにか思いつくのね、チャールズ。」

と、母さんがいいました。

「ちょうど春になったところで、これから食べ物をどうしようかと思ってたのよ。」

春のあいだ、父さんは狩りができません。ウサギには赤ちゃんウサギがいるし、小鳥たちには、巣《す》の中にひながいるからです。

「小麦の取り入れ時期まで、待ってくれ！」

父さんは、いいました。

「そしたら毎日、塩づけのブタ肉を食べるぞ。そう、グレービーのジュウジュウしてる新《しん》鮮《せん》な牛肉も！」

それからは毎朝、畑仕事に出かける前に父さんは、やなから魚を取ってきました。けれど、みんなが食べる分より多くは、けっして取ってきませんでした。それ以上の魚は、やなから出して、にがしてやりました。

父さんが持ってきた魚は、バッファロー・フィッシュ（訳者註《やくしゃちゅう》・ミシシッピ上流にいる魚で食用にする）、カワカマス、アメリカナマズ、シャイナー（淡水《たんすい》にいる銀色の小魚）、それに二本の黒いとげがあるカジカ。

父さんが名前の知らない魚も、何種類か持ってきました。
毎日、毎日、朝食も魚、昼食も魚、夕食もまた魚でした。

20 ✢ 学校

月曜日の朝が、やってきました。

ローラとメアリーは朝食のお皿を洗ってしまうとすぐ、はしご段をのぼって、日曜日に着る服を着ました。

メアリーのは、青い花の小枝もようのキャラコ地で、ローラのは、赤い花の小枝もよう。

母さんが、ふたりの髪をおさげにきっちりあんで、先をもめんのより糸で、むすんでくれました。日曜日用のリボンは、つけません。もしなくすと、いけないからです。

そして、きれいに洗ってアイロンをかけた日よけぼうしをかぶりました。

母さんは、ふたりを寝室《しんしつ》へ連れていきました。そして大切な物がしまってある箱のそばにひざをついて、三さつの本を取りだしました。

それは、母さんが少女だったころに勉強した教科書でした。一さつは書き方の本、一さつは読み方の本、もう一さつは算数の本でした。

母さんは、あらたまったようすで、メアリーとローラを見つめました。

ふたりも、まじめな顔をしています。

「この本をあなたたちにあげます、メアリー、ローラ。」

と、母さんはいいました。

「大切にあつかって、しっかり勉強しますね。」

「はい、母さん。」

と、ふたりはいいました。

母さんは、メアリーが持っていくようにと三さつの本を渡しました。ローラには、清潔《せいけつ》な布で包んだ、かわいいブリキ製のおべんとう箱を渡しました。

「いってらっしゃい。いい子でね。」

と、母さんはいいました。

母さんとキャリイは、戸口に立っていました。

ジャックは、丘をおりてふたりについてきました。ジャックには、わけがわからなかったのです。

ふたりは、父さんの馬車の車輪の跡をたどって、草原を横切っていきました。

ジャックは、ローラにぴったりついています。

クリークの浅瀬《あさせ》のところへ来ると、ジャックはすわって、心配《しんぱい》そうなあわれな声を出しました。

もうこれより先にはついていけないのだと、ローラがいいきかせてやらなければなりませんでした。大きな頭をなでて、心配そうに寄せたひたいのしわを、さすってやりました。でもジャックは、ふたりが広い浅瀬を渡っていくあいだ、しかめっつらをしてじっと見守っていました。

ふたりは、きれいな服にはねをあげないように、気をつけて渡りました。

一羽の青サギが、ぱたぱたと水からとびたちました。長い足をぶらさげたまま。

ローラとメアリーは、気をつけて草の上を歩いていきました。足がかわくまで、土の上の車輪の跡は歩けません。町へ着くまで、足が土でよごれてはいけないからです。

新しい家が、見渡すかぎり緑の大草原の丘の上に、小さく見えました。母さんとキャリィは、もう家の中へ入っていました。ジャックだけが、浅瀬のそばにすわって、じっと見ていました。

メアリーとローラは、だまったまま歩いていきました。

草の上のつゆが、きらきら光っています。

マキバドリが、歌っています。

シギが、細長い足で歩きまわっています。

草原《そうげん》ライチョウがくっくっと鳴き、ちっちゃなひな鳥たちが、そっとのぞいています。

ウサギは、前足をだらりとさげて立ち、長い耳をぴくっぴくっと動かしています。そして目をまんまるにして、メアリーとローラをじいっと見ていました。

父さんは、町は、たった二マイル半はなれているだけだといっていました。道なりに行けばいいのだと、いっていました。一軒《いっけん》の家が見えてきたら、もうそこは町なのです。

大きな白い雲が、広大な空をゆっくり流れています。その灰色の影が、大草原の波打つ草の上を渡っていきます。

道は、すぐその先で終わっているように見えるのですが、そこまで行くと、また続いているのでした。道といっても、父さんの馬車が草の上を通った車輪の跡でした。

「お願いよ、ローラ。ぼうしかぶって！　インディアンみたいな色になるわよ。町の女の子たちがあたしたちのこと、なんて思う？」

と、メアリーがいいました。

「平気よ！」

とローラは、大きな声で活発《かっぱつ》にいいました。

「平気じゃないくせに！」

と、メアリーはいいました。

「ぜーんぜん。平気！」

と、ローラはいいました。

「あんただって平気じゃないわよ！」

「あたしは平気！」

「あんただって町へ行くのびくびくしてるじゃない、あたしみたいに。」

と、メアリーはいいました。

ローラは、返事をしませんでした。しばらくしてから、ぼうしのひもを引っぱって、きちっと頭にかぶりました。

「とにかく、あたしたちふたりいっしょなのよ。」

と、メアリーがいいました。

ふたりは、歩きつづけました。ずいぶん歩くと、町が見えてきました。町は、大草原の中で、小さな積《つ》み木細工《きざいく》のようでした。

道が、ぐっとくだりになると、また草地と空だけしか見えません。それからまたのぼり道になると、町が見えて、そのたびに、町はだんだん大きくなりました。煙《けむり》が、煙突《えんとつ》から立ちのぼっていました。

きれいな草の道が終わって、砂ぼこりの土の道になりました。この道は、小さな家のそばを通って、一軒《いっけん》の商店の前をすぎていきます。店には、階段をのぼっていくポーチがありました。

この商店のむこうには、かじ屋がありました。

かじ屋は、道から奥まったところにあって、店の前は空地《あきち》になっていました。

店の中では、皮のエプロンをかけた大きなからだの男の人が、真っ赤になった石炭に、風をおくっていました。

プーッ！　プーッ！

次に、石炭の中から白くなるほど焼けた鉄を、火ばさみでつかみとり、大きなハンマーを打ちおろします。

ガアーン！

すると日の光の中に、無数の小さな小さな火花がとびちりました。

空地のむこうは、建物の裏側になっていました。

メアリーとローラは、建物にそって歩いていきました。ここの地面は、かたい。ふみかためられて、草も生えていません。

建物の表側には、今まで歩いてきた道と交差して、砂ぼこりの広い道が通っていました。

メアリーとローラは、立ちどまりました。

道のむこうに、二軒《けん》の商店のおもてが見えました。子どもたちの、がやがやいう声が聞こえました。

父さんが教えてくれた道は、もうここまで。

「行きましょうよ。」

とメアリーは、沈んだ声でいいました。でも、まだ立ったままです。

「大声が聞こえてくるところが学校よ。父さんがそういってたもの。」

ローラは、くるりと後ろをむいて、うちへむかって走りたくなりました。

ローラとメアリーは、広い土の道をのろのろ歩いて、がやがやいう声のほうへまがりました。

ふたりは、二軒の商店のあいだを、重い足どりで歩いていきました。羽目板《はめいた》や屋根板が積んであるところを、通りすぎました。新しい家を建てる板を父さんが買った、材木おき場にちがいありません。

そのとき、ふたりに学校が見えました。

広い土の道はここで終わり、学校は、そのむこうの草原に建っていました。

長い小道が、草地をつらぬいて、学校まで続いていました。

男の子や女の子が、学校の正面のあたりにいました。

ローラは、そのほうへむかって小道を歩いていき、メアリーは、あとからついてきました。

女の子や男の子は、みんなおしゃべりを止《や》めて、ふたりを見ました。

ローラは、ずんずん歩いていきました。と、突然《とつぜん》、ローラは自分でもわけがわからないまま、おべんとう箱をふって、さけびだしました。

「あんたたち、まるで草原ライチョウのひなみたいにさわいでるのね!」

女の子たちや男の子たちは、びっくりしました。

けれど、だれより驚いたのはローラ自身でした。それに、はずかしくなりました。

メアリーは、

「ローラ!」

といって、息をのみました。

すると、真っ赤な毛で、そばかすのある男の子が、はやしたてました。

「シギだ、おまえたち! シギ! シギ! ひょろ長足のシギだ!」

ローラは、しゃがんで足をかくしたくなりました。服のスカート丈《たけ》が、とても短い。町の女の子たちより、ずっとずっと短いんです。メアリーのも、同じでした。

プラムクリークへ来る前に、母さんが、この服もふたりには小さくなってしまったといっていました。なにもはいていない足が、シギの、ひょろ長い足のように見えるのでした。

男の子たちは、足を指さして、はやしたてました。

「シギだ！　シギだ！」

すると、ひとりの赤毛の女の子が、男の子たちを押しのけながらいいました。

「だまりなさい！　あんたたちうるさすぎるわよ！　だまりなさい、サンディ！」

その子は、赤毛の男の子にいいました。

男の子は、だまりました。

女の子は、ローラに近よってきて、いいました。

「あたし名前はクリスティー・ケネディー。あのにくらしい子が弟のサンディよ。でも、なんにもいじめるつもりじゃなかったのよ。あなたの名前は？」

女の子の赤い髪は、きっちりかたくあんでおさげ髪にしてありました。目は、ほとんど黒に近い青い色。まるいほおには、そばかすがありました。日よけぼうしは、背中《せなか》にたれています。

「あの人、おねえさん？　あそこにいるのがあたしのおねえさんたち。」

と、女の子はいいました。

大きな女の子たちが、メアリーに話しかけていました。

「いちばん大きいのが、ネティ、黒い髪がキャシイ、それからあそこにいるのがドナルドで、あとは、あたしとサンディ。あなた、何人きょうだいいるの？」

「ふたり。」

と、ローラはいいました。

「あれがメアリーで、あと、キャリィっていう赤ちゃん。その子も金髪《きんぱつ》なのよ。それからジャックっていうブルドッグがいる。あたしたち、プラムクリークのそばにすんでるの。あなたは？」

「あなたの父さん、たてがみとしっぽが黒い二頭の鹿毛馬《かげ》（訳者註《やくしゃちゅう》・赤褐色《あかかっしょく》の毛並みの馬）に馬車を引かせてるでしょ？」

クリスティーが、たずねました。

「そう。サムとデービッドよ。クリスマスからうちの馬になったの。」

と、ローラはいいました。

「あなたの父さん、うちのそばを通るからあなたも通ったことあるわよ。ビードルさんの店と郵便局《ゆうびんきょく》より手前の家よ。かじ屋よりも手前。エバ・ビードル先生があたしたちの先生。あの子は、ネリィ・オルソン。」

と、クリスティーがいいました。

ネリィ・オルソンは、とてもきれいな子です。黄色の長いまき毛がたれ、頭の上には、二つの大きな青いリボンがむすんでありました。着ている物は、白のうすいローン地で、全体に青い小花もようが散っていました。くつも、はいています。

ネリィは、ローラをじろじろ見て、メアリーを見てから、鼻にしわを寄せました。

「ふん！　いなかの子！」

と、いいました。

だれかがなにかいう前に、鐘《かね》がなりました。

若い女の人が手に持った鐘をふりながら、校舎の入り口に立っていました。男の子も女の子も、いそいで校舎の中へ入りました。

先生は、若くて美しい人でした。

茶色の髪は、茶色の目の上までで、ちぢれてたれていました。後ろは、太いみつあみにしてありました。

胸《むな》もとの上からきっちりならんだボタンが、きらきら光っています。スカートは、後ろでぎゅっとしめ、大きくふわっとふくらんで、何段ものループ飾りになっていました。

やさしい顔で、ほほえみがすばらしい。

先生は、ローラの肩に手をおいて、いいました。

「あなたが新しい生徒ね。そうですね？」

「はい、先生。」

と、ローラはいいました。

「こちらがおねえさん？」

先生は、メアリーに、ほほえみかけながら聞きました。

「はい、先生。」

と、メアリーはいいました。

「じゃ、わたしといらっしゃい。出席簿《しゅっせきぼ》に名前を書きますからね。」

と、先生はいいました。

ふたりは、先生と教室の前へ行って、教壇《きょうだん》の上にあがりました。

校舎は、新しい羽目板《はめいた》で作ってありました。天井《てんじょう》は、ローラの家の屋根裏部屋のように、屋根板の下にはりが見えました。

教室のまん中から後ろのほうへかけて、長いベンチがおいてありました。ベンチは、平らにけずった板で、作ってありました。どのベンチにも背板《せいた》がついていて、その裏側にふたつのたながつきでていました。いちばん前のベンチにはたながなく、いちばん後ろのべ

ンチには、背板《せいた》がありません。

教室の両側には、ふたつずつガラス窓がありました。

窓はあけてあって、入り口のドアも、あけはなたれていました。

風が入ってきて、草の葉のささやきや、その香《かお》りを運んできました。そしてはてしない大草原と、大空の日の光が見えました。

ローラは先生のつくえのそばにメアリーと立って、名前と年齢《ねんれい》をいっているあいだに、こういう物をすっかり見ていました。頭は動かさないで、目で、くるくる見まわしていたのです。

ドアのそばのいすの上に、バケツが一こおいてありました。すみには、店で売っているほうきが、立てかけてありました。

先生のつくえの後ろの壁には、表面がなめらかな黒板がかかっています。その下のほうに、細いくぼみがありました。その中には、白い短いぼうと、木の切れはしに毛ばだった羊皮《ようひ》をまきつけてくぎで止めた物が、入っていました。

ローラは、いったいなんなのだろうと思いました。

メアリーは、読んだり書いたりして、自分がどれくらいできるかを、先生に見せています。

ローラは、母さんにもらった教科書本を見つめて、首を横にふりました。読めません。

ローラには、アルファベットさえ、ぜんぶはわからないのでした。

「そう、じゃ、いちばん最初から始めましょうね、ローラ。メアリーは、もっと先から勉強できますね。あなたたち、石板《せきばん》持ってる?」

と、先生がいいました。

ふたりは、石板は持っていません。

「わたしのを貸してあげますよ。」

と、先生はいいました。

「石板がないと、書く勉強ができませんからね。」

先生は、つくえのふたをあけて、石板を取りだしました。

先生のつくえは大きな箱のようで、片側は、ひざが入れられるように、あいていました。ふたは、ちょうつがいで止まっていて、あけると、中に物がしまえるようになっていました。先生の本や、ものさしが入っていました。

ローラは、ずっとあとになるまで、このものさしがおしおきに使われるのだとは知りませんでした。教室をかってに歩きまわったりひそひそ話をする生徒を、おしおきする物だとは知りませんでした。

ひどいいたずらをした子どもは先生のつくえのところまで行って、手をさしだします。先生がものさしで何度もぴしゃっとたたいているあいだ、手を引っこめてはいけないのでした。

ローラとメアリーは、教室では、けっしてひそひそ話はしませんでしたし、そわそわしないようにしていました。

ふたりは、ならんで腰《こし》かけて、勉強していました。メアリーの足は床《ゆか》に着いていましたが、ローラの足はぶらぶらしていました。目の前のたなの上に教科書をひろげ、ローラは初めのほうを、メアリーはもっと先のほうを勉強していました。それで、そのあいだのページはまっすぐに立てておきました。

ローラの組は、ローラだけでした。字が読めない生徒は、たったひとりでしたから。先生は、時間があるとローラをつくえのそばへ呼んで、読み方を手伝ってくれました。最初の日の昼食時間の少し前には、ローラは、もう読めるようになっていました。

「CAT《シーエーティー》、キャット。」

とたんにローラは、いいました。

「PAT《ピーエーティー》、パット!」

先生は、驚きました。

「RAT《アールエーティー》、ラット!」

と、先生がいいました。

「MAT《エムエーティー》、マット!」

ローラが、読んでいます!

こうしてローラは、教科書の最初の行《ぎょう》を、ぜんぶ読むことができました。

昼休みには、ほかの生徒と先生は、自分のうちへ昼食に行きました。

ローラとメアリーは、だれもいない校舎の日かげの草の上にすわって、おべんとう箱を取りだしました。

ふたりは話をしながら、バターがぬってあるパンを食べました。

「あたし、学校すき。」

と、メアリーがいいました。

「あたしも。ちょっと足がくたびれるけどね。でもあたし、あのネリィ・オルソンて子きらいよ。あたしたちのこと、いなかの子っていったわよ。」

と、ローラがいいました。

「あたしたち、いなかの子よ。」

と、メアリーがいいました。

「そうよ。だけど、鼻にしわなんか寄せることないわ!」

ローラは、いいました。

21 ✣ ネリィ・オルソン

その夕方、ジャックは、クリークの浅瀬《あさせ》でふたりを待っていました。

ふたりは、夕食のとき、父さんと母さんに、学校の話をしました。

先生の石板《せきばん》を借りて使っているというと、父さんは、首を横にふりました。先生の親切に、あまえたままでは、いけないのです。

次の日の朝、父さんはバイオリンのケースからお金を取りだして、かぞえました。そして石板を買うのに、まるい一この銀貨をメアリーに渡しました。

「ここのクリークには、魚がたくさんいるからね。小麦の取り入れ時期まで、なんとかなるさ。」

と、父さんはいいました。

「じきに、ジャガイモもとれるわ。」

と、母さんはいいました。

母さんは、お金をハンカチに包んでしばり、メアリーのポケットの内側に安全ピンでとめました。

メアリーは、大草原の道を歩いていくあいだずっと、ポケットをしっかりつかんでいました。

風が、吹いていました。チョウや小鳥が、波打つ草や野の花の上をとんでいました。ウサギたちは、風の前へ前へとぴょんぴょん走り、澄みきった大空は、草原をぐるっと包みこんでいました。

ローラは、おべんとう箱をふり、ぴょんぴょんはねてスキップしながら行きました。

町へ着くとふたりは、土の大通りを渡って、オルソンさんの店の階段《かいだん》をあがりました。父さんが、そこで石板を買うように、いったのでした。

店の中には、長い板のカウンターがありました。

その後ろの壁には、たながつってあって、ブリキのなべやポットや、ランプやカンテラや、色とりどりの布地をまいた物が、たくさんおいてありました。

もう片方の壁には、すきやくぎが入っているたるや、まいた針金《はりがね》が立てかけてありました。

のこぎりや金づちや手おのやナイフは、壁にさげてありました。

大きくてまるい黄色のチーズが、カウンターの上に乗っています。

その前の床《ゆか》には、糖蜜《とうみつ》の入った大だる、ピクルスがつまったたる、クラッカーがびっしり入った木の大箱、それから、キャンディーが入っている背の高い木の容器がふたつ。

クリスマスキャンディーも、ありました。ふたつの大きな容器に、いっぱい入っているんです。

突然《とつぜん》、店の奥のドアがぱっとあいて、ネリィ・オルソンと弟のウィリィがとびこんできました。

ローラとメアリーを見て、ネリィの鼻にしわが寄りました。

ウィリィが、はやしたてました。

「やあい！　やあい！　ひょろ長足のシギ！」

「止《や》めなさい、ウィリィ。」

と、オルソンさんがいいました。

けれど、ウィリィは、止めません。

「シギ！　シギ！」

と、いいつづけています。

ネリィは、メアリーとローラの横を気取って歩いて、キャンディーの容器の中に手をつっこみました。

ウィリィは、もうひとつの容器に手をつっこみました。

ふたりは、つかめるだけキャンディーをつかんで、立ったまま口につめこみました。

メアリーとローラが目の前に立っているのに、一このキャンディーも、どうぞ、とはいいません。

「ネリィ！　おまえもウィリィも、奥へ入りなさい！」

オルソンさんが、いいました。

ふたりは口の中にキャンディーをつめこんだまま、ローラとメアリーをじろじろ見ながら行きかけました。

オルソンさんは、もうふたりのことは気にかけていません。

メアリーがお金を渡すと、オルソンさんは石板《せきばん》を渡して、いいました。

「石筆《せきひつ》もいるだろうね。はい、これだよ。一ペニー。」

するとネリィが、いいました。

「この子たち、一ペニー持ってないわよ。」

「そう、じゃ、これ持っていきなさい。父さんにいって、今度、父さんが町へ来たときはらってもらえばいいからね。」

と、オルソンさんはいいました。

「いいえ、けっこうです。どうもありがとう。」

と、メアリーはいいました。

メアリーはくるりと後ろをむき、ローラも同じようにして、ふたりは店の外へ歩いていきました。入り口で、ローラがふりかえりました。

すると、ネリィが、顔をしかめて舌を出しました。ネリィの舌は、キャンディーの色で赤と緑のしまになっていました。

「あっきれかえったわ！　あたしには、ネリィ・オルソンみたいないじわるはできない。」

メアリーが、いいました。

ローラは、心の中で思いました。

『あたしはできる。あの人があたしたちにしたよりもっといじわるができる。もしも父さんと母さんがさせてくれたらだけど。』

ふたりは、石板をながめました。なめらかであわい灰色の面と、角がきっちり合わさった平たい木のわくを。

すてきな石板です。けれど、石筆がなければこまります。

この石板のためにたくさんのお金を使ってしまった父さんに、これ以上、お金がいるとはいえません。

ふたりは、だまったまま歩いていきました。と、突然《とつぜん》、ローラは、クリスマスの贈《おく》り物《もの》のペニー銅貨《どうか》を思いだしました。

インディアン居留地《きょりゅうち》にすんでいたころのクリスマスの朝、くつ下の中に入っていた銅貨を、ふたりはまだ使っていません。

メアリーが一ペニー持っていて、ローラが一ペニー持っています。でも石筆《せきひつ》は、一本でたります。それで、メアリーが買った石筆をふたりで使い、ローラのペニーの半分はメアリーの分だとすることに決めました。

次の日の朝、石筆を買いましたが、オルソンさんの店では買いませんでした。

ふたりは、郵便局《ゆうびんきょく》と商店の両方をやっているビードルさんの店で買いました。そこにはビードル先生がすんでいるので、その朝は、先生といっしょに学校へ行きました。

暑い日が何週間も続きましたが、ふたりは学校へ通いました。そして一日ごとに、学校がすきになりました。

読むのも、書くのも、算数もすき。

金曜日の午後にあるスペリング競争（訳者註《やくしゃちゅう》・決められた数の、つづりちがいがあると失格《しっかく》となって、すわらなければならない）もすきでした。

ローラは、休み時間もすきでした。下級生の女の子たちは、太陽と風の中にかけだしていって、大草原に咲く野の花をつんだり、女の子の遊びをして遊びました。

男の子たちは、校舎の片側で、男の子の遊びをして遊びます。

下級生の女の子たちは、もう片側で遊びます。

メアリーは、ほかの上級生の女の子たちと校舎の階段《かいだん》に優雅《ゆうが》に腰《こし》かけていました。

下級生の女の子たちは、いつも〝バラのまわりをまわろうよ〟（円形になって、歌を歌いながら進み、決めておいた合図で、すばやくしゃがみこむ遊び）をやって遊びました。

ネリィ・オルソンが、これをやろうというからなのです。みんなは、あきあきしていましたが、いつもそれをやりました。

ある日、ネリィがいう前に、ローラがいいました。

「〝ジョンおじさん〟やろう！」

「やろう！　やろう！」

女の子たちは、手をつなぎながらいいました。

ところが、ネリィは、ローラの長い髪を両手で力まかせに引っぱりました。

ローラは、地面に、あおむけにたおれました。

「だめよ！　だめよ！」

ネリィは、さけびました。

「〝バラのまわりをまわろうよ〟をやるの！」

ローラは、はねおきると、かっとなってネリィをぴしゃっと打とうとしました。が、その寸前《すんぜん》で止《や》めました。父さんが、ぜったいに人を打ってはいけないといっていたからです。

「さ、やろう、ローラ。」

とクリスティーが、ローラの手を取りながらいいました。

ローラは、顔から火が出そうになるくらいおこって、まわりの物も目に入らないほどでしたが、ほかの女の子たちとネリィのまわりで輪を作りました。

ネリィは頭をぐいとあげてまき毛をふり、からだをよじって、スカートをゆらしました。自分の思いどおりになったので。

そのとき、クリスティーが歌いはじめました。ほかの女の子たちも、声を合わせました。

　ジョンおじさんは　病気でベッド。

　なにを　贈ったらいいでしょう？

「だめ！　だめ！　〝バラのまわりをまわろうよ〟をやるの！」

ネリイが、金切《かなき》り声をあげました。

「でなきゃ、あたし遊ばない！」

ネリイは、みんなの輪の外へ出ましたが、それに続く子は、だれもいませんでした。

「いいわ、あんたが中へ入りなさいよ、モード。」

と、クリスティーはいいました。

みんなは、また歌いはじめました。

ジョンおじさんは　病気でベッド。
なにを　贈ったらいいでしょう？
パイをひと切れ、ケーキをひと切れ、
それにリンゴのダンプリング！
なにに入れてあげましょう？
金の皿に　入れるのよ。
だれが　とどけたらいいでしょう？
だんなさまのおじょうさん。
もしもおじょうさんが　留守ならば、

だれが　とどけたらいいでしょう？

すると、みんながさけびました。

ローラ・インガルスに　たのむのよ！

ローラが輪の中に進むと、みんなは、そのまわりでおどりました。先生が鐘《かね》を鳴らすまで、〝ジョンおじさん〟をやって遊びました。

ネリィは、教室で泣いていました。こんなひどい目に合わせたのだから、もうぜったいにローラやクリスティーとは口をきかない、といいました。

ところが、次の週ネリィは、土曜日の午後に家でパーティーを開くから、みんなに来てほしいとたのみました。

クリスティーとローラには、どうしても来てほしいと、特別にたのんだのでした。

22 ✣ 町のパーティー

ローラとメアリーは、パーティーには一度も行ったことがないので、どういう物なのかさっぱりわかりません。

友達といっしょにたのしいときをすごすのだと、母さんは、いいました。

金曜日に学校から帰ってくると、母さんは、ふたりの服と日よけぼうしを洗いました。

土曜日の朝にアイロンをかけて、きれいにきちんとしました。

ローラとメアリーは、ふだんは夜、からだを洗うのですが、その日は朝、きれいにしました。

「あなたたち、花束《はなたば》みたいにきれいでかわいい。」

と母さんは、ふたりがパーティーのしたくをして階段《かいだん》をおりてくると、いいました。

母さんは、髪にリボンをむすんでくれて、なくさないようにしなさい、と注意しました。

「さあ、いい子で、おぎょうぎよくするんですよ。」

と、いいました。

町に着くとふたりは、キャシィとクリスティーをさそいに、寄りました。

キャシィとクリスティーも、パーティーには一度も行ったことがありません。

四人は、びくびくして、オルソンさんの店へ入っていきました。

するとオルソンさんが、

「やあ、奥へお入り！」

と、いいました。

四人は、キャンディーやピクルスやすきがおいてあるところを通って、奥のドアへむかいました。

ドアがあくと、そこには、すっかり着飾ったネリィが立っていました。

オルソンさんのおばさんが、四人を、どうぞとまねきいれました。

ローラは、こんなすてきな部屋をまだ見たことがありません。

それで、「こんにちは、オルソンさんのおばさま。」とか、「はい、おばさま。」とか、「いいえ、おばさま。」というのも、やっとのことでした。

床《ゆか》には、なにか厚い布がしきつめてありました。

ローラのはだしの足に、布の長い毛がさわりました。

茶色と緑の地全体に、赤と黄色のうずまきもようがありました。

壁と天井《てんじょう》には、はばのせまい、なめらかな板がはってあって、そのさかい目はぴったり合わさっていました。

テーブルといすは、ガラスのように輝く黄色の木で、そのあしはまるくけずってありました。

壁には、色のついた絵が何枚も、かけてありました。

「寝室《しんしつ》へ行ってみなさん、ぼうしをぬいでらっしゃい。」

とオルソンさんのおばさんが、あいそよくいいました。

ベッドも、ぴかぴかの木でできていました。その部屋には、ほかにふたつの家具がありました。

ひとつは、たてにずらりとならんだ引き出しの上に小引き出しがあり、そして二本のカーブしたわくが大きな鏡を抱くように支えていました。

もうひとつの家具の上には、陶製《とうせい》の水さしが入った大きな陶のはちと、石けんが乗っている小さな陶製の皿がおいてありました。

どちらの部屋にもガラス窓があって、カーテンは白いレース。

初めに入った部屋の奥は、大きなさしかけになっていて、そこには、母さんの新しい料理用ストーブと同じようなストーブがありました。壁には、あらゆる種類のなべやフライパンが、かけてありました。

女の子たちのあいだを、おばさんが、スカートの音をさらさらさせて行きました。ローラは、もっといろいろな物をながめていたかったのですが、おばさんが、いいました。

「さあ、ネリィ、遊ぶ物を持ってらっしゃい。」

「ウィリィので遊べばいいわよ。」

と、ネリィがいいました。

「ぼくの三輪車には乗せないよ！」

ウィリィが、どなりました。

「じゃあ、あんたのノアの箱舟《はこぶね》と、兵隊《へいたい》で遊べばいいわ。」

とネリィがいい、おばさんはウィリィをなだめました。

この「ノアの箱舟」は、ローラが見たこともない、すばらしい物でした。

みんなは、ひざをついてその上にかがみこみ、キャアキャアと大声をあげたり笑ったりしました。

シマウマ、ゾウ、トラ、馬、あらゆる種類の動物がそろっていました。まるで、ローラのうちにある紙表紙の聖書《せいしょ》の絵からぬけでたみたい。

そして、「すずの兵隊」も、二連隊《にれんたい》がそっくりそろっていました。青と赤のぴかぴかの色をぬった軍服を着て。

バネ人形も、ありました。この人形は、うすい平たい木で作ってあって、しまもようの紙のズボンと上着がはりつけてあります。白くぬった顔に、赤いほおと目のまわりにはまんまるの輪。それに、とんがりぼうしをかぶっています。

赤くぬった細い二本のぼうのあいだにぶらさがっていて、だれかが、ぼうのあいだをぎゅっとちぢめると、人形はおどります。両手にはよりあわせたひもをにぎっていて、とんぼがえりをしたり、逆立ちをしたり。

年が上の女の子たちでさえ、動物や兵隊の上にかがみこんでキャアキャアさわぎたて、バネ人形には、涙《なみだ》が出るほど笑いころげるのでした。

少したったころ、ネリィが、みんなのあいだを歩きながらいいました。

「あたしのお人形、見せてあげる。」

その人形は、顔がなめらかな陶製《とうせい》で、赤いほおと赤い口をしていました。目は黒で、陶の髪は、黒くて波打っています。ちっちゃな手も陶で、ちっちゃい陶の足には黒の陶のくつをはいていました。

「うあ！　あぁ、なんてきれいなお人形！　ねぇ、ネリィ、なんて名前？」

ローラは、いいました。

「名前なんてない、こんな古い人形。」

と、ネリィはいいました。

「あたしこの人形、あんまりかわいがってないの。待ってなさい、今、ろう人形、見せるから。」

ネリィは、陶人形《とうにんぎょう》を引き出しにほうりこんで、長い箱を取りだしました。そして箱をベッドの上において、ふたをとりました。

女の子はみんな、身をかがめて、のぞきこみました。

そこには、まるで生きているように、人形が横たわっていました。ほんものの金髪が、小さなまくらの上で、やわらかくカールしています。くちびるは少し開いて、小さな小さな白い歯が二本のぞいています。目は、とじていました。

この人形は、箱の中で眠っていたのでした。

ネリィが抱きあげると、人形は大きく目を開きました。大きな青い目。笑っているような表情でした。それから腕《うで》をまっすぐのばして、いいました。

「ママ！」

「おなかをぎゅっと押すと、いうのよ。」

と、ネリィがいいました。

「ほら！」

ネリィはこぶしで、人形のおなかをごつんと、たたきました。

かわいそうな人形は、

「ママ！」

と、さけびました。

人形は、青い絹の服を着ていました。ペチコートは、ひだ飾りやレースでふちどられた、ほんもののペチコートでした。パンティーも、ほんものの小さな物で、ぬがせることもできました。

足には、革のパーティー用の小さなくつをはいていました。

ローラは、この人形を見たときから、ひとこともいいませんでした。言葉が、出なくなってしまったのです。

こんなすばらしい人形にさわるなんて、思ってもみないことでした。が、知らないうちにローラの指は、青い絹のほうへのびていきました。

「さわらないでよ！」

ネリィが、かん高い声をあげました。

「あんたなんか、あたしのお人形にはさわらないでよ、ローラ・インガルス！」

ネリィは人形を抱きしめてくるりと背中をむけてしまったので、ローラには、箱にしまうところも見えませんでした。

ローラの顔は、かっかと燃えるように熱くなり、ほかの女の子たちも、どうしたらいいかわかりません。

ローラは、みんなからはなれて、いすに腰《こし》をおろしました。

ほかの子どもたちは、ネリィが箱を引き出しに入れてしめるのを、じっと見ていました。

それからまたみんなで、動物や兵隊を見たり、バネ人形で遊んだりしました。

おばさんが入ってきて、ローラはなぜ遊ばないのかとたずねました。

ローラは、いいました。

「ここにすわっていたいんです。ありがとうございます、おばさま。」

「この本を見てたらいかが？」

おばさんはそういって、ローラのひざの上に、二さつの本をおきました。

「ありがとうございます、おばさま。」

と、ローラはいいました。

ローラは、ていねいに本のページをめくりました。一さつのほうは、うすくて、かたい表紙ではありません。子どものための、小さな雑誌《ざっし》でした。

もう一さつは、厚くて、つやつやした表紙でした。表紙には、とんがりぼうしをかぶってほうきにまたがったおばあさんが、大きな黄色の月を越えていく絵が描《か》いてありました。おばあさんの頭の上には、大きな字で「マザー・グース」と書いてありました。

ローラは、世界にこんなすばらしい本があるなんて、知りませんでした。この本には、ページごとに、ひとつの絵とひとつの詩《し》がありました。

ローラにも、その中のいくつかの詩は読めました。

ローラは、パーティーのことはすっかり忘れてしまいました。

急に、オルソンさんのおばさんの声がしました。

「こちらへいらっしゃい、おじょうちゃん。ほかの人たちに、ケーキをみんな食べられてしまってもいいの？」

「はい、おばさま。」

と、ローラはいってから、

「いいえ、おばさま。」

と、いいました。

輝くような白い布が、テーブルにかけてありました。その上には、美しい白砂糖《しろざとう》で飾ったケーキと、背の高いコップが乗っていました。

「あたしがいちばん大きいのを取る！」

ネリィが大声でいって、切ってあるケーキの中から、いちばん大きいのをつかみました。ほかの子どもたちは、おばさんが取りわけてくれるのを待っていました。おばさんは、ひと切れずつ、陶器の皿に乗せてくれました。

「レモネードのあまさはじゅうぶんかしら？」

おばさんが、たずねました。

それでローラは、コップの中の飲み物がレモネードだとわかりました。このような飲み物は、まだ一度も飲んだことがありません。初めはあまかったのですが、ケーキのまわりをおおっている砂糖をひと口食べてから飲むと、すっぱい。けれど、みんなそろって、礼儀《れいぎ》正しく答えました。

「はい、おいしいです、おばさま。」

子どもたちは、テーブルクロースに、ひとかけらのケーキも落とさないように気をつけました。レモネードの一てきも、こぼしませんでした。

しばらくして、うちへ帰る時間になりました。

ローラは、母さんからいわれていたことを思いだして、そのとおりにいいました。

「ありがとうございました、オルソンさんのおばさま。とってもたのしいパーティーでした。」

ほかの子どもたちもみな、同じように、いいました。

オルソンさんの店から外へ出たとき、クリスティーが、ローラにいいました。

「あんた、あのいじわるなネリィ・オルソンをぴしゃっとやればよかったのよ。」

「あぁ、だめ！　それはできないわよ！」

ローラは、いいました。

「でもね、あたし、しかえしはしてやるつもりよ。しーっ！　そのこと、メアリーにいっちゃだめよ。」

ジャックが、浅瀬《あさせ》で、しょんぼり待っていました。

土曜日なのに、ローラは、ジャックと遊んでやれなかったのです。プラムクリークで一日じゅういっしょに遊べる日が来るまで、一週間も待たなければならないのです。

ローラとメアリーが、パーティーのことをすっかり母さんに話すと、母さんはいいました。

「おもてなしを受けたら、おかえしをしなければならないわ。母さん考えてたんだけど、ネリイ・オルソンとほかの人たちを、うちへ呼びましょうよ。今度の土曜の、その次の土曜日がいいと思うわ。」

23 ✣ 村のパーティー

「うちのパーティーに来てくれる？」

ローラは、クリスティーとモードとネリィ・オルソンに聞きました。

メアリーは、上級生の女の子たちに、聞きました。みんな、行くわよ、といいました。

その土曜日の朝、ローラたちの新しい家は特別きれいになっていました。

ジャックは、きれいにみがかれた床《ゆか》の上には、入れてもらえません。

窓はぴかぴかに輝き、ピンク色にふちどりされたカーテンは、真っ白に洗って、のりでぴんとなっていました。

ローラとメアリーは、たなにしく星形《ほしがた》の紙を作り、母さんはバニティー・ケーキを作りました。

バニティー・ケーキは、あわだてたたまごと白い小麦粉で作ります。なべの中でジュウジュウいっているヘット（訳者註《やくしゃちゅう》・料理用の固形油）の中に、たねを落とします。

ヒル

たねはひとつずつ、ひょっこり浮きあがりひとりでにひっくりかえるまで、ゆらゆらと浮いています。ひっくりかえったときには、ハチ蜜《みつ》色になり、ぷくんとふくれています。下側もふくれてまるくなったとき、フォークで取りだします。

母さんは、作ったケーキを、食器戸だなの中にしまいました。

このバニティー・ケーキは、パーティー用の物です。

ローラとメアリーと母さんとキャリイは、着がえをすませて、町から歩いてくるお客さまを待ちました。

ローラは、ジャックにもブラシをかけました。ジャックはいつも清潔《せいけつ》で、白と褐色《かっしょく》のぶちの短い毛は、すてきなのですけれど。

ジャックは、ローラといっしょに、浅瀬《あさせ》へかけおりていきました。

女の子たちは、笑いながら、日の光があたっている水をぱしゃぱしゃはねかえして、やってきました。ネリィはべつでしたけれど。

ネリィは、くつとくつ下をぬがなければなりませんでしたし、小石が足にあたっていたいと、文句《もんく》をいっていました。

ネリィは、いいました。

「はだしじゃ歩けないわよ。あたしはいつもくつとくつ下をはいてるのよ。」

ネリィは新しい服を着て、大きな新しいリボンを、髪にむすんでいました。

「あれがジャック？」

クリスティーが、聞きました。

みんなはジャックをなでて、いい犬だと、いいました。

ジャックが礼儀《れいぎ》正しくネリィにもしっぽをふると、ネリィはいいました。

「あっち行って！　あたしのドレスにさわらないで！」

「ジャックはあんたのドレスにはさわらないわよ。」

と、ローラはいいました。

女の子たちは、風にそよぐ草や野の花のあいだの小道を通って、母さんが待っている家のほうへのぼっていきました。

メアリーが、ひとりひとりの名前を紹介《しょうかい》すると、母さんは、いつものやさしい笑顔《えがお》で話しかけました。

するとネリィは、新しいきれいな服をなでおろして、いいました。

「こういういなかのパーティーには、もちろんいちばんいいドレスは着てきませんでした。」

それを聞いたローラは、いつも母さんにいわれていることを、すっかり忘れてしまいました。父さんにおしおきをされたって、かまわない。

　このしかえしは、ぜったいに、するつもりでした。ネリィが、母さんにこんないいかたをしたんですから。

　母さんは、ほほえんで、こういっただけでした。

「とってもきれいなドレスよ、ネリィ。来てくださってうれしいわ。」

　でもローラは、ネリィを許すつもりはありませんでした。

　女の子たちは、きれいな家が気にいりました。とても清潔《せいけつ》で風通しがよく、いい香《かお》りのそよ風が吹きぬけていくし、あたりは一面の大草原。

　みんなは、はしご段をのぼって、ローラとメアリーの屋根裏部屋を見ました。だれも、こんなにすばらしい部屋は、持っていません。

　ネリィが、たずねました。

「お人形はどこにあるの？」

　ローラは、ネリィ・オルソンに、だいじなぬいぐるみ人形のシャーロットを見せるつもりはありません。

　ローラは、いいました。

「あたしはお人形で遊ばないの。クリークで遊ぶの。」

それから、みんなは、ジャックといっしょに外へ出ていきました。

ローラは、みんなに、干し草のそばにいるひよこたちを見せました。そして、野菜畑の緑のうねや、びっしり生えそろった小麦畑をながめました。

次には、プラムクリークの低い土手まで、まるい丘をかけおりました。

そこは、ヤナギがあって、一本橋がかかっているところです。プラムの深い茂《しげ》みから流れでている水は、きらきら光る小石の広い浅瀬を通り、橋の下をごぼごぼ流れて、ひざくらいの深さになっています。

メアリーと大きい女の子たちは、キャリィを連れて、ゆっくりおりてきました。

ローラとクリスティーとモードとネリィは、スカートをひざの上まで持ちあげて、冷たい水の中にじゃぶじゃぶ入っていきました。

小魚たちは、さけび声や水しぶきからにげようとして、群れになって浅瀬を泳いでいきました。

大きい女の子たちはキャリィと、日の光にきらきら輝いている浅い水の流れにそって歩きながら、きれいな石を集めていました。

小さいほうの女の子たちは、一本橋を渡っていって、おにごっこをしました。

あたたかな草の上を走ったり、また水の中へ入ったりして遊びました。

遊んでいるうちに、ローラは突然《とつぜん》、ネリィへのしかえしを思いつきました。

ローラは、みんなを、あの大きなザリガニがすんでいる近くへ連れていきました。

ザリガニは、さわぎと水しぶきの音で、岩の下へ入りこみました。

ローラは、ザリガニのはさみと茶色がかった緑の頭がのぞいているのを見ると、ネリィをそのほうへ押しやりました。そして岩めがけてぱしゃっと足で水をはねかけて、さけびました。

「あっ、ネリィ！　ネリィ、気をつけて！」

じいさんザリガニは、ネリィのつま先めがけてとびだすと、はさもうとして、はさみをぱちぱち鳴らしました。

「走って！　走って！」

ローラは、クリスティーとモードを橋のほうへ押しかえしながらさけびました。そして、ネリィのあとから走りました。

ネリィは、プラムの茂《しげ》みの下の泥水《どろみず》めがけて、キャアキャアいいながら走りました。

ローラは、浅瀬の小石の上で足を止めて、ザリガニのいる岩をふりかえりました。

「待って、ネリィ。そこにいて。」

「あぁ、あれなに？　なんなの？　こっちへ来る？」

ネリィは、聞きました。

ネリィは、持ちあげていたスカートをおろしてしまったので、スカートとペチコートは、泥水につかっています。

「あれは大きなザリガニよ。あのはさみで、太いぼうだってちょんぎっちゃうんだから。あたしたちの足の指だって、ぱちんて切っちゃうのよ。」

とローラは、ネリィにきっぱりといいました。

「あぁ、どこにいる？　こっち、来る？」

ネリィは、聞きました。

「そこにいて、あたし見てくる。」

とローラはいって、立ちどまったりのぞいたりしながら、そろそろと水の中を歩いていきました。

大きなザリガニは、もう岩の中に入っていたのですが、ローラは、それはだまっていました。

ローラは、ゆっくりゆっくり橋のほうへ歩いていきました。そのあいだずっと、ネリィは、プラムの茂みのところから見守っていました。

ローラは、ネリィのところへもどってくると、いいました。

「もうそっから出てきてもだいじょうぶ。」

ネリィは、きれいな水のほうへ出てきました。こんなおっそろしいきたならしいクリークはきらいだし、もうこんなところで遊ぶつもりはない、といいました。

ネリィは、泥《どろ》まみれのスカートを洗ってから足を洗おうとして、キヤアと悲鳴《ひめい》をあげました。

泥のような色をしたヒルが、ネリィのひざの下から甲《こう》まで、くっついています。洗ったって、取れません。

引っぱりとろうとしてネリィは、悲鳴をあげながら、土手へかけあがりました。土手の上でキヤアキヤアいいながら、片方の足で地面をけり、それからもう片方の足で、けりました。

ローラは、笑って笑って、草の上にたおれるまで笑いました。

「ほら、見て、見て！」

笑いながらローラは、さけびました。

「見てよ、ネリィのダンス！」

女の子たちが、走ってきました。

メアリーがローラに、ヒルを取ってあげなさい、といいましたが、ローラは聞いていません。ころげまわって、笑いつづけています。

「ローラ！」

メアリーが、いいました。

「起きあがって、取ってあげなさい。そうでないと、母さんにいうわよ。」

やっとローラは、ヒルを引っぱって、取りはじめました。

女の子たちは、ローラがヒルを引っぱると長く長くのびるので、悲鳴をあげて見つめていました。

「あんたのパーティー、きらい！　うちへ帰りたい！」

ネリィが、泣いていいました。

母さんは、キャアキャアいう悲鳴を聞いてクリークへおりてきました。

母さんは、ネリィに、二、三匹のヒルくらいで泣きさけぶことはないのよ、といいました。さあ今度は、家へ入る時間です、といいました。

テーブルには、いちばんだいじな白いテーブルクロースがかけられ、花いっぱいの青い水さしが、おいてありました。

いすは、テーブルの両側におかれています。

ぴかぴかのブリキ製のカップには、地下の貯蔵庫《ちょぞうこ》から持ってきた冷たくてとろっとした牛乳がなみなみとつがれています。大皿《おおざら》には、ハチ蜜《みつ》色をしたバニティー・ケーキが山もりになっています。

バニティー・ケーキは、あまくはないけれど、とてもおいしくてかりっとしていて、中はからっぽです。ひとつひとつが、大きなあわのようで、かりっとしたかけらが、舌の上でとけていきます。

みんなは、バニティー・ケーキをどんどん食べました。こんなおいしい物は食べたことがないといって、なんという物なのか、母さんにたずねました。

「バニティー・ケーキ。どうしてかっていうと、みえっぱりのようにぷくんとふくれあがっているけれど、中はなんにもないからよ。」

ケーキはたくさんあったので、おなかがいっぱいになるまで食べ、冷たくておいしい牛乳も、じゅうぶんに飲みました。

こうして、パーティーは終わりました。

ネリィ以外の女の子たちは、きょうのパーティーにお礼をいいました。

ネリィは、まだおこっていました。

ローラは、知らん顔をしていました。

クリスティーが、ローラをぎゅっと抱きしめて、ささやきました。

「こんなにたのしいこと、なかったわ！　ネリィにはあれくらいでちょうどいいのよ！」

クリークの土手の上でおどっていたネリィのことを考えると、ローラの心の奥は、すっきりしたのでした。

24 ✢ 教会へ

土曜日の夜のことでした。

父さんは、入り口のあがり段の上に腰《こし》かけ、食後のパイプたばこをふかしていました。

ローラとメアリーは、父さんの両脇《りょうわき》に寄りそって腰かけていました。

母さんは、キャリィをひざに抱いて、入り口から入ったところで、ゆりいすを静かにゆすっていました。

風はほとんど吹かず、静かでした。

星は、低く、輝いていました。暗い空は、星のむこうに奥深くひろがり、プラムクリークはおだやかに音をたてていました。

「きょうの午後、町で聞いたんだが、あす、新しい教会《きょうかい》で説教《せっきょう》があることになっている。」

と、父さんがいいました。

「地区の伝道師《でんどうし》をしているオルデン牧師《ぼくし》に会ったら、ぜひ来てほしいといわれた。行きますと答えたよ。」

「まあ、チャールズ。あたしたちもうずいぶん長いこと、教会へ行ってないわ！」

と母さんが、大きな声をあげました。

ローラとメアリーは、まだ教会を見たことがありません。母さんの口ぶりから察《さっ》すると、教会へ行くのはパーティーよりずっといいにちがいありません。

少し間《ま》をおいて、母さんがいいました。

「よかったわ、新しいドレスを仕上げておいて。」

「きみがあれを着たら、花束《はなたば》みたいにすてきだよ。」

と父さんが、母さんにいいました。

「朝早く、出発しなきゃならないぞ。」

次の朝は、大いそがしでした。朝食は大いそぎ、後片づけは大いそぎ。

母さんは、大いそぎで、自分とキャリィの着がえをすませました。そしてはしごの下から、いそぎたてる声で呼びました。

「おりてらっしゃい。リボンをむすんであげるから。」

ふたりは、いそいでおりていきました。そうして立ったまま、母さんに見とれてしまいました。

新しいドレスを着た母さんは、すばらしい美しさでした。

服は、白と黒のキャラコ地。白の細いしまとそれよりはば広の黒いしまに、糸の細さくらいの線が走っています。前身頃《まえみごろ》には、黒いボタンがずらっとならんでいました。スカートは、後ろで高くふくらませ、こまかくギャザーが寄せてありました。

小さな立ちえりは、かぎ針《ばり》であんだレースのふち取り。ふち取りしたレースは、胸もとでふっくらとチョウむすびにして、金の飾りピンで、えりに止めてありました。

母さんの顔は、すてき。ほおはバラ色で、目は輝いています。

母さんは、ローラとメアリーをくるりと後ろむきにして、手早くおさげ髪にリボンをむすびました。それからキャリィの手を取り、みんなが外へ出ると、ドアにかぎをかけました。

キャリィは、聖書《せいしょ》の中の、かわいい羽のある天使のひとりのようでした。服も、ちっちゃな日よけぼうしも白。

日よけぼうしには、ぐるっとレースのふち取りがしてあります。キャリィは目をぱっちり開き、真剣なようすです。金色のまき毛がほおにかかり、日よけぼうしの後ろからも、のぞいています。

そのとき、ローラは、メアリーのおさげにピンク色のリボンがむすんであるのに気がつきました。手をぱっと口にあてて、出そうになった言葉を押さえました。首をひねって、背中を見おろしました。

メアリーの青いリボンが、自分のおさげについているではありませんか！

ふたりは、互いに顔を見あわせましたが、だまっていました。

母さんがあんまりいそいだので、まちがえてしまったのです。

ふたりは、母さんが気がつかなければいいと思いました。

ローラはピンクにはあきあきしていましたし、メアリーも青にはあきあきしていました。

ところが、メアリーは金髪《きんぱつ》だから青でなければならなかったし、ローラの髪は褐色《かっしょく》だからピンクだと、決まっていました。

父さんが、家畜《かちく》小屋から馬車をまわしてきました。

サムとデービッドのからだは、朝の光に輝くほどブラシがかけてありました。

二頭は、ほこらしげに首をあげて進み、たてがみとしっぽが小さくゆれていました。

きれいに洗った毛布が馭者席《ぎょしゃせき》にしかれ、もう一枚は、荷台にひろげられていました。

車輪に足をかけて乗りこむ母さんを、父さんは注意深く手をかして助けてから、キャリイを抱きあげ、母さんのひざに乗せました。

父さんが、ローラを持ちあげて荷台にぽんと乗せると、おさげがぴょんとはねました。

「まあ、いやだ!」

母さんが、さけび声をあげました。

「ローラの髪にちがうリボンをむすんでしまったわ!」

「走ってる馬の上じゃ、だれも気がつくことはないさ!」

と、父さんはいいました。

それでローラは、青いリボンをつけていられる、と思いました。

きれいな毛布の上で、メアリーの横にすわったローラは、背中からおさげ髪を前に引っぱりおろしました。

メアリーも同じようにやって、ふたりは互いに、にっこりほほえみました。

ローラは下をむけばいつも青いリボンが見られますし、メアリーはピンクのリボンが見られます。

父さんは口笛《くちぶえ》を吹いていましたが、サムとデービッドが進みはじめると、歌いだしました。

おう、日曜の朝はいつも

妻《つま》はわたしの横に乗り、
馬車を出すのを待っている、
ふたりは、ずっと馬車で行く！

「チャールズ。」
と母さんはやさしくいって、きょうが日曜であることを思いださせました。
みんなは、いっしょに歌いました。

はるかはるか遠くに、
幸せの国、あるという、
日の光のごとく輝いて、
聖者《せいじゃ》たちが立ちたまう！

ヤナギの木《こ》かげから流れてくるプラムクリークは、日の光にきらめいて、浅くひろがって流れていきます。
サムとデービッドは、きらきら光る浅瀬《あさせ》を早足で渡っていきました。きらきら光る水しぶきがはねあがり、車輪であわだちます。

まもなく、馬車は、大草原の上を走っていました。

馬車は、道にそって軽《かろ》やかに走り、緑の草の上にはほとんど跡が残りません。

小鳥たちは朝の歌を歌い、ハチは、ぶんぶんいっています。大きな黄色のマルハナバチは花から花へと移り、大きなイナゴがとびあがってはどこかへ行ってしまいます。

町には、すぐに着いてしまいました。

かじ屋は店をしめ、静まりかえっていました。ほかの店も、しまっています。

何人かの着飾った男の人と女の人が、着飾った子どもたちを連れて、ほこりっぽい大通りのはしを歩いています。その人たちはみんな、教会へむかっているのでした。

教会は、校舎からそんなにはなれていないところにある、新しい建物でした。

父さんは、そのほうへむかって、草地をぬけて馬車を走らせました。

教会の建物は、校舎と似ていますが、ちがうところは、壁もなあんにもない小さな部屋が屋根の上にあることでした。

「あれ、なあに？」

ローラが、聞きました。

「指さしてはいけません、ローラ。」

と、母さんがいいました。

「鐘楼《しょうろう》ですよ。」

父さんは、教会の高い入り口の方向へむけて、馬車を止めました。母さんに手をかしておろしましたが、ローラとメアリーは、荷台の横をひょいとまたいでおりました。

父さんが教会のかげに馬車を入れてくるまで、みんなは待っていました。

父さんは、サムとデービッドの馬具をはずし、荷台にむすびつけていました。

草原をぬけてきた人たちは、教会の階段《かいだん》をあがり、中へ入っていきました。教会の中からは、礼儀《れいぎ》正しい、低いざわめきが聞こえてきました。

やっと、父さんがやってきました。キャリィを腕《うで》に抱き、母さんとならんで教会の中へ入っていきました。

メアリーとローラは、すぐあとから、そうっと入っていきました。一家は、木の長いすに一列にならんで腰《こし》かけました。

教会の建物は、校舎とまったく同じように見えましたが、中のふんいきがちがっていました。

ふしぎな、がらんとした広さを感じるのです。どんな小さな音も、新しい板壁にあたって、大きく聞こえるのでした。

背の高い男の人が、台の上にある高いつくえの後ろで、立ちあがりました。

その人の着ている物は黒で、大きなネクタイも黒。髪と、顔をとりまくひげも、黒っぽい。

声は、おだやかで、やさしい声でした。

人びとはみんな、頭をたれていました。

その人は、長いこと神に語りかけていました。

ローラはそのあいだ、ほとんど身動きもしないで、おさげ髪の青いリボンを見つめていました。

突然《とつぜん》、すぐ横で、声がしました。

「わたしといっしょにいらっしゃい。」

ローラは、もう少しで、とびあがるところでした。

きれいな女の人が立っていて、やさしい青い目で、ほほえんでいました。

その人は、また、いいました。

「いらっしゃいな、おじょうちゃんたち。日曜学校が始まりますよ。」

母さんが、ふたりにうなずいたので、ローラとメアリーは、長いすからすべりおりました。

ふたりは、日曜学校があるなんて、知りませんでした。

その女の人は、ふたりを部屋のすみのほうへ連れていきました。

そこには、学校でいっしょの女の子たちがみんないて、なにが始まるのだろうと、互いに顔を見あわせています。

女の人は、長いすを引きよせて、四角くならべました。そして腰《こし》をおろすと、ローラとクリスティーを自分の両脇《りょうわき》にすわらせました。

ほかの女の子たちが長いすに落ち着くと、女の人は、自分はタワー夫人だといって、みんなの名前も聞きました。

それがすむと、タワーさんはいいました。

「さあ、物語をお話ししましょうね！」

ローラは、とてもうれしくなりました。でも、タワーさんが話しはじめたのは、こんなふうでした。

「それはずっとずっと昔《むかし》、エジプトで生まれた小さな赤ちゃんについてのお話です。名前はモーゼといいました。」

それでローラは、それから先はなんにも聞いてはいませんでした。

水辺のアシの中にすてられていたモーゼの話は、みんな知っています。キャリイだって知っています。

物語がすむと、タワーさんは、にっこりしていいました。

「今度は、聖書《せいしょ》の言葉を覚えましょう！　よろしいですね？」

「はい、先生。」

とみんなは、いっせいにいいました。

タワーさんは、聖書の文章のひとくぎりを、ひとりひとりにいって聞かせました。その文章を、次の日曜日までに覚えてくるのです。それが、日曜学校の勉強でした。

ローラの番になると、タワーさんはローラを抱きよせ、母さんのようにあたたかなやさしい笑顔《えがお》でいいました。

「いちばんちっちゃい女の子には、いちばんやさしいのにしましょうね。これは聖書の中で、いちばん短い文章ですよ！」

ローラには、それがなにか、わかりました。

タワーさんの目は、やさしくほほえんで、いいました。

「たった三つの言葉ですよ！」

タワーさんは、その文章をいってから、たずねました。

「さあ、一週間のあいだに覚えられると思いますか？」

ローラは、タワーさんのいっていることに驚きました。だって、聖書《せいしょ》の長い言葉や歌だって、ローラは覚えているんですもの！

けれど、タワーさんの感情《かんじょう》を傷つけたくはありませんでした。それで、いいました。

「はい、先生。」

「それでこそ、わたしの子よ！」

タワーさんは、いいました。

でも、ローラは、母さんの子です。

「覚えられるように、もう一度いいますよ。たった三つの言葉。」

タワーさんは、いいました。

「さあ、わたしについていえるかしら？」

ローラは、いらいらして、からだをよじりました。

「いってごらんなさい。」

と、タワーさんはうながしました。

ローラは頭をたれたまま、その言葉をつぶやくようにいいました。

「そうです！」

タワーさんはいいました。

「さ、一生けんめい覚えますね。次の日曜に聞かせてちょうだい？」

ローラは、うなずきました。

そのあとは、みんなが立ちあがりました。

みんなで、「黄金《おうごん》の地エルサレム」を歌うことになりました。が、歌詞《かし》やメロディーを知っている子どもは、ほとんどいません。

みじめな思いが、ローラの背すじをはいあがり、耳の中でうねりました。

ふたたびみんなが腰《こし》をおろしたときは、ローラは、ほっとしました。

そのあとは、あの背の高いやせた男の人が立ちあがって、話をしました。

その人の話は、終わることがないのではないかと思うほど、続きました。

ローラは、あけはなたれた窓越しに、チョウがたのしそうにとんでいるのを見ました。

風にそよぐ草を、じっと見つめました。屋根のふちにそって、かすかな音をたてている風の音に耳をすましました。

ローラは、自分の髪の青いリボンを見つめました。両手の指のつめをひとつひとつ見てから、両手の指がぴたっと合うのに感心しました。指をまっすぐにして組みあわせると、丸太小屋の角のようになります。

頭の上の、屋根板を見ました。

さげたままの足が、ずきずきいたくなってきました。

やっと、みんなは立ちあがって、もう一度、歌いました。歌いおわると、もうそれでおしまいでした。家へ帰れるのです。

背の高いやせた人は、入り口のドアのそばに立っていました。

その人が、オルデン牧師《ぼくし》でした。オルデン牧師は母さんと握手《あくしゅ》をし、父さんと握手をしてから、話をしていました。それから腰《こし》をかがめて、ローラの手をにぎりました。

黒いあごひげの中で、歯がほほえんでいました。あたたかい感じの目で、青い色をしていました。

オルデン牧師は、たずねました。

「日曜学校はすきですか、ローラ？」

とたんに、ローラは日曜学校がすきになりました。

ローラは、いいました。

「はい、すきです。」

「それでは日曜ごとに来なきゃだめですよ！　待ってますよ。」

と、オルデン牧師はいいました。

ローラには、オルデン牧師がほんとに自分を待っているのだということがわかりました。

オルデン牧師は、忘れることはないでしょう。

帰り道に、父さんがいいました。

「なあ、キャロライン、わたしたちと同じように、正しいことをしようと思ってる人たちがおおぜいいるっていうことは、うれしいことだね。」

「そうね、チャールズ。」

と母さんは、感謝《かんしゃ》をこめていいました。

「これからずっと毎週、たのしみがあることになりますね。」

父さんが、駆者席《ぎょしゃせき》からふりむいて、聞きました。

「きみたち、初めて行った教会はどうだったかい?」

「みんな、歌えないのね。」

と、ローラはいいました。

父さんは、大声で笑いました。それから、説明しました。

「音叉《おんさ》で、賛美歌《さんびか》の音をとる人がいなかったからね。」

「近ごろはね、チャールズ。賛美歌の本を持ってる人もいるんですよ。」

と、母さんがいいました。

「うん、たぶんぼくたちも、いつかはなんとか持てるようになるよ。」

と、父さんがいいました。

それからは、日曜ごとに日曜学校へ行きました。三、四回、日曜日が来ると、次の日曜にはオルデン牧師《ぼくし》が来て、礼拝《れいはい》をしました。

オルデン牧師は、東部にある自分の教会にすんでいました。遠い道を旅して、毎週この教会までは来られません。ここは、西部にある、オルデン牧師担当《たんとう》の伝道所《でんどうしょ》でした。

長くて、さえない、たいくつな日曜日、ということはもうなくなりました。いつも日曜学校へ行くし、帰ってからは、いろいろとその話ができるからです。

最高の日曜日は、オルデン牧師が来る日曜でした。オルデン牧師は、いつもローラのことを覚えていましたし、ローラも、忘れることはありませんでした。

オルデン牧師は、ローラとメアリーのことを「かわいい村娘《むらむすめ》」と呼んでいました。

ある日曜日。父さんと母さんとメアリーとローラみんなで食卓《しょくたく》をかこんで、その日のことを話しているとき、父さんが、いいました。

「もしこれからも、めかしこんだ人たちのあいだにすわるんなら、新しいブーツを買わなきゃならないぞ。」

父さんは、足をぴんとのばしました。

修理《しゅうり》を重ねたブーツは、つま先が、ぱっくり口をあけていました。

そのさけめから、赤い毛糸であんだ、くつ下が見えています。皮のはしはうすくなり、小さくひびわれて、めくれかえっていました。

父さんが、いいました。

「もうこれ以上は、つぎをあてられないな。」

「まあ。あたしだってブーツを買えばいいっていったのよ、チャールズ。」

と、母さんがいいました。

「そしたら、あたしのドレスにキャラコ地を買ってきてしまって。」

父さんは、決めました。

「次の土曜、町へ行ったとき新しいのを買おう。三ドルするが、小麦を収穫《しゅうかく》するまでなんとかやっていけるだろう。」

その週はずっと、父さんは、干し草作りでした。ネルソンさんの干し草を積みあげるのを手伝っていたので、ネルソンさんのすばらしい草刈《くさか》り機《き》を使えることになっていました。

干し草作りには、いちばんいい天気だと父さんはいいました。こんなに、かんそうしている天気が続く夏は知らない、といいました。

ローラは、学校へ行くのがいやでした。父さんと牧草地へ行きたかったのです。車の後ろについている長い刃のすばらしい機械が、かちかちと軽い音をたてて草を刈っていくと、あとには刈った跡がはば広く続きます。

土曜日の朝、ローラは荷馬車に乗って牧草地へ行き、父さんが最後の干し草を積みこむのを手伝いました。

ふたりは、刈りとった土地のむこうに、ローラの背よりも高く育っている小麦畑を見つめました。平らに育っている小麦のてっぺんは、みのりかけている麦の重みで頭をたれ、でこぼこに見えました。

家へ持ってかえって母さんに見せるために、みのった長い小麦を、三本ひきぬきました。この作物を収穫《しゅうかく》したら、借金《しゃっきん》を返して、あとにはどう使っていいかわからないほどのお金が残る、と父さんはいいました。

四輪《よんりん》馬車を買い、母さんには絹のドレス、みんなに新しいくつ、そして日曜ごとに牛肉を食べるのです。

昼食のあと、父さんは洗いたてのシャツを着て、バイオリンケースから三ドル取りだしました。新しいブーツを買いに、町へ行くのです。

父さんは、歩いていきました。二頭の馬はこの一週間はたらきどおしだったので、うちにおいて休ませるのです。

午後おそくなってから、父さんはうちへ帰ってきました。

丘の上に父さんの姿が見えると、ローラはジャックといっしょに、クリークのザリガニの巣《す》のところからかけのぼっていきました。そして父さんについて、家へ入りました。

母さんが、料理用のストーブのところからふりむきました。土曜日のパン焼きの最中《さいちゅう》で、オーブンからパンを取りだしていました。

「ブーツはどこ、チャールズ?」

母さんが、たずねました。

「うーん、キャロライン。」

と、父さんはいいました。

「オルデン牧師《ぼくし》に会ったんだよ。そしたら鐘楼《しょうろう》に鐘《かね》をつけるお金がたりないって話された。町の人たちが自分のお金を一セント残らず献金《けんきん》したのに、あと三ドルたりないんだ。それで、あのお金を献金してしまった。」

「まあ、チャールズ。」

母さんがいったのは、それだけでした。

父さんは、やぶれているブーツを見おろしました。

「これにつぎをあてるよ。」

と、父さんはいいました。

「なんとかもちこたえられるさ。それにね、教会《きょうかい》の鐘《かね》の音はここにも聞こえるんだよ。」

母さんは、くるっとストーブのほうをむきました。

ローラは、すばやく外へ出て、階段《かいだん》に腰《こし》をおろしました。のどがつまって、いたくなりました。父さんが新しいブーツをはくのを、とてもたのしみにしていたのでした。

「心配しなくていいよ、キャロライン。」

と父さんがいっているのが、聞こえました。

「小麦の収穫《しゅうかく》まで、そう長くはないじゃないか。」

25 ✣ ぎらぎら光る雲

小麦は、もうほとんどみのっていて、刈りとるのもまぢかでした。

毎日、父さんは、小麦畑を見にいきました。

毎晩《まいばん》、ローラに、長くてしっかりしている穂《ほ》を四、五本、見せて話しました。

まるくふくらんだ小麦のつぶは、少しずつ、からの中でかたくなっていきます。小麦がみのるにはもうしぶんない天候だと、父さんはいいました。

「この天気が続いたら、来週には取りいれにかかるぞ。」

と、父さんはいいました。

とても暑い日が、続きました。高く晴れあがった空は、あんまり暑くて、見あげられません。

大草原からは、真っ赤に熱したストーブのように、熱波《ねっぱ》があがってきます。

校舎の中で子どもたちは、トカゲのように息をはあはあさせました。板壁からは、ねっ

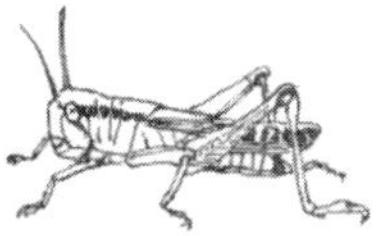

とりした松ヤニが、ぽたりぽたりと落ちていました。

土曜日の朝、ローラは、父さんと、小麦畑を見にいきました。父さんの肩車《かたぐるま》に乗ったので、重小麦は、父さんの背の高さくらいになっていました。父さんの肩車に乗ったので、重い穂先《ほさき》をたれている畑が見渡せました。畑は緑がかった金色でした。

昼食のとき、父さんは、母さんに話していました。こんなにみのった畑は見たことがない、といっていました。

一エーカーで四十ブッシェルの収穫《しゅうかく》があると小麦は一ブッシェルが一ドルです。もう、これでお金持ちです。ここは、すばらしい土地です。もう、ほしい物はなんでも手に入るのです。

ローラは聞いていて、これで、父さんは新しいブーツがはける、と思いました。

ローラは、あけはなたれたドアのまっ正面に、腰《こし》かけていました。

日の光が、そそぎこんでいました。なにかが、その光をくもらせているように感じました。ローラは、目をこすって、もう一度、見つめました。

日の光は、たしかに弱くなっていました。どんどん弱くなっていって、もう、日光はさしていません。

「あらしがやってくるんだわ。」

と、母さんがいいました。

「雲が太陽をおおってしまったのよ。」

父さんはいそいで立ちあがると、入り口へ行きました。

あらしは、小麦畑をだめにしてしまうかもしれません。

父さんは、外を見てから出ていきました。

明るさが、みょうに変でした。

あらしが来る前のようではありません。空気が、重く押さえつけられてはいません。

ローラは、なぜかわかりませんが、ぞっとしておびえました。

ローラは走って外へ出て、空を見あげて立っている父さんのそばへ行きました。

母さんとメアリーも、出てきました。

父さんが、聞きました。

「これはなんだろうね、キャロライン?」

雲が、太陽をおおっていました。これまでに、見たこともない雲でした。

なにか雪ひらのような、でもそれよりもっと大きな物のかたまりで、あわい色で、ぎらぎらと光っています。そのちらちらしているひとつぶひとつぶを通して、光がさしこんでいるのでした。

風は、ありません。草は静かで、暑い空気も動いていません。が、その雲のはしが、風よりも速く空を横切って近づいてきます。

ジャックの首の毛が、逆立ちました。突然《とつぜん》、ジャックは、その雲にむかってほえました。そしてうなり声をあげてから、ひと声かん高く鳴きました。

かちん！

なにかが、ローラの頭にぶつかって、地面に落ちました。

ローラが下を見ると、これまでに見たこともないほどの、大きなイナゴでした。

すると、茶色の大きなイナゴが、あたり一面の地上にたたきつけられてきます。ローラの頭や顔や腕を、たたきつけながら。

まるで、あられが降るように、かちんかちんと落ちてきます。

雲からイナゴが、あられのように落ちてくるのでした。

その雲は、イナゴだったのです。イナゴが太陽をかくし、あたりを暗くしているのでした。

うすくて大きな羽が、ちらちらぎらぎら光っているのでした。きしきしぶんぶんいう羽音があたりにみち、あられのような音をたてて家や地面をたたきつけます。

ローラは、はらいおとそうとしました。とげのある足が、肌《はだ》にも服にも、くっついています。

イナゴは右へ左へと頭をまわして、とびでた目で、ローラを見つめています。

メアリーが、悲鳴《ひめい》をあげながら、家へかけこみました。

地面はどこもイナゴだらけで、足をふみだす場所もありません。

ローラは、イナゴの上を歩くほかはなく、足をふみだすたびに、ぐしゃっとつぶれてぬるっとすべりました。

母さんが、家じゅうの窓を、ぱたんぱたんとしめてまわりました。

父さんも入ってきて、入り口のドアのそばに立って、外を見ています。

ローラとジャックは、父さんにぴったりつくようにして立っていました。

イナゴは、空からたたきつけられるように落ちてきて、地面に厚く積もっていきました。

長い羽をおりかさね、強い足でそこらじゅうをとびはねています。あたりの空気はひゅうひゅうなり、屋根は、ひょうのあらしが来たような音をたてています。

やがてローラの耳に、それまでとちがう音が聞こえました。かんだり、ちょきっと切ったり、かじったりする小さな音が集まって大きな音になり、聞こえてくるのでした。

「小麦が！」

父さんは、さけびました。

父さんは裏口のドアからとびだすと、小麦畑へ走りました。

イナゴが、食べているのです。一匹のイナゴが草を食べる音は、つまみあげて注意深く耳をすまさなければ聞こえません。今は、何百万匹ものイナゴが、食べているのです。何百万ものあごが、かんだりかじったりする音が聞こえます。

父さんが、走って家畜《かちく》小屋へもどってきました。サムとデービッドを荷馬車につけているのが、窓から見えました。

父さんは大いそぎで、たいひの山から古いよごれた干し草を、荷馬車へほうりこみはじめました。

母さんが走りでて、もう一本の干し草用のフォークを持って、手伝いました。

父さんは、小麦畑へ馬車を走らせ、母さんがそのあとを追いました。

父さんは畑のまわりをまわって、少しずつたいひを落としていきました。

母さんが、その上にかがみこむと、ひとすじの煙《けむり》が立ちのぼりひろがっていきました。

母さんは、つぎつぎと、たいひに火をつけていきました。

ローラは、じっと見つめていました。いぶし火の煙が畑をかくし、父さんと母さんをかくし、馬車をかくしてしまうまで。

イナゴは、まだ空から落ちてきます。イナゴが太陽をさえぎっているので、あたりはうす暗い。

母さんは家へもどってくると、しめきったさしかけ小屋で服とペチコートをぬぎ、イナゴをふりおとして殺しました。

母さんは小麦畑をぐるっとひとまわりして火をつけてきたのでした。たぶん、煙が、小麦を守ってくれるでしょう。

母さんとメアリーとローラは、しめきって息がつまるような家の中で、音もたてずにいました。

キャリィは幼いのでなにもわからず、母さんに抱かれていても、大声で泣いていました。ついには、泣き寝いりをしてしまいました。

壁にかこまれている中にいても、イナゴが食べている音は聞こえます。うす暗さは、なくなりました。太陽が、ふたたび輝きました。

地面はどこも、はいまわったりとびはねたりするイナゴの群れで、いっぱいです。丘の上のやわらかな短い草は、ぜんぶ食べつくされていました。草原の丈《たけ》の高い草は、折れまがりたおれて、ゆれていました。

「あぁ、見て。」

ローラは、窓に顔を寄せ、低い声でいいました。

イナゴが、ヤナギの梢《こずえ》を食べています。ヤナギの葉はまばらになり、葉がなくなった小枝がつきでています。

やがて枝はぜんぶはだかになり、イナゴのかたまりで、こぶのようになりました。

「これ以上、見たくない。」

とメアリーはいって、窓からはなれました。

ローラも見たくありませんでしたが、見るのを止《や》めることはできませんでした。

おかしいのは、ニワトリたちでした。

二羽のメンドリと、のろまなひなどりたちが、一生けんめいイナゴを食べているのでした。いつもなら、低く首をのばしてすばやくつかまえようとしたって、イナゴはつかまりません。それが今は、首をのばすごとに、確実につかまります。

ニワトリたちには、驚きでした。首をのばしたまま、あっちこっちに走ろうとしています。

「そう、ニワトリのえさは買わなくていいわね。」

と、母さんがいいました。

「大きく損《そん》をしても、なにかの得はあるのね。」

野菜畑の緑のうねは、しおれてぐったりしていました。ジャガイモ、ニンジン、テンサイ（砂糖《さとう》ダイコン）、大豆《だいず》も、食べつくされていました。トウモロコシの茎も、長い葉は食べられています。緑のさやをかぶった新しいトウモロコシの房毛《ふさげ》も実も、イナゴにおおわれたまま落ちていきます。だれにも、どうすることもできません。

煙は、まだ小麦畑をおおっていました。

ときどき、ローラに、父さんが動いているのがぼんやり見えました。いぶっている火をかきたてると、煙がまた、父さんをかくしてしまいます。

スポットを連れてくる時間になったので、ローラは、くつ下とくつをはき、ショールをかぶりました。

スポットは、肌《はだ》をゆすり、しっぽをひゅうひゅうふりながら、プラムクリークの古い渡し場に立っていました。

牛の群れは、悲しげに鳴きながら、ローラたちがすんでいた穴《あな》の家のむこう側へ帰っていきました。

ローラは、思いました。こんなにイナゴだらけなんだから、牛は草が食べられなかったのだと。もしイナゴが草を残らず食べてしまったら、牛たちは、うえ死《じ》にしてしまいます。

イナゴは、ローラのペチコートの下にも、服にもショールにも、びっしりついていました。

ローラは、顔や手についているのを、たたきおとしつづけました。

ローラのくつとスポットのひづめが、イナゴをざくざくふみつけます。

母さんがショールをかぶって、牛乳しぼりに出てきました。

ローラは、手伝いました。どうしても、イナゴが牛乳の中へ入ってしまいます。

手おけにかぶせる布を母さんが持ってきましたが、牛乳をしぼっているあいだは、布をかぶせておくわけにいきません。母さんは、ブリキのカップで、イナゴをすくいとりました。

イナゴは、ふたりについて、家の中へも入りました。着ている物に、いっぱいついていたのです。

何匹かのイナゴは、メアリーが夕食を作っている熱いストーブの上に、とびはねました。

母さんは、イナゴを追いかけてぜんぶつぶしてしまうまで、食べ物にふたをしておきました。そしてシャベルですくい集めて、ストーブの中へほうりこみました。

父さんは、サムとデービッドがえさを食べているあいだに自分も食事をとるために、家の中へ入ってきました。

母さんは、小麦畑がどんな状態《じょうたい》かは、たずねませんでした。

母さんはほほえんで、こういっただけでした。

「心配することはないわ、チャールズ。あたしたち、いつもなんとかやってきましたよ。」

父さんののどがぜいぜいいっているので、母さんがいいました。

「もう一ぱい紅茶《こうちゃ》をお飲みなさいよ、チャールズ。のどのいがらっぽいのが、らくになるわ。」

父さんは紅茶を飲んでしまうと、また、古い干し草とたいひを積んで、出ていきました。

ローラとメアリーには、ベッドに入ってもまだ、ぶんぶん、ちょきちょき、ばりばりいう音が聞こえました。

ローラは、とげのある足が自分のからだをはいまわっているような感じでした。ベッドにはイナゴはいないのに、腕やほおがむずむずする感じでした。眠ってしまうまで、暗やみにイナゴの出っぱった目玉が見え、ぎざぎざの足を感じてしまうのでした。

次の朝、下におりていっても、父さんはいませんでした。ひと晩じゅう、煙で小麦畑を守りつづけ、朝食にも来ませんでした。父さんは、まだはたらきつづけているのです。

大草原全体が、変わってしまいました。草は、波打ってはいません。おりかさなって、たおれていました。

のぼってくる太陽が、荒れはてた草原をうつしだしていました。丈《たけ》の高い草が互いにもたれあい、うずくまっている光景を。

ヤナギは、はだかでした。

プラムの茂《しげ》みは、わずかに残ったプラムの芯《しん》だけが、葉のない枝にぶらさがっていました。

ぱりぱり、かりかり、ごりごりいうイナゴが食べる音は、まだ続いていました。

お昼になると、父さんは、煙《けむり》の中から荷馬車《にばしゃ》を走らせて出てきました。サムとデービッドを家畜《かちく》小屋に入れ、のろのろと家へ入ってきました。

顔は煙で黒く、目は赤い。父さんは、ドアの裏側のくぎにぼうしをかけ、テーブルの前にすわりこみました。

「やくにたたないよ、キャロライン。」

と、父さんはいいました。

「煙じゃ、防げない。煙をつきぬけて、上からどんどんやってくる。四方八方からとびこんでくる。小麦畑は、もうだめだ。草刈りがまみたいに切ってしまうんだ。わらもみんな食べちまう。」

父さんはテーブルにひじをつき、手で顔をおおいました。

ローラとメアリーは、じっと動かずに腰《こし》かけていました。

キャリィだけが子ども用の高いいすに腰かけて、スプーンの音をさせていました。小さな手を、パンにのばしていました。キャリィは幼くて、なにもわからないのでした。

「気にすることはないわ、チャールズ。」

と、母さんはいいました。

「今までも、つらいときを切りぬけてきたわ。」

ローラは、テーブルの下の、つぎのあたっている父さんのブーツを見おろすと、のどがこみあげいたくなりました。

父さんは、もう新しいブーツを買うことはできません。

父さんは、両手を顔からおろして、ナイフとフォークをにぎりました。ひげの中で父さんはほほえんでいましたが、目は、きらきら光ってはいません。ぼんやりと、くもっていました。

「心配は止《や》めよう、キャロライン。」

と、父さんはいいました。

「できることはぜんぶやったんだから、なんとかやっていけるよ。」

そのときローラは、新しい家のお金を支払っていないのを思いだしました。小麦を収《しゅう》穫《かく》したときに支払うのだと、父さんはいっていました。

静かな食事でした。食事がすむと父さんは、床《ゆか》の上に横になり、眠ってしまいました。頭の下にまくらを、母さんがさしいれ、ローラとメアリーに音をたてないように、くちびるに指をあてました。

ローラとメアリーは、キャリィを寝室《しんしつ》へ連れていき、音をたてないように紙人形で遊ばせました。

聞こえる音は、イナゴが食べている音だけでした。

来る日も来る日も、イナゴは食べつづけました。小麦もカラス麦も、すべて食べてしまいました。

緑の物は、なにもかも食べてしまいました——野菜畑を食べつくし、草原の草も食べつくしました。

「あぁ、父さん、ウサギたちはどうなるの？」

ローラは、たずねました。

「それに、かわいそうな小鳥たちは？」

「見まわしてごらん、ローラ。」

と、父さんはいいました。

ウサギたちはみんな、どこかへいなくなっていました。

草の上に止まっていた小鳥たちも、いません。

イナゴを食べる鳥だけが、そこには残っていました。草原ライチョウが首をつきだし、イナゴをがつがつ食べていました。

日曜日になると、父さんとローラとメアリーは、歩いて教会《きょうかい》の集会《しゅうかい》に行きました。太陽がかんかんでりであまりにも暑いので、母さんは、キャリイと家にいると、いいました。父さんは、日かげになっている家畜小屋に、サムとデービッドをおいていきました。

雨がずっと降らないので、ローラは、プラムクリークのかわいた石の上を渡っていきました。

大草原全体が、はだかで、褐色《かっしょく》でした。その上を何百万匹もの褐色のイナゴが、ぶんぶんうなりながら低くとんでいました。

緑の物は、どこにも見あたりません。

歩いていきながらもローラとメアリーは、イナゴをはらいおとしていました。それでも教会に着いたときには、ふたりのペチコートには、イナゴがべったりついていました。

ふたりは、教会へ入る前に、スカートを持ちあげて、はらいおとしました。気をつけていたのに、イナゴは日曜日のいちばんいい服に、タバコのヤニのような汁をつけてしまっていました。

このいやらしいしみは、どうしてもとれませんでした。ふたりは、茶色のしみをつけたまま、いちばんいい服を着なければなりませんでした。

町の多くの人たちが、東部へ帰ることになりました。

クリスティーとキャシィも、行くことになりました。

ローラは、クリスティーにさよならをいい、メアリーは、キャシィにさよならをいいました。ローラとメアリーには、いちばん仲よしの友達だったのです。

ふたりは、もう学校へは行きませんでした。くつを、冬にそなえておかなければなりません。はだしで、イナゴの上を歩く気には、どうしてもなれませんでした。どっちみち、学校はもうすぐ終わりになります。

母さんが、冬のあいだずっと教えてくれると、いいました。春になって学校が始まったとき、ふたりは、クラスの人たちに勉強がおくれていることはないでしょう。

父さんは、ネルソンさんの仕事をして、そのかわりに耕作用《こうさくよう》のすきを使わせてもらうことになりました。

父さんは、はだかになった小麦畑を、掘りおこしはじめました。来年の小麦の収穫《しゅうかく》のために、準備をしているのでした。

26 ✣ イナゴのたまご

ある日、ローラとジャックは、クリークのほうへぶらぶらおりていきました。メアリーはすわって本を読んだり、石板《せきばん》で算数をしたりするのがすきでしたが、ローラはあきてしまうのでした。でも家の外も、みじめなありさまで、遊ぶ気にもなれません。プラムクリークは、ほとんど干《ひ》あがっていました。小石まじりの砂から、わずかな水がしみでているだけでした。

はだかのヤナギは、もう一本橋に日かげを作ってはいません。葉のないプラムの茂《しげ》みの下では、水がぶくぶくあわだっています。あのりこうなザリガニは、どこかへ行ってしまっていました。

かわいた大地は熱《あつ》く、太陽がやけつくようにてりつけ、空は真鍮《しんちゅう》のような色でした。ぶんぶんいっているイナゴの音が、いっそう暑くるしくしているようでした。もう、草原のいい香《かお》りは、なにもありません。

そのときローラは、きみょうな物を見ました。丘の上にびっしりいるイナゴが、土の中にしっぽを入れて、じっとすわっているのでした。

ローラがつついても、びくとも動きません。ローラは、すわっている一匹のイナゴをつきのけて、穴《あな》から灰色の物を掘りだしました。太った地虫のようでしたが、生きてはいません。なんなのか、わかりません。

ジャックも、くんくんにおいをかいでいましたが、ふしぎそうにしています。

ローラは、父さんに教えてもらおうと思って、小麦畑へむかいました。

けれど、父さんは、たがやすのを止《や》めていました。

サムとデービッドは、すきにつけられたま

ま立っています。父さんは、まだ掘りおこしていない土を調べながら歩いています。

そのときローラは、父さんがすきのところへ行き、うねからすきを持ちあげるのを見ました。父さんは、サムとデービッドのたづなを取り、たがやすのを止めて家畜《かちく》小屋へむかいました。

父さんがお昼になる前に仕事を止めるということは、なにかとんでもないことがあったのだと、ローラにわかりました。

ローラは、大いそぎで走って、家畜小屋へ行きました。

サムとデービッドはかこいの中へ入り、父さんは、汗にぬれた馬具《ばぐ》を壁にかけていました。

父さんは外へ出てきましたが、ローラを見

ても、にこりともしませんでした。

ローラは、父さんのあとから、とぼとぼと家へ入りました。

母さんが、父さんを見るなり、いいました。

「チャールズ！　いったい、なにが？」

「イナゴが、たまごを産《う》みつけてるんだ。」

と、父さんはいいました。

「地面は、ハチの巣《す》みたいになってる。入り口の前を見てごらん。二、三インチの深さにたまごがうまってる穴《あな》があるよ。小麦畑じゅうぜんぶだ。どこも、ここも。指一本のすきまもありゃしない。ほら、見てごらん。」

父さんは、ポケットから灰色の物をひとつ取りだして手の上に乗せ、さしだしました。

「これが、イナゴのたまごぶくろのひとつだよ。切りひらいてみたんだ。ひとつのふくろに三十五から四十のたまごが入ってる。どの穴にも、ひとつずつふくろが入ってるんだ。一フィート四方に、八つから十の穴があるよ。このあたりの地方全体にだ。」

母さんは、いすにくずおれるようにすわって、両手を力なく脇《わき》にたれました。

「来年、収穫《しゅうかく》するっていうことは、空をとぶよりもっとむずかしい。」

そういってから父さんは、続けました。

「あのたまごがかえったら、このあたりの大地には緑の物はなんにも残らない。」

「まあ、チャールズ！」

母さんは、いいました。

「いったい、どうすればいいの？」

父さんは、木の長いすにどさっと腰《こし》をおろして、いいました。

「わからないよ。」

メアリーのおさげがはしご段の穴のふちでゆれ、穴のあいだから顔が見おろしました。心配そうな顔でローラを見つめ、ローラも、見あげました。

メアリーは、音もなく後ろむきに、はしご段をおりてきました。そしてローラの脇にぴったり寄りそい、壁に寄りかかって立ちました。

父さんが、すっくと身を起こしました。暗い目には、燃えるほのおのような光がありました。それは、いつもローラが見なれているきらきら輝く光ではありません。

「だが、これだけはわかっているぞ、キャロライン。」

と、父さんはいいました。

「このやっかいなひどいイナゴどもがどんなにむかってきても、そうはさせないぞ！　なんとかする！　見てろ！　わたしたちは、なんとかして生きぬくからな。」

「そうですよ、チャールズ。」

と、母さんがいいました。

「もちろんだ。」

と、父さんがいいました。

「わたしたちは健康《けんこう》だし、頭の上には屋根がある。ぼくたちよりもっとひどい目にあってる人たちがたくさんいるんだ。早めに食事にしてくれ、キャロライン。町へ行ってくる。なにか仕事を見つける。心配するな！」

父さんが町へ行っているあいだに、母さんとメアリーとローラは、父さんのためにすてきな夕食を考えました。

母さんが、すっぱくなった牛乳をなべで煮たててふっとうさせ、やわらかな白いカッテージチーズを作りました。

メアリーとローラが、ゆでたジャガイモの冷たくなったのをうす切りにすると、それにかけるソースを、母さんが作りました。

バターをぬったパンも、牛乳も用意してあります。

メアリーとローラは、顔を洗って、髪をとかしました。それからいちばんいい服を着て、リボンもむすびました。

キャリィには白い服を着せてあげて、髪をとかし、首にはインディアンのビーズのひもをむすんであげました。

こうしてみんなは、父さんがイナゴだらけの丘をのぼってくるのを待っていました。

たのしい、夕食でした。

みんながひとかけらも残さず食べてしまったころ、父さんがお皿を押しやって、いいました。

「さあて、キャロライン。」

「はい。なに、チャールズ？」

母さんが、いいました。

「さあ、道が開けたよ。」

と、父さんがいいました。

「あすの朝、東部へ行く。」

「まあ、チャールズ！　だめよ！」

母さんが、さけびました。

「だいじょうぶだよ、ローラ。」

と、父さんはいいました。

その意味は、「泣いてはいけない」ということでしたから、ローラは泣きませんでした。

「あっちでは取り入れどきだよ。」

と父さんは、みんなに話して聞かせました。

「イナゴがいるのは、このあたりから百マイルくらいのところだ。それよりむこうでは、収穫《しゅうかく》している。はたらく仕事は、それしかない。西部の男たちはみんな、その仕事にむかって出かけている。ぼくも早く行って、仕事にありつく。」

「もしもあなたが、それがいちばんいいと考えるんだったら……。この子たちとわたしは、なんとかやりますよ。だけど、あぁ、チャールズ、ずいぶん歩くことになるわ！」

「どうってことないさ！　二百マイルぐらい、なんだ？」

と、父さんはいいました。

けれど、父さんは、つぎのあたった古いブーツをちらっと見ました。これがそんなに遠くまでもつだろうかと思っているのが、ローラには、わかりました。

「二百マイルぐらい、なんてことはないさ！」

と、父さんはいいました。

父さんは、ケースからバイオリンを取りだしました。

父さんは、ほの暗い夕やみの中で、長い時間バイオリンをひいていました。

そのあいだローラとメアリーは、父さんのそばにぴったり寄りそってすわっていました。

母さんは、その近くでキャリィを抱いて、ゆりいすをゆすっていました。

父さんは、「ディキシィ・ランド」をひいてから、「さあみんな、旗《はた》のもとに集まろう！」をひきました。

それから、「青いぼうしをかぶった兵士《へいし》たちは、国境《こっきょう》を越えた」をひきました。

次には、

おう、スザンナ、泣かないでくれ！
ぼくはカリフォルニアへ　行くんだ
たらいひとつを　ひざに乗せ！

そして父さんは、ひきました。

「キャンプ地の鐘《かね》が鳴っている。フレー！　フレー！」

そのあと、父さんはひきました。

「生命《いのち》を、いつくしめよ」

そこで、父さんは、バイオリンをおきました。朝早く出発するので、もう眠らなければなりません。

「このバイオリンを大事にしてくれよ、キャロライン。」

と、父さんはいいました。

「これが勇気《ゆうき》をくれるんだ。」

明けがた、朝食をすませると、父さんはみんなにキスをして出かけました。着がえのシャツとくつ下は、まるめてジャンパーにくるみ、肩にひっかけました。

父さんは、プラムクリークを渡るところでふりかえって、手をふりました。それからは、ふりかえることなく、見えなくなるまで歩きつづけていきました。

ジャックは、ローラにぴったりからだをすりよせていました。

みんなは、父さんが行ってしまっても、しばらくのあいだ立っていました。

母さんが、元気よくいいました。

「さあこれからは、なにもかもあたしたちでやっていくのよ、あなたたち。メアリーとローラ、早く牛を群れのところへ連れてらっしゃい。」

母さんは、キャリィを連れて、きびきびと家の中へ入っていきました。

ローラとメアリーは家畜《かちく》小屋へ走っていって、スポットを外へ出して、クリークのほうへ連れていきました。

草原には、草が残っていません。

おなかをすかせた牛たちは、クリークの土手をあちこち歩きまわっていました。わずかに残っているヤナギの芽やプラムの茂みや、かさかさの草を食べるよりほかないのでした。

27 ✣ 雨

父さんがいないと、なにをやってもたいくつで、つまらない。

ローラとメアリーは、父さんが帰ってくる日までの日数をかぞえることさえ、できなくなってしまいました。ふたりには、つぎのあたったブーツをはいて遠くへ遠くへと歩いていく父さんしか、考えられなくなってしまいました。

ジャックは、今では静かでおとなしい犬になり、鼻には灰色の毛が目立つようになりました。父さんが行ってしまった、だれもいない道を見つめては、ため息をつくように鼻を鳴らします。そしてしゃがみこんで、道を見守っているのでした。けれどジャックだって、父さんが帰ってくるのを本気で待っているわけではありませんでした。

食べつくされた草原は、暑い空の下で、ぐったりしていました。

ほこりの旋風《せんぷう》がまきおこって、くるくるうずまきながら草原を横切っていきます。

はるか遠くの地平線《ちへいせん》は、へびがからだをくねらせてはっていくように見えました。あれは熱風《ねっぷう》であんなふうに見えるのだと、母さんがいいました。

日かげは、家の中だけでした。

ヤナギの木ぎにもプラムの茂《しげ》みにも、葉はありません。

プラムクリークは、干《ひ》あがっていました。深みに、わずかな水があるだけでした。

井戸はかれ、穴《あな》の家のそばの泉が、ぽたぽたと水滴《すいてき》をたらしているだけでした。

母さんは、夜のあいだにいっぱいになるようにと、その下におけをおきました。朝になるとそれを家へ運んで、またべつのおけをそこへおき、昼間のあいだにいっぱいにするのでした。

朝の仕事がすんでしまうと、母さんとメアリーとローラとキャリィは、家の中にすわっていました。

やけつくような風がひゅうひゅうと吹きぬけ、おなかをすかせた牛たちが鳴きやむことなく、モーモーいっています。

スポットは、やせました。おしりの骨がとがったようにつきでて、あばら骨はぜんぶうきでているし、目のまわりはおちくぼんでしまいました。一日じゅう、ほかの牛たちとモーモー鳴きながら、なにか食べる物を探していました。

クリークぞいの小さな茂みはぜんぶ食べてしまいましたし、首をのばしてとどくかぎりのヤナギの小枝も、かじりとってしまいました。

牛乳はにがくなり、量も、一日ごとにへっていきました。

サムとデービッドは、家畜《かちく》小屋にいました。馬たちも、ほしいだけ食べるわけにはいきません。干し草の山は、次の春までもたせなくてはならないからです。

ローラが二頭を連れて、かわいたクリークの川床《かわどこ》へおり、川の中だったところへ行くと牛たちは、なまぬるいぶくぶくわきでてくる水に鼻をゆがめました。けれど、二頭は、その水を飲みました。

牛も馬も、がまんしなければならないのでした。

土曜日に、ローラは、もし父さんから手紙が来ていないかと、ネルソンさんの家へ行きました。

ローラは、一本橋のむこう側の、細い道を行きました。たのしい小道は、いつまでもいつまでも続くというわけではありません。ネルソンさんの家で、行きどまりです。

ネルソンさんの家は、長くて低く、板壁には、水しっくいがぬってありました。

草原の土で作った長くて低い家畜小屋は干し草でふいた、厚い屋根でした。

父さんが作った家や家畜小屋とは、似ていません。

ふたつの建物《たてもの》は、大草原の坂の下の大地にぴったり寄りそって、まるでノルウェー語で話しているようでした。

家の中は、ぴかぴかにみがかれていて清潔《せいけつ》でした。大きなベッドは、羽ぶとんでふっくらとふくらみ、まくらも、やわらかくふくらんでいました。

壁には、青いドレスを着た女の人を描いた美しい絵がかけてありました。額ぶちは、ぶ厚い金ぶちでした。そして、女の人と額ぶちに、ハエがとまらないように、明るいピンク色のかやがおおってありました。

父さんの手紙は、来ていませんでした。

次の土曜日にネルソンさんがまた郵便局《ゆうびんきょく》へ行ってあげると、ネルソンさんの奥さんがいいました。

「ありがとうございます、おばさま。」

とローラはいって、一本橋への道をいそぎました。それから一本橋をゆっくり渡って、のろのろと丘をのぼりました。

母さんは、いいました。

「心配しないで、あなたたち。今度の土曜日には手紙は来ますよ。」

けれど、次の土曜日には、手紙は来ませんでした。

もうそのころ、ローラたちは日曜学校へは行きませんでした。キャリイが歩いていくには遠すぎるし、母さんが抱いていくには重すぎます。

ローラとメアリーは、くつをとっておかなくてはなりません。はだして日曜学校へ行くことはできないし、もしくつをはきつぶしてしまったら、冬にはくつがないことになります。

そんなわけで、日曜日にはいちばんいい服を着ましたが、くつははかないし、リボンもつけません。

メアリーとローラは、聖書《せいしょ》の中の暗唱《あんしょう》している文章を、母さんに聞いてもらいました。母さんは、ふたりに聖書を読んで聞かせました。

ある日曜日、母さんは、昔《むかし》、聖書の時代に起きた「ロカセツの大襲来《だいしゅうらい》」の話を読みました。ロカセツとは、イナゴのことです。

母さんは、読みました。

イナゴの大群《たいぐん》はエジプトをおそい、エジプト全域《ぜんいき》にとどまった。じつにおびただしく、こんなイナゴの大群は、前にもなかったし、このあとにもないであろう。

それらは全地をおおったので、地は暗くなった。それらは、地の草木も、雹《ひょう》をまぬがれた木の実も、ことごとく食いつくした。エジプト全土にわたって、緑は、木にも野の草にも少しも残らなかった。

ローラは、ほんとうにそのとおりだと思いました。そして暗唱するときには、「ミネソタの全土をおそい」と心の中で思うのでした。

そのあと母さんは、「神がよき人びとに約束《やくそく》していた地」のところを読みました。

……彼らをエジプトの地から救いだしその良き地、乳《ちち》と蜜《みつ》の流れる地……

「わぁ、それどこ？」

メアリーがたずね、ローラも、こう聞きました。

「牛乳とハチ蜜が流れてる土地って、どういうの？」

ローラは、牛乳や、べとべとするハチ蜜の中を歩くのはいやでした。

母さんは、大きな聖書をひざの上において考えました。それから、こういいました。

「あのね、父さんは、それはここ、ミネソタだと思ってるわ。」

「どうして、そういうことになるの？」

ローラは、たずねました。

「もしあたしたちがじっとがまんしていればきっとそうなるのよ。」

と、母さんはいいました。

「ねえ、ローラ、質《しつ》のいい乳牛《にゅうぎゅう》がここの土地の草を食べれば、たくさんの牛乳を出してくれるわ。そうすれば、ここは、牛乳が流れてる土地っていうことになるでしょう。ハチもここの土地で育った花から蜜《みつ》を集めてるでしょ。それは、ここが蜜が流れる地っていうことになるのよ。」

「あぁ、よかった。」

と、ローラはいいました。

「あたしその中を歩かなくていいのね、よかった。」

キャリィが、小さなこぶしで聖書《せいしょ》をたたいて、さけびました。

「暑い！　ちくちくする！」

母さんが抱きあげましたが、キャリィは、母さんを押して、しくしく泣きながらいいました。

「母さんも暑い！」

かわいそうに、幼いキャリィの肌《はだ》は、あせもで赤くなっていました。

ローラとメアリーも、暑さで、うだるようです。肌着《はだぎ》に丈《たけ》の長い下ばき、シミーズにペチコート、それに長そででえりの高い服を着て、おなかのまわりはベルトでぴったりしめているのです。

首の後ろには、おさげがあるので、息がつまりそうでした。

キャリィは水が飲みたいといったのに、カップを押しやり、しかめっつらをしていいました。

「きったない！」

「飲んだほうがいいわよ。」

とメアリーが、いいきかせました。

「ねえさんだって冷たい水がほしいんだけど、ないのよ。」

「井戸の水が、一ぱいほしい。」

と、ローラがいいました。

「あたしはつららが一本、ほしい。」

と、メアリーがいいました。

それからローラが、いいました。

「インディアンになりたい。そしたら服なんか着なくていいのに。」

「ローラ！」

と、母さんがいいました。

「日曜日に、なんですか！」

ローラは、「そうよ、あたしはインディアンになりたいのよ！」と心の中で思っていました。

家の中の木材の匂《にお》いが、暑くるしい匂いでした。羽目板《はめいた》の茶色の木目《もくめ》からべっとりした汁《しる》が流れ、それがかわいて、黄色の玉になっています。熱風《ねっぷう》が止《や》むことなくひゅうひゅう吹き、牛たちも、

「モーオー、モーオー。」

と、鳴きつづけています。

ジャックが寝がえって、長いうなり声をあげました。

母さんも、ため息をついて、いいました。

「そよ風がちょっとでも吹いてくれたら、なんだってあげます、ていう気分ね。」

ちょうどそのとき、そよ風が、すうっと家の中へ入ってきました。

キャリイが、めそめそ泣きを止めました。

ジャックが、頭を起こしました。

母さんが、いいました。

「あなたたち、ちょっと――」

そのとき、また涼しい風が入ってきました。

母さんが、さしかけ小屋を通って、家のかげになっているはじまで出ていきました。

ローラがいそいであとを追い、メアリーもキャリィを連れて出ていきました。

外は、火のついているオーブンのような暑さでした。熱風が、ローラの顔に吹きつけてきました。

北西の空に、雲がひとつ浮かんでいました。それは、真鍮色《しんちゅういろ》の大空に浮かぶ、小さな雲でした。でも、雲でした。そして草原に、ひとすじの影《かげ》を作っていました。

その影は、動いているように見えましたが、熱風でゆれているだけなのかもしれません。

いえ、ちがいます。ほんとうに、近づいてくるのでした。

「あぁ、お願い、お願い、お願い！」

ローラは声には出さず、心の中で一生けんめいにいいつづけました。

みんなは、手をかざして、その雲と影をじっと見つめて立っていました。

雲は、だんだん近づいてきました。だんだん、大きくなってきます。

大草原の上空に、厚い黒いすじになっています。そして、ふちがまるくなり、大きくふわふわにふくらみました。

すると、涼しい風がさあっとひと吹きして、今までよりもっと熱い風とまじりあいました。

大草原全体に、くるったように旋風《せんぷう》が起こり、ほこりをまきあげました。

太陽はかわりなく、やけつくようにてりつけています。家と家畜《かちく》小屋と、ひびわれ穴《あな》だらけになった大地の上に。

黒い雲は、ずっとずっと遠くのむこうでした。

突然《とつぜん》、白い稲妻《いなずま》がジグザグに走り、灰色の雲の幕《まく》がたれさがって、空をかくしました。雨でした。

まもなく、かみなりのゴロゴロいう音がしてきました。

「あまりにも遠くだわ。」

と、母さんがいいました。

「あたしたちのとこまでは来ないんじゃないかしら。でもとにかく、空気は冷たくなってる。」

熱い風をつきぬけて、涼しい空気が雨の匂《にお》いを運んできました。

「あぁ、あたしたちのとこへきっと来るわよ、母さん！　きっと来る！」

ローラが、いいました。

みんな、心の中でいいつづけていました。

「お願い、お願い、お願い！」

風が、ずっと涼しくなりました。

はっきりと、ゆっくりと、雲が大きくなってきます。

もう、雲は、空に大きくひろがっていました。

急に、雲の影が平原を横切り丘をのぼったかと思うと、雨が、行進するようにやってきました。何百万ものちっちゃな足音が丘をのぼっていくようでした。そして雨が、家の上に、母さんとメアリーとローラとキャリィの上に、降りそそぎました。

「入りなさい、早く！」

母さんが、さけびました。

さしかけ小屋の中は、屋根にあたる雨の音でやかましい。

涼しい空気が、息のつまるような家の中を吹きぬけていきました。

母さんが、入り口のドアを開きました。

カーテンを後ろにたばねて、窓をぜんぶ、あけました。

むせかえるような熱気《ねっき》が地面からあがりましたが、雨が降りそそいで、流しさります。

雨は、屋根をばらばらとたたき、雨どいから流れおちます。

雨で大気が洗われ、いい気分になりました。気持ちのいい風が、家の中を吹きぬけていきます。

ローラの重くるしかった頭がすっきりして、肌《はだ》がすがすがしくなりました。

泥水《どろみず》の流れが、かたい大地の上をすばやく走っていきます。そして、ひびわれたさけめに流れこみ、あふれます。イナゴのたまごの穴《あな》の上で、うずをまいて流れこみ、穴を泥《どろ》で平らにしてしまいます。

頭の上では稲妻《いなずま》がぴかっと光り、かみなりの音がとどろいています。

キャリィは手をたたいて、大きな声をあげました。

メアリーとローラはおどりながら、大きな声で笑いました。

ジャックはしっぽをふって、子犬のように走りまわります。窓から窓へと外の雨をながめ、かみなりが落ちてすごい音がすると、うなり声をあげます。

「こわいもんか!」

と、いうように。

「日暮れまで、降りつづくと思うわ。」

と、母さんがいいました。

ちょうど太陽が沈む前に、雨は通りすぎました。

雨は、プラムクリークを渡り、大草原を東へ横切っていきました。太陽の光の中に、きらめくわずかな水のしずくを残しながら。

やがて雲は、紫色《むらさきいろ》に、赤に、色を変え、まわりのふちを金色にそめて、澄んだ空に浮かんでいました。

太陽が沈み、星が出てきました。

空気は涼しく、大地はしっとりとしめって、感謝《かんしゃ》の思いでいっぱいでした。

ローラは、ここに父さんがいてくれたらと願いました。

翌日《よくじつ》、太陽は、燃えるようにのぼってきました。

空は真鍮色《しんちゅういろ》で、風はやけつくようでした。

夜になる前に、草の小さな小さな細い芽が、地面から出てきました。

二、三日で、茶色の大草原に、緑のすじができました。雨が降ったところに、草が生えたのです。

おなかをすかせた牛たちは、その草を食べました。

毎朝、ローラは、サムとデービッドもおいしい草が食べられるように、つなぎぐいにつないでやりました。

牛たちは、モーモー鳴くのを止《や》めました。

スポットのあばら骨は、少しも見えなくなり、あまくておいしい牛乳が出るようになりました。

丘は、また緑色になり、ヤナギとプラムには、小さな小さな葉が出てきたのでした。

28 ✢ 手紙

ローラは、一日じゅうずっと、父さんのことを思って、会いたくてたまりませんでした。夜、暗い大地を風がさびしげに吹きわたると心はうつろになり胸がいたみました。ローラは、父さんが出かけていった初めのころは、父さんのことばかり話していました。どれくらい遠くまで行ったかしら。つぎはぎの古いブーツが、まだ使えればいいけれど。今夜はどこでキャンプをしているのかしら。

日がたつにつれてローラは、母さんに、父さんのことを話さなくなりました。

母さんは、いつも父さんのことを考えていて、その話はしたくなかったのです。土曜日までの日数をかぞえることさえ、いやだったのです。

「ほかのことを考えていれば、時は早くたつものよ。」

と、母さんはいいました。

土曜日には一日じゅう、みんなは、心に願って待っていました。ネルソンさんが町の郵《ゆう》

便局《びんきょく》で、父さんからの手紙を見つけてくれることを。

ローラとジャックは、ネルソンさんの馬車を待って、大草原の中の道をずっと遠くまで歩いていきました。

イナゴは、なにもかも食べつくしてしまっていました。そしていまや、この土地からはなれはじめていました。でもやってきたときのようにひとつの大群《たいぐん》ではなく、小さないくつかの群れになってとんでいくのでした。

それでもまだ、何百万匹のイナゴは、残っていました。

父さんから、手紙は来ません。

「気にすることはないわ。」

と、母さんがいいました。

「いまに来ますよ。」

ある土曜日ローラは、手紙が来なくて、丘をのろのろのぼってきたとき、思いました。

「もう手紙は来ないんじゃないかしら？」

ローラは、もう二度とこんなふうに思わないようにしました。

けれど、だめでした。

ある日ローラは、メアリーをじっと見ると、メアリーも同じことを思っていることがわかりました。

その夜、ローラは、もうこれ以上がまんできなくなりました。ローラは、母さんにたずねました。

「父さん、帰ってくるの？」

「もちろん、父さんは帰ってきますよ！」

母さんは、さけぶようにいいました。

それでローラとメアリーには、母さんも、父さんになにかあったのではないかと心配していることがわかりました。

ブーツがぼろぼろになってしまって、はだしで、足を引きずり引きずり歩いているのかもしれません。牛が、つきとばしたのかもしれません。汽車《きしゃ》に、ひかれたのかもしれません。

父さんは銃《じゅう》を持っていかなかったから、オオカミにおそわれたのかもしれません。夜、暗い森で、木の上からピューマがとびかかってきたのかもしれません。

次の土曜日の午後、ローラとジャックがネルソンさんに会いに出かけると、ネルソンさんが一本橋を渡ってくるのが見えました。なにか白い物を、手に持っています。

ローラは、丘を風のようにかけおりました。

その白い物は、手紙でした。

「あぁ、ありがとう！　ありがとう！」

ローラは、いいました。

母さんは、息ができないほどの速さで、家へ走りました。

ローラは、いいました。

母さんは、息ができないほどの速さで、家へ走りました。母さんは、ふるえるぬれた手で手紙を受けとって、腰《こし》をおろしました。

「父さんからですよ。」

と、母さんはいいました。

母さんの手はとてもふるえていて、髪からピンを取るのもやっとでした。母さんは封筒《ふうとう》をさっと切って、手紙を引きだしました。

母さんが手紙をひろげると、お札《さつ》が一枚出てきました。

「父さんは元気よ。」

と、母さんはいいました。

母さんはエプロンをひっつかんで顔にあてて、泣きました。

エプロンから出てきた涙でぬれた母さんの顔は、うれしさで明るく輝いていました。

母さんは、メアリーとローラに手紙を読んでいるあいだ、たえず目をぬぐっていました。

父さんは仕事を見つけるまで、三百マイルも歩かなければならなかったのでした。いま父さんは小麦畑ではたらいていて、一日一ドルの報酬《ほうしゅう》です。母さんに送った五ドルのほかに、新しいブーツを買うために三ドルとってあります。

父さんがいるところは作物がよくみのっているので、母さんと子どもたちが元気でいるなら、仕事があるかぎりそこにいるつもりです。

みんなは、父さんに会いたくてたまらないし、帰ってきてほしい。でも父さんは無事《ぶじ》で、もう新しいブーツも手に入ったのです。

みんな、その日は、とても幸せでした。

29 ✣ いちばん暗いのは夜明け前

このごろでは、吹く風はだんだん涼しくなり、太陽も、真昼でさえそんなに暑くありません。

朝は肌《はだ》寒く、イナゴは、日光でからだがあたたまるまでは弱よわしくとびはねていました。

ある朝、厚い霜《しも》が大地をおおいました。小枝や小さな木切れまで、すっかり綿毛《わたげ》のような霜でおおわれ、ローラのはだしの足はひりひりしました。

何百万匹のイナゴは、ぴくっとも動かず、じっとしています。

二、三日でイナゴは、一匹残らず、どこかへいなくなっていました。

冬は、まぢかでした。

父さんは、帰ってきません。

風は、身を切るようでした。そしてもう、ぴゅうぴゅう吹くのではなく、金切り声をあげ泣きさけぶように吹きまくりました。

空は灰色で、冷たい灰色の雨が降ってきました。

その雨が、雪になりました。

まだ、父さんは帰ってきません。

ローラは、外へ出るときは、くつをはかなければならなくなりました。でも、くつをはくと、足がいたいんです。

どうしてなのか、わかりません。このくつは、今までにそんなことは一度もありません。

メアリーのくつも、メアリーがはくと、足がいたくなりました。

父さんが切っていったまきは使ってしまったので、メアリーとローラは、ちらばっている木切れをひろいました。

凍《こお》っている地面に残っている木切れを、あっちこっちと探しているあいだ、ふたりの鼻や指は、寒さで凍《こご》えそうになります。ふたりはショールにくるまって、ヤナギの下に行き、わずかな火にしかならない枯《か》れ枝《えだ》をひろいました。

そんなある日の午後、ネルソンさんの奥さんが訪問《ほうもん》してきました。奥さんは、赤ちゃんのアンナを連れてきました。

ネルソンさんの奥さんは、ふっくらとしたきれいな人です。髪はメアリーと同じ金髪《きんぱつ》で、目は青。よく笑う人で、そのときは、まっ白な歯がならんで見えました。

ローラは、ネルソンさんの奥さんはすきでしたが、アンナに会うのは、あまりうれしくありません。

アンナは、キャリィより少し大きいのですが、ローラやメアリーの言葉がわかりませんし、ふたりにもアンナのいうことはわかりません。

アンナは、ノルウェー語で話していました。

アンナと遊ぶのはおもしろくないので、夏のあいだは、ネルソンさんの奥さんとアンナが来ると、ふたりはクリークへかけおりました。

けれど、今は寒い。ふたりは、あたたかな家の中にいて、アンナと遊ばなければなりません。母さんが、そういうのでした。

「さあ、あなたたち。お人形持ってきて、アンナと仲よく遊びなさいね。」

と、母さんはいいました。

ローラは、母さんが包装紙《ほうそうし》を切りぬいて作った紙人形の入っている箱を持ってきました。

そしてストーブのそばの床にすわって、遊ぶことにしました。

アンナは、紙人形を見ると、声をたてて笑いました。アンナは箱の中に手をつっこみ、紙人形の貴婦人《きふじん》を取りだすと、ふたつに引きさきました。

ローラとメアリーは、ぎょっとしました。

キャリィは、目をまんまるにして見ています。

母さんとネルソンさんの奥さんは、話しつづけています。アンナが半分に切った紙人形の貴婦人《きふじん》を、笑いながらふりまわしているのは見ていません。

ローラは、紙人形の箱に、ふたをしました。が、少したつとアンナは、引きちぎった紙人形にあきてしまって、ほかの人形をほしがりました。

ローラは、どうしていいかわかりません。メアリーも、同じです。

アンナは、ほしい物がもらえなければ、わめきたてるのでした。アンナは幼いし、お客ですから、泣かせるわけにはいきません。

けれど、もし紙人形を渡せば、どれもみんな引きちぎってしまうに決まっています。

そのとき、メアリーがささやきました。

「シャーロットを持ってらっしゃいよ。シャーロットならこわせないわよ。」

ローラが、はしご段を大いそぎでのぼっていくあいだ、メアリーがアンナをあやしていました。

かわいいシャーロットは、赤い毛糸の口とくつボタンの目でほほえみながら、ひさしの下の箱の中で横になっていました。

ローラは、シャーロットをそっと持ちあげて、波打っている黒い毛糸の髪と、スカートをなでました。

シャーロットは、ぬいぐるみ人形なので、足の先はまるくなっているだけで、手も腕の平らな先を糸でかがってあるだけでした。

でも、ローラは、心からかわいがっていました。

シャーロットは、ずっと以前、ウィスコンシン州の大きな森でのクリスマスの朝から、ローラの物になったのでした。

ローラがシャーロットを持って、はしご段をおりてくると、アンナはさけび声をあげて喜びました。

ローラは、アンナの腕《うで》に、そっとシャーロットを抱かせました。

アンナは、きつく抱きしめました。抱きしめるだけでは、シャーロットはこわれません。

ローラは、アンナのすることを心配そうに見守っていました。くつボタンの目をつまんだり、波打っている毛糸の髪を引っぱったり、床に投げつけたりするのを。

じっさいにはシャーロットは傷ついていないので、ローラは、アンナが帰ってから、スカートや髪をまっすぐになおすつもりでした。

やっと、お客の訪問《ほうもん》の長い時間は、終わりになりました。

ネルソンさんの奥さんが、アンナを連れて帰ろうとしたときでした。

そのとき、おそろしいことが起こったのです。

アンナが、シャーロットを手ばなそうとしません。

きっと、シャーロットは自分の物だと思ったのです。ローラがシャーロットをあげたのだと、アンナのお母さんがいったのかもしれません。

ネルソンさんの奥さんは、にっこりほほえんでいました。

ローラは、シャーロットを取ろうとしました。

すると、アンナは、大きな声でわめきました。

「あたしのお人形よ!」

ローラは、いいました。

ところがアンナは、シャーロットを抱きしめ、足をふみならしてわめきました。

「はずかしくないの、ローラ。アンナは小さいんだし、お客さまですよ。それにあなたはもう、お人形で遊ぶほど小さくはないでしょう。アンナにあげなさい。」

と、母さんがいいました。

ローラは、母さんのいうとおりにしなければなりませんでした。

ローラは、窓のそばに立って、見ていました。アンナがシャーロットを片腕《かたうで》に持ってふりながら、スキップをして丘をおりていくのを。

「はずかしくないの、ローラ。」

と母さんは、もう一度いいました。

「あなたのように大きな女の子が、ぬいぐるみ人形のことでふくれるなんて。すぐに止《や》めなさい。あのお人形はいらないんでしょ。もうほとんど遊んでいなかったでしょ。そんなに自分かってじゃ、いけませんよ。」

ローラは、ひっそりとはしご段をのぼり、窓のそばの箱の上に腰《こし》をおろしました。声には出しませんでしたが、シャーロットがいなくなったことで、ローラは心で泣いていました。

父さんは、家にいません。シャーロットの箱も、からっぽです。

風が、ひさしのそばを、ひゅうひゅうと吹いていきました。

なにもかも、むなしくて、寒い。

「ごめんなさいね、ローラ。」

その夜、母さんがいいました。

「あなたがそんなにあのお人形が大事だって知ってたら、あげなかったのに。でもね、自分のことだけを考えていてはいけないのよ。考えてごらんなさい、あなたがどんなにアンナを喜ばせたか。」

次の日の朝、ネルソンさんが、父さんが切っておいた木を馬車に積んでやってきました。ネルソンさんは、母さんのために、木を小さく切って、一日じゅうはたらきました。また、まきの山ができました。

「ごらんなさい、ネルソンさんがわたしたちにどんなによくしてくださるか。」

と、母さんはいいました。

「ネルソンさん一家こそ、ほんとによき隣人《りんじん》だわ。それでも、お人形をアンナにあげなければよかったたって思ってるの？」

「ううん、母さん。」

と、ローラはいいました。

それでもローラは、いつも父さんとシャーロットのことを思って、泣いていました。

冷たい雨が、また降って、凍《こお》りつきました。

父さんからの手紙は、あれっきり来ません。父さんはもう、うちへむかって出発したはずだと、母さんは考えています。

夜、ローラは風の音に耳をすまして、父さんはどこにいるのだろうと思うのでした。

朝になると、たき木の山に雪がいっぱいに吹きよせられていることも、たえずありました。
父さんは、まだ帰ってきません。
毎週、土曜日にローラは、くつ下とくつをはき、母さんの大きなショールにくるまって
ネルソンさんの家へむかいました。
ドアをノックしてローラは、ネルソンさんが母さんあての手紙を受けとっていないか、
たずねます。
ローラは、けっして家の中へは入りません。シャーロットに、そこで会いたくないから
です。
ネルソンさんの奥さんが手紙は来ていないというと、ローラはお礼をいって、うちへ帰
ります。
ある風の強い日、ネルソンさんの納屋《なや》の前庭で、ある物がローラの目をとらえました。
ローラは、立ったまま、目を見張りました。それは、ぬかるみで、びしょぬれになり凍《こご》
えているシャーロットでした。
アンナが、シャーロットを投げすててしまっていたのでした。
ローラは、やっとの思いで入り口まで行きました。ネルソンさんの奥さんと話をするの
も、やっとのことでした。奥さんがいうには、その日は天気があまりに悪かったからネル

ソンさんは町へ行かなかったそうです。でも来週はかならず行きます、といいました。

ローラは、いいました。

「ありがとうございます、おばさま。」

そして、くるりと後ろをむいて、そこをはなれました。

みぞれまじりの雨が、シャーロットをたたいていました。

アンナは、シャーロットの頭を引きはがしてしまっていました。

シャーロットの美しく波打っていた髪は引きちぎれ、ほほえんでいた毛糸の口はほつれて、ほおに赤い血を流していました。くつボタンの目は、片方ありません。けれど、シャーロットにまちがいあ

りません。

ローラは、シャーロットをさっとつかんで、ショールの下へかくしました。ローラは、いかりくるう風とみぞれの中を、あえぎながらうちまで走りつづけました。

母さんは、ローラを見ると驚いて、立ちあがりました。

「なんなの！　なんなの！　話して！」

母さんは、いいました。

「ネルソンさんは町へ行かなかったの。」

と、ローラは答えました。

「だけど、あぁ、母さん――見て。」

「なあに？」

と、母さんはいいました。

「シャーロットよ。」

と、ローラはいいました。

「あたし――だまって持ってきたの。かまわないのよ、母さん。あたし、自分のしたこと、気にしてないの！」

「さあ、さあ、そんなに興奮《こうふん》しないの。」

と、母さんはいいました。

「ここへ来て、すっかり話してちょうだい。」

母さんは、ゆりいすに腰《こし》かけているひざの上に、ローラを抱きよせました。

ふたりは話しあって、ローラがシャーロットを取りかえしてきたのは、悪いことをしたのではない、と決まりました。

おそろしい目にあっていたシャーロットをローラが救いだしたのです。

母さんは、シャーロットを新しく作りなおしてあげると、約束しました。

母さんは、シャーロットの引きちぎれた髪と口の切れはしと、残っている目と顔の布を、はがしました。シャーロットのからだをお湯であたためてから、しぼりました。母さんが、すっかりきれいに洗ってのりをつけアイロンをかけているあいだに、ローラは、はぎれぶくろの中からえらんでいました。新しい顔になる、うすピンク色の布と、目になるボタンを。

その夜、ローラはベッドに入るとき、シャーロットを箱に寝かせました。

シャーロットは、清潔《せいけつ》になって、ぱりっとしていました。赤い口はほほえみ、目は黒く輝き、金茶色《きんちゃいろ》の毛糸の二本のおさげ髪には、青い毛糸がむすんでありました。

ローラは、パッチワークのかけぶとんの下で、メアリーにぴったり寄りそって眠りました。

風はひゅうひゅううなり声をたて、みぞれまじりの雨が、屋根をたたきます。

ローラとメアリーは、とても寒くて、頭の上までかけぶとんをすっぽりかぶりました。

どすんというものすごい音が、ふたりの目をさましました。

ふたりは、かけぶとんの下の暗がりで、おびえました。すると、下の部屋から、こういっている大きな声が聞こえました。

「このとおりだ！　ひとかかえものまきを落としたんだな？」

母さんが笑いながら、いいました。

「子どもたちを起こそうと思って、わざとやったんでしょ、チャールズ。」

ローラはさけび声をあげてベッドからとびだし、さけびながらはしご段をおりました。

ローラは、父さんの腕の中にとびこみ、メアリーも、とびこみました。

それからはまあ、しゃべって、笑って、とびはねての大さわぎ！

父さんの青い目は、きらきら光っていました。髪の毛は、まっすぐにつったっていました。

父さんは、新しい、傷ひとつないブーツをはいています。

父さんは、ミネソタ州の東の地方から、二百マイル歩いてきたのでした。今晩、町に着いてからも、あらしの中を歩いてきたのでした。

父さんは、今、ここにいます！

「ねまきで、はずかしいですよ、あなたたち！」

と、母さんがいいました。

「着がえてらっしゃい。朝食は、すぐよ。」

ふたりは、今までになかった早さで、服を着ました。ふたりはころがるようにはしご段をおりて父さんに抱きつき、手と顔を洗って抱きつき、髪をなでつけて、また抱きつきました。

ジャックはしっぽをふって、ぐるぐる歩きまわり、キャリィはスプーンでテーブルをたたいて、歌っていました。

「父さんが帰った！　父さんが帰った！」

やっと、みんなはテーブルをかこみました。

父さんは、あまりいそがしくて、手紙を書くひまもなかったのだと、いいました。

「夜が明ける前から暗くなるまで、脱穀機《だっこくき》にむかいっぱなしだった。うちへむかって出発しても、書くひまがおしかったんだ。プレゼントも持ってこなかったが、買うお金はあるんだよ。」

「最高のプレゼントは、あなたが帰ってきたことですよ、チャールズ。」

と、母さんは、父さんに話しました。

朝食のあと、父さんは、家畜《かちく》たちを見にいきました。

みんなはそのあとに続き、ジャックは、父さんの足もとからはなれません。

サムもデービッドもスポットもとても元気そうだと、父さんは喜びました。自分が世話をしてもこんなにはできない、といいました。メアリーとローラがりっぱに手伝ったと、母さんは話しました。

「まったくなあ！　うちっていうのはいいよ。」

父さんはそういってから、たずねました。

「足がどうかしたのか、ローラ？」

ローラは、足のことは忘れていました。気をつけていれば、足を引きずらなくても歩けます。

ローラは、いいました。

「あたしのくつ、いたいのよ、父さん。」

家に入って父さんは、腰《こし》をおろしてキャリィをひざに乗せました。それから、ローラのくつの上を押してみました。

「いたい！　つま先がきついのよ！」

ローラは、大声をあげました。

「そうのはずだよ！」

と、父さんはいいました。

「去年の冬から足は、ずいぶん大きくなったものね。きみのはどうだ、メアリー？」

メアリーも、つま先がきつい、といいました。

「くつをぬいでごらん、メアリー。ローラ、きみがそれをはくんだ。」

と、父さんはいいました。

メアリーのくつは、ローラの足をしめつけません。つゝぎもあたっていないし、穴《あな》もない、いいくつです。

「父さんがていねいにグリース（訳者註《やくしゃちゅう》・機械や物をなめらかにする脂肪性《しぼうせい》の潤滑剤《じゅんかつざい》）をぬるから、そしたら新品みたいに見える。」

と、父さんはいいました。

「メアリーには、新しいくつを買わなきゃならない。ローラはメアリーのをはいて、ローラのくつはキャリィが大きくなるまでとっておく。キャリィだって、すぐに大きくなるじゃないか。さ、不足している物はなにかな、キャロライン？　なにが必要か考えてくれ。買える物は買ってしまおう。すぐに馬を馬車につけるから、みんなで町へ出発だ！」

30 ✣ 町へ行く

みんなは、どんなに大いそぎで、あちこち動きまわったことでしょう！

いちばんいい冬服を着てコートとショールにくるまり、みんなは、荷馬車《にばしゃ》に乗りこみました。

太陽はきらきら輝き、凍《こお》りつくような空気が、鼻をさします。かたく凍りついた大地に、みぞれが、きらっと光っています。

父さんは馭者席《ぎょしゃせき》にすわり、その横に、母さんとキャリィが居心地《いごこち》よくおさまっています。

ローラとメアリーは、荷台にしいた毛布の上で、互いのショールを重ねてくるまり、ぴったり寄りそっていました。

ジャックは、入り口の段の上にすわって、みんなが行くのをじっと見守っていました。

みんなはまもなく帰ってくることを、ジャックは知っているのです。

サムとデービッドまでも、父さんが帰ってきたので、なにもかもだいじょうぶだとわかっているようでした。

二頭はたのしそうに走りつづけ、父さんが、

「どうどう!」

というと、止まりました。そして、フィッチさんの店の前のつなぎ柱《ばしら》につながれました。

まず、父さんは、家を建てたときに借りていた材木代金の一部を、フィッチさんに支払いました。それから、父さんが留守のあいだにネルソンさんが買ってきてくれた、小麦粉《こむぎこ》と砂糖《さとう》の代金をはらいました。

父さんは残っているお金をかぞえ、母さんと相談して、メアリーのくつを買いました。

新しいくつは、メアリーの足もとで、ま新しくぴかぴか光っていました。

ローラには、メアリーが年上なのが不公平に思えました。メアリーのくつはいつもローラにぴったり合うので、ローラは、新しいくつをはくことはぜったいにないわけです。

そのとき、母さんがいいました。

「さ、こんどはローラの服。」

ローラは、カウンターにいる母さんのところへ走りました。

フィッチさんが、美しい毛織りの布を、いく巻《まき》もおろしているところでした。

去年の冬に、母さんは、ローラの冬服のひだやあげをぜんぶ出してしまっていました。

今年、着てみたらとても短いし、そでを通したら、きつくて穴《あな》があいてひじが出てしまいました。

母さんがじょうずにつぎをあてたので、つぎは見えませんが、その服を着ると、きゅうくつでつぎだらけの感じでした。それでもローラは、新しい服の一着分を買ってもらえるなんて、夢にも思っていませんでした。

「この金茶色《きんちゃいろ》のフラノ地はどう思う、ローラ？」

母さんが、たずねました。

ローラは、言葉も出ませんでした。

フィッチさんが、いいました。

「着心地がいいこと、うけあいますよ。」

母さんが、赤の細い組ひもを金茶色の布の上におきながら、いいました。

「この組ひもを三本、首まわりとそで口とウェストにあしらったら、と思うの。どう思う、ローラ？　きれいになるじゃない？」

「あぁ、そうよ、母さん！」

ローラは、いいました。

ローラが見あげると、ローラの目と父さんの青い目が合って、いっしょにきらきら光りました。

「買いなさい、キャロライン。」

と、父さんがいいました。

フィッチさんが、美しい金茶色のフラノ地と赤い組ひもをはかって、切りました。

次はメアリーの新しい服地でしたけれど、メアリーの気にいる布地は、そこにはありませんでした。

それで、みんなで通りを渡って、オルソンさんの店へ行きました。そこでは、メアリーのほしかった紺色《こんいろ》のフラノ地と金色の細い組ひもを見つけました。

メアリーとローラは、オルソンさんが布地をはかっているあいだ、うっとりしてながめていました。

そこへネリィ・オルソンが、入ってきました。ネリィは、毛皮の小さなケープを肩にはおっていました。

「こんにちは！」

とネリィはいって、紺色のフラノ地を見て、ふんと鼻をならしました。そして、いなかの人たちにぴったりだと、いいました。

それからネリィは、くるりとからだをまわして自分の毛皮を見せながらいいました。

「見て、あたしが買ってもらったの！」

ふたりは、ケープをじっと見ました。

ネリィが、たずねました。

「毛皮のケープ、ほしいでしょうね、ローラ？　だけど、あんたの父さんには買えないわ。あんたの父さんは店主《てんしゅ》じゃないもの。」

ローラは、ネリィをぴしゃっと打つようなことは、しませんでした。でもあまりにも腹がたって、ローラは口もきけませんでした。

ローラがくるりと背中をむけると、ネリィは笑いながら行ってしまいました。

母さんは、キャリィのマントを作る、あたたかい布を買っていました。

父さんは、白インゲン豆、小麦粉、ヒキワリトウモロコシ、塩、砂糖、紅茶《こうちゃ》を買っていました。それから父さんは、灯油《とうゆ》かんに灯油をいっぱいにしてから、郵便局《ゆうびんきょく》に立ちよらなければなりませんでした。

午後になっていたので、町をはなれる前に、どんどん寒くなっていました。

父さんは、サムとデービッドをいそがせ、二頭の馬は、うちまでの道を早足で走りました。

食事の後片づけがすっかりすんでしまってから、母さんが、買ってきた包みを開きました。みんなで、きれいな服地を見て、たのしみました。

「できるだけ早く仕立てますからね。」

と、母さんはいいました。

「もう父さんがうちにいらっしゃるんだから、またみんなで日曜集会《にちようしゅうかい》に行くんですものね。」

「自分に買ったあのグレーのシャリ織り（訳者註《やくしゃちゅう》・メリンスに似ている、うすい毛織物《けおりもの》）はどこにあるんだい、キャロライン？」

父さんが、たずねました。

母さんはほおを赤らめて、父さんが見つめているあいだ、下をむいていました。

「買わなかったとでもいうのかい？」

と、父さんがいいました。

すると、母さんは、父さんにはっきりいいました。

「あなたの新しいオーバーコート、どうしたの、チャールズ？」

父さんは、間の悪そうな顔をしました。

「わかったよ、キャロライン。だがあのイナゴのたまごがかえったら、来年も作物はなにもとれないだろうし、秋の収穫《しゅうかく》の仕事で金が入るのは先のことだ。古いコートで、じゅうぶん間にあう。」

「あたしも、おんなじことを考えていたのよ。」

そういって母さんは、父さんに、ほほえみました。

夕食のあと。ランプに灯《ひ》がともると、父さんは箱からバイオリンをとりだし、ていねいに調子を合わせました。

「これがなつかしかったよ。」

と父さんはいって、みんなを見まわしました。

父さんは、ひきはじめました。

「ジョニーが行進して帰ってくる」をひきました。

「いとしいかわいい娘《むすめ》よ、きれいな娘よ、おいてきてしまったあの娘よ！」をひきました。

次に父さんは、ひきながら歌いました。

「なつかしきケンタッキーのわが家《や》」と「スワニー河」を。

それから、父さんがひいて、みんながそれに合わせて歌いました。

はにゅうの家でも　わたしの家、
ごうかな暮らしも　うらやまず。

31 ✢ 思いがけないこと

その年も、雪が少ない、おだやかな冬でした。まだイナゴ日和《びより》が続いているのでした。けれど、肌《はだ》をさすような冷たい風は吹き、空は灰色で、女の子たちにとっていちばんいい場所は、居心地《いごこち》いい家の中でした。

父さんは、一日じゅう外に出ていました。丸太を積んで運んできて、ストーブ用のまきにわります。そして父さんは、だれもすんでいない凍《こお》りついたプラムクリークの上流をさかのぼって、岸にそって、マスクラット（ニオイネズミ）やカワウソやミンクのわなをしかけます。

ローラとメアリーは、毎日、午前中は教科書で勉強し、石板《せきばん》で算数の計算をしました。午後には、母さんが、そのおさらいをしてくれます。

母さんは、いいました。ふたりはよく勉強するいい生徒《せいと》だから、また学校へ行っても、きっとクラスの人たちにおくれることはありませんよ、と。

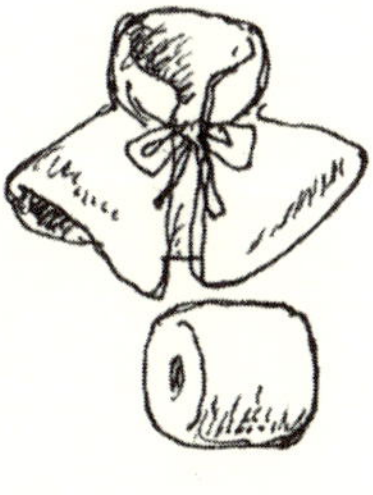

日曜ごとに、一家は、日曜集会《にちようしゅうかい》に出かけました。ローラには、ネリィ・オルソンが毛皮のケープを見せびらかしているのが、目につきました。するとネリィが父さんのことをなんといったか思いだして、ローラは胸《むね》がかっかとしてきました。

かっかするのは、よくないことだとわかっています。ネリィを許してあげなければいけないことは、わかっています。そうでなければ、天使《てんし》にはどうしたってなれないのです。

ローラは、うちにある紙表紙の大きな聖書《せいしょ》の中の、美しい天使たちの絵を考えました。天使たちは、長いゆったりした白い服を着ています。ひとりとして、毛皮のケープなど着ていません。

日曜日の中でもうれしい日は、オルデン牧師《ぼくし》が東部の教会からこの西部の教会へ説教《せっきょう》に来る日でした。

オルデン牧師が長いあいだ説教しているとき、ローラは、そのやさしい目とゆれるあごひげをじっと見つめています。

ローラは、集会のあと、オルデン牧師が話しかけてくれることを願っていました。それは願ったように、なりました。

「やあ、村のかわいいおじょうちゃんたち、メアリーとローラ！」

と、オルデン牧師はいいました。

オルデン牧師は、ふたりの名前を覚えていました。

ローラはその日、新しい服を着ていました。

スカートはじゅうぶんな丈《たけ》でしたし、そでもちょうどいい長さでした。そのためコートのそでが、今までより短い感じでしたが、服のカフスの赤い組ひもがきれいに見えていました。

「なんてきれいな新しいドレス、ローラ！」

と、オルデン牧師はいいました。

ローラは、その日ネリィ・オルソンをすっかり許してもいいと思ったほどでした。

そのあとの日曜日は、オルデン牧師が、自分の遠い教会にいることが続きました。

日曜集会で、ネリィ・オルソンは、ローラにむかってふんと鼻をあげ、毛皮ケープがかかっている肩をそびやかせました。

するとまたローラには、いじわるな心が、煮えくりかえるようにわきあがってくるのでした。

ある日の午後、母さんがいいました。夜にみんなで町へ行くので、その用意をしなければならないから午後の勉強はありません、と。

ローラとメアリーは、ぎょうてんするほどびっくりしてしまいました。

「だけど、夜に町へ行ったこと一度もないわよ！」

メアリーが、いいました。

「なんにでも、初めてということはあるものよ。」

と、母さんがいいました。

「でもなぜ行くの、母さん？」

ローラが、たずねました。

「なぜ、あたしたち夜に町へ行くの？」

「びっくりすることがあるのよ。」

と、母さんはいいました。

「さあ、もうこれ以上、質問《しつもん》はなし。おふろに入らなきゃならないし、いちばんのおしゃれをするのよ。」

週の半ばなのに、母さんは、たらいを持ちこんで、メアリーのお湯をわかしました。それからローラのお湯をわかし、また次にキャリィのお湯。

いつもよりていねいにからだをこすり、あっちこっち走りまわって、清潔《せいけつ》な肌着《はだぎ》とペチコートをつけました。いつもよりきれいにくつをみがいてから、髪をおさげにあんでリボンをつけます。

こんなふしぎなことは、初めてでした。

夕食は、いつもより早い。

夕食のあと、父さんが寝室《しんしつ》でお湯に入りました。

ローラとメアリーは、新しい服を着ました。

ふたりとも、なにも聞かないほうがいいことはわかっていましたが、ふしぎでふしぎでひそひそささやきあっていました。

荷馬車の荷台には、きれいな干し草が、しきつめてありました。

父さんが、メアリーとローラをそこへ乗せて、毛布でくるみました。

母さんのとなりの席に父さんが乗りこむと、町へむかって出発しました。

星は、暗い空に、小さく凍《こお》りつくようでした。

二頭の馬は、パカッパカッとひづめをならし、馬車はかたい地面を、かたかたと走りました。

父さんに、なにか聞こえたようです。

「どう、どう！」

父さんはいって、たづなを引きました。

サムとデービッドは、止まりました。

なにも音のしない、はてしなく暗く寒い静けさの中で、星がじっと耳をそばだてているようでした。

そのとき、その静けさが花開くように、崇高《すうこう》な音の中に入っていきました。

ふたつの澄んだ音が鳴りわたり、ひびきあい、またひびきあい、鳴りわたり……。

だれも、身じろぎもしません。

サムとデービッドだけが、くつわのはみをリンリンと鳴らして、息をつきました。

ふたつの音は、鳴りつづけています。高く、やさしく、低く、あたりにみちみちて。

それはまるで、星たちが歌っているようでした。

まもなく、母さんがささやきました。

「進んだほうがいいわ、チャールズ。」

馬車は、かたかたと進みました。

馬車のかたかたいう音を通して、ローラには、ゆれて鳴りつづける音が聞こえていました。

「ねぇ、父さん、あれ、なあに？」

とローラがたずねると、父さんはいいました。

「あれが教会の新しい鐘《かね》だよ、ローラ。」

父さんが古いつぎはぎだらけのブーツをはいていたのは、このためだったのです。

町は、眠っているように見えました。

馬車で通りすぎていく店は、どこも、まっ暗でした。

そのとき、ローラがさけびました。

「あぁ、教会を見て！　なんてきれいなの！」

教会は、光にあふれていました。窓という窓から光は外へこぼれ、だれかを迎えいれてドアが開くと、光は暗やみへ走りでました。

ローラは、もう少しで、毛布からとびだすところでした。馬が走っているあいだは、ぜったいに馬車の中で立ってはいけない、ということを忘れてしまって。

父さんは教会の階段《かいだん》のところで馬を止め、みんながおりるのを手伝いました。中へ入っていなさい、と父さんはいいましたが、父さんがサムとデービッドに毛布をかけてくるのを待っていました。

みんなは、いっしょに教会へ入っていきました。

中を見たとたん、ローラの口はあいたまま、目は、それにくぎづけになってしまいました。メアリーの手をきつくにぎってローラは、母さんと父さんについていきました。

みんなは、席につきました。

ローラは、なにもかも忘れてしまうほど、前を見つめました。

おおぜいの人が腰《こし》かけている木の長いすの前に立っているのは、一本の木でした。

ローラは、木のはずだと、決めました。幹《みき》と枝が、見えます。けれど、このような木を今までに見たことはありません。

夏に葉があるはずのところには、あわい緑色の紙をたばねたり、ひらひらさせてかけてあります。そのあいだに、ピンク色の蚊《か》よけのあみで作った小さなふくろが、つりさげてあります。

ローラは、ふくろの中に見えるのは、キャンディーにまちがいない、と思いました。

枝には、色とりどりの紙にくるまれた包みが、つるさがっています。赤い包み、ピンク色の包み、黄色の包みが、色とりどりのひもでむすんでありました。

絹のスカーフが、包みのあいだに、美しくたらしてかけてあります。赤いミトンが、はめようとしたときなくしてしまったということがないように首のまわりにかける、太いひもでつりさげてあります。

新しいくつが一足《いっそく》、枝にかかとで、かかっています。

白いポプコーンをたくさんつないだ物が、全体をおおうようにかけてありました。

その木の下には、いろいろな物が、木にもたせかけるようにおかれていました。波型がはっきりしている新しい洗濯板《せんたくいた》、木のおけ、バターを作る攪乳器《かくにゅうき》と攪拌棒《かくはんぼう》、新しい板で作ったそり、シャベル、長い柄《え》の干し草用フォーク、そういう物がローラに見えました。

ローラは、あまり興奮《こうふん》して、口もきけないほどでした。メアリーの手をもっときつくにぎりしめて、母さんをじっと見あげました。あれがなんなのか、知りたくて知りたくてたまりません。

母さんは、ローラを見おろしにっこりほほえんで、答えました。

「あれがクリスマスツリーなのよ、あなたたち。きれいでしょう？」

ふたりは、返事もできませんでした。すばらしいクリスマスツリーをじっと見続けながら、うなずきました。

雪があまり降らなかったので、クリスマスにはまだ日にちがあるような気がしていましたが、今がクリスマスだとわかっても、そんなに驚きませんでした。

そのとき、ローラは、飾りつけられている中でも、いちばんすてきな物を見つけました。ローラから遠くに見える枝に、小さな毛皮ケープと、それとおそろいのマフが、さがっているんです！

オルデン牧師《ぼくし》は、来ていました。

オルデン牧師は、クリスマスについての話をしましたが、ローラは、ツリーを見つめていて話はぜんぜん耳に入っていませんでした。

賛美歌《さんびか》を歌うので、だれもが立ちあがりました。ローラも立ちあがりましたが、歌えませんでした。声が、のどから出てこないんです。

世界じゅうの店を探しても、このツリーのようにすばらしい、クリスマスツリーはありません。

歌い終わると、タワーさんとビードルさんがツリーから品物を取りはずしはじめて、名前を読みあげていました。

タワーさんの奥さんとビードルさんのむすめさんがその品物を持って、いすのあいだを行き、名前を呼ばれた人に渡しました。

ツリーにかけてあった物は、どれも、だれかのためのクリスマスプレゼントだったのです。

そうだとわかったときローラには、明かりも人も声も、ツリーまでもが、くるくるまわって見えました。どんどん早くまわりだし、あたりはますますさわがしくなり、もっともっと興奮《こうふん》していきました。

だれかがローラに、ピンク色の蚊《か》よけで作ったふくろをくれました。中には、キャンディーと大きなポプコーン玉が入っていました。

メアリーも、同じのをもらいました。

キャリイも、もらいました。

どの女の子も男の子も、同じのをもらいました。

そのほかに、メアリーは、青いミトンをもらいました。ローラは、赤いミトン。

母さんが、大きな包みを開くと、茶色と赤の格子《こうし》じまのあたたかい大きなショールが入っていました。

父さんには、毛のマフラーでした。

キャリイは、顔が陶製《とうせい》の、ぬいぐるみ人形をもらいました。キャリイはうれしくて、キーキー声をあげました。

笑い声と話し声と、包み紙のがさがさいう音の中で、ビードルさんとタワーさんは、名前を呼びつづけていきました。

あの小さな毛皮ケープは、まだツリーにかかっています。ローラは、それがほしい。

ローラは、それをできるだけ長く見ていたいのでした。だれがもらうのか、知りたくてたまりません。毛皮ケープを持っているネリィ・オルソンの物でないのは、たしかです。

ローラは、もうこれ以上、なにかもらえるとは思っていません。けれど、メアリーに、タワーさんの奥さんから、聖書《せいしょ》の話の絵が描《か》いてあるきれいな小さな本が渡されました。

タワーさんが、ツリーから、小さな毛皮ケープとマフを取っていました。タワーさんが名前を読みましたが、ローラには、たのしいさわぎの中で、聞こえませんでした。ケープとマフは、人びとのあいだにまぎれて見えなくなりました。もう、だれかに渡ってしまったのです。

それからキャリィには、茶色のてんてんもようの、かわいらしい小さな白い陶製の犬が、渡されました。でも、キャリィは腕《うで》に人形を抱き、そればかりに見とれています。

それでローラが、なめらかな小さな犬を抱いてやさしくなで、笑いかけてやりました。

「メリークリスマス、ローラ！」

ビードルさんの娘《むすめ》さんがそういって、ローラの手に、美しい小箱を乗せました。それは、雪のような白い光をたたえた陶器の箱でした。

ふたの上には、金色のちっちゃな紅茶《こうちゃ》ポットと、金色の受け皿に乗った金色のちっちゃな紅茶茶《こうちゃぢゃ》わんがついていました。

ローラは、箱のふたを、持ちあげてあけました。中は、いつの日かローラが、ブローチを持つようになったらそれをしまっておくのに、いい場所でした。

母さんが、それは宝石箱《ほうせきばこ》だといいました。

このようなクリスマスは、初めてでした。教会全体に、すてきで豊かなクリスマスの気分が、あふれているのでした。

多くの明かり、おおぜいの人、ざわめきと笑い声、そしてたくさんの幸せが、あふれていました。

ローラの胸はみちたりた思いでいっぱいで、まるでこのすばらしいクリスマス全体が、自分の中に入ってきたようでした。

ミトンと、金色のちっちゃな茶わんと受け皿と紅茶ポットのついた美しい宝石箱、それにキャンディーとポプコーン玉。

そのとき突然《とつぜん》、だれかが、いいました。

「これはあなたのよ、ローラ。」

タワーさんの奥さんがほほえみながら、あの小さな毛皮ケープとマフをさしだして、立っていました。

「あたしに?」

ローラは、いいました。

「あたしに？」

そのときなにもかも消えてしまい、ローラは、両腕《りょううで》にやわらかな毛皮を抱いていました。

これはほんとうに自分の物なのだと確かめるようにローラは、絹のようにやわらかな茶色の小さな毛皮ケープとマフを、きつくきつく抱きしめました。

クリスマスの行事は進んでいましたが、ローラは、毛皮のやわらかさだけを感じるのでした。

人びとは、帰りはじめました。

キャリイは長いすの上に立って、母さんにコートのボタンをかけてもらい、フードのひもをきちんとむすんでもらっていました。

母さんが、こういっていました。

「ショールをありがとうございました、オルデン牧師《ぼくし》さま。ちょうど必要な物でした。」

父さんが、いいました。

「それからこのマフラーをありがとうございました。寒いとき町へ来るのに、ほんとにいいですよ。」

オルデン牧師は、木の長いすに腰《こし》をおろして、たずねました。

「メアリーのコートはちょうどいいですか?」

ローラは、そのときまでメアリーのコートに気づきませんでした。メアリーは、紺色《こんいろ》の新しいコートを着ていました。長くて、そでも、メアリーのそで丈《たけ》にじゅうぶんでした。メアリーがボタンをかけてしまうと、ぴったりからだに合っていました。

「それからこのおじょうちゃんは、この毛皮がどうでしたかな?」

と、オルデン牧師《ぼくし》はほほえみました。

オルデン牧師は、ローラをひざ近くに引きよせ、毛皮ケープをローラの肩のまわりにかけ、のどもとでむすびました。そしてマフのひもを首のまわりにかけたので、ローラの両手は、絹のようになめらかなマフの中へすべりこみました。

「さあ!」

と、オルデン牧師はいいました。

「さ、これで、村のかわいいおじょうちゃんたちも、日曜に教会へ来るときあたたかですね。」

「なんていうの、ローラ?」

母さんがたずねましたが、オルデン牧師はいいました。

「その必要はありません。この輝いている目を見れば、それでじゅうぶんです。」

ローラは、話をすることができませんでした。

金茶色《きんちゃいろ》の毛皮がぴったり首に寄りそい、肩をやさしく抱いています。そして前にたれている部分が、すり切れたコートのとめボタンをかくしています。マフは手首までかぶさっているので、コートのそでの短すぎるのをかくしていました。

「赤い飾りをつけた茶色の小鳥ですね。」

と、オルデン牧師がいいました。

それでローラは、声をあげて笑いました。

そのとおりです。

髪もコートも服も、すばらしい毛皮も茶色です。フードとミトンと、服のふち飾りが赤でした。

「東部へ帰ったらわたしの教会の人たちに、茶色の小鳥のことを話しましょう。」

と、オルデン牧師はいいました。

「あのね、わたしがここの教会のことをあちらの人たちに話したら、ここのクリスマスツリーのための贈り物をしなければいけない、ということになったんです。あの人たちは、自分の持っている物を贈りました。あなたの毛皮やメアリーのコートを贈った女の子たちは、大きくなってもっと大きいのが必要になったんです。」

「ありがとうございました。」

と、ローラはいいました。

「そのかたたちにも、ありがとうございますって、おっしゃってください。」

こんなに話すことができれば、ローラの礼儀《れいぎ》正しさは、メアリーと同じくらいです。

それから、みんなはオルデン牧師《ぼくし》に、おやすみなさいとメリークリスマスのあいさつをしました。

メアリーは、クリスマスの贈《おく》り物《もの》のコートを着て、とても美しい。

キャリィは、父さんの腕《うで》の中で、とてもかわいらしい。

父さんと母さんは、とても幸せそうにほほえんでいますし、ローラは、すべてに満足《まんぞく》でした。

オルソンさん夫婦《ふうふ》も、帰るところでした。

オルソンさんの腕は、贈り物でいっぱいでした。

ネリィとウィリィの腕も、贈り物でいっぱいです。

今、ローラの心の中には、いじわるな気持ちは、わきあがってきていません。ただちょっとだけ、あまり品のよくないほこらしさを感じるのでした。

「メリークリスマス、ネリィ。」

と、ローラはいいました。

ネリィは、目をまるくして見ていました。ローラが両手を、やわらかなマフの奥深くさしこみ、静かに歩いていくあいだ。

ローラのケープは、ネリィの物よりもっとすてきです。それにネリィは、マフを持っていません。

32 ✣ イナゴが歩きだした

クリスマスのあと二、三回、雪の日曜日がありました。父さんがヤナギの木をわってボブスレー（二連ぞり）を作ったので、新しいコートや毛皮、ショールやマフラーであたたかくして、日曜集会《にちようしゅうかい》に出かけました。

ある朝、父さんが、チヌーク風が吹いている、といいました。

チヌーク風とは、北西から吹いてくるあたたかい風のことでした。

チヌーク風は一日で雪をとかしてしまい、プラムクリークの水は、勢いよく流れていきました。

やがて雨が降りだし、昼も夜も降りつづきました。

プラムクリークの中央あたりはゴウゴウと音をたてて流れくだり、岸の低いところでは水がうずまいていました。

しばらくすると、大気があたたかくなり、クリークの流れもおだやかになりました。

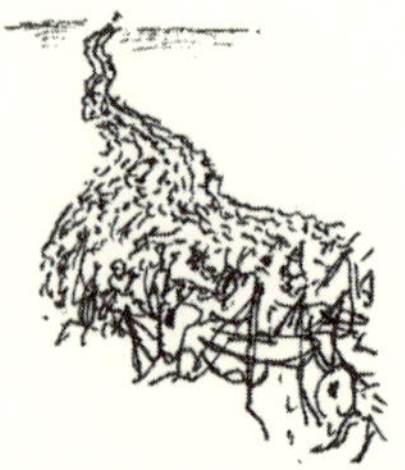

急に、プラムの木とヤナギに花が咲き、新しい葉がのびてきました。

大草原は草で緑色になり、メアリーとローラとキャリイは、やわらかな若草の上をはだしで走りました。

一日ごとに、前の日よりあたたかくなり、やがて暑い夏が来ました。

ローラとメアリーは学校へ行く時期《じき》でしたが、その年は行きませんでした。父さんがまた遠くへはたらきに行かなくてはならなくなるので、母さんがふたりをうちへおいておきたかったのです。

その夏は、とても暑い夏でした。かんそうした熱い風が吹き、雨は降りません。

ある日、父さんが食事のために家へ入ってきて、いいました。

「イナゴがかえってるよ。この暑い太陽のおかげで、たまごがかえったんだ。トウモロコシがはじけるみたいに、地面にとびでてるよ。」

ローラは、かけだして、見にいきました。

丘の草一面に、緑色の小さな小さな物がはねています。

ローラは、ひとつ手に取って、見つめました。ちっぽけな羽も、ちっちゃな足も、小さな頭も、それに目までも緑色でした。こんなにもちっぽけなのに、なにもかも完全にそろっています。

ローラは、これがあんなに大きな、茶色のいやなイナゴになるとは、とても信じられませんでした。

「あいつらも、すぐに大きくなるぞ。」

と、父さんはいいました。

「芽を出す物は、なにもかも食べてしまう。」

毎日、毎日、イナゴは、あとからあとから地面に出てきました。

大きさのちがうイナゴが、いたるところに群れて、食べています。

強い風の音も、イナゴのあごがたてる、ぱりぱり、かりかり、がりがりいう音を消すことはできません。

イナゴは、野菜畑を食べつくしました。ジャガイモの若芽《わかめ》も、食べました。草原の草を食べ、ヤナギの葉を食べ、プラムの緑の茂《しげ》みも緑の小さなプラムも食べました。

イナゴは、大草原全体を茶色のはだかにしてしまいました。そしてイナゴは、育っていきました。

とてつもなく大きく、茶色で、いやなイナゴになりました。出っぱった大きな目をぐりぐりさせ、角《つの》のような足で、どこでもはねまわっています。

地面いっぱいにイナゴがはねまわっているので、ローラとメアリーは、家の中にとじこもっていました。

雨は、降りません。一日ごとに暑くなり、日ましに、すごしにくくなりました。

あたりはイナゴの音であふれ、もうたえられないような感じでした。

「あぁ、チャールズ。こんなこと、もう一日だってたえられないくらいよ。」

と母さんが、ある朝いいました。

母さんは、からだの具合が悪いのでした。顔は青白くてやせてしまい、すわりこんで、口をきくのもつらいのでした。

父さんは、返事をしません。外へ出ていっては、沈んだかたい表情で、家へ入ってきます。もう歌も歌わないし、口笛《くちぶえ》も吹きません。

父さんが母さんに返事をしないということは、よほどのことでした。

父さんは、入り口のドアのところへ行って、立ったまま外を見ています。

キャリイでさえ、おとなしくしていました。

イナゴたちの音を聞くと、その日も暑い日が始まる、という感じでした。

ところが、イナゴのたてる音が、聞きなれない音に変わりました。

ローラが、なにが起こったのかと走って見にいくと、父さんも興奮《こうふん》していました。

「キャロライン!」

と、父さんがいいました。

「おかしなことが起こった。来て見てごらん！」

入り口の前の地面にびっしりいたイナゴが、肩と肩、しっぽとしっぽを寄せあって歩いているんです。それはまるで、地面が動いているようでした。

一匹も、とびはねていません。一匹も、反対のほうをむいていません。イナゴはみんな、わきめもふらず西へむかって歩いているのでした。

母さんは、父さんの脇《わき》に立って見ています。

メアリーが、たずねました。

「あぁ、父さん、どういうこと？」

すると、父さんはいいました。

「わからないよ。」

父さんは手をかざして、東から西へずっと遠くまで、ながめました。

「どこも同じだ、見渡すかぎり。地面全体がはうように動いてる、西へ動いてる。」

母さんが、ひとりごとのようにいいました。

「あぁ、ぜんぶどこかへ行ってくれれば！」

みんなは立ったまま、このふしぎな光景《こうけい》をながめていました。

キャリィだけが、自分の高いすにすわって、スプーンでテーブルをたたいています。

「今、行きますよ、キャリィ。」

と、母さんはいいました。

それでも母さんは、イナゴが歩いていくのを見つづけています。

イナゴはびっしりとからだを寄せ、とぎれることはありません。

「朝ごはんほしい！」

キャリィが、さけびました。

だれも、動きません。

ついにキャリィは、泣き声でさけびました。

「母さん！　母さん！」

「さあさあ、朝ごはんにしましょう。」

と母さんはいって、くるりとふりかえりました。そして、さけびました。

「なんてこと！」

イナゴが、キャリィを乗りこえて歩いているんです。

東側の窓からなだれこんできたイナゴは、ぎっしりとかたまって、窓しきいを乗りこえ壁をおり、床《ゆか》の上を歩いています。

テーブルのあしをのぼり、木の長いすをのぼり、キャリィの高いすをのぼっています。テーブルの下、長いすの下、テーブルの上、長いすの上、キャリィの上を、西へむかって歩いていきました。

「窓をしめなさい！」

と、母さんがいいました。

ローラは、窓をしめに、イナゴの上を走りました。

父さんが外へ出て、家をひとまわりしてきました。

父さんは入ってくると、いいました。

「二階の窓をしめたほうがいい。イナゴは地面にいるとおんなじように、家の東側をのぼってる。屋根裏部屋の窓のまわりだって、よけてはいない。まっすぐ入りこんでくる。」

壁をのぼり屋根を越えていくイナゴの、つめを立ててはっている、いやな音。家全体が、イナゴでいっぱいの感じです。

母さんとローラは、イナゴをはきあつめて、西側の窓の外へほうりだしました。

家の西側の壁一面に、屋根を乗りこえてきたイナゴがいっぱいだというのに、西の窓からは一匹も入ってきません。

地面におりたイナゴは、みんないっしょになって、西へむかって歩いていくのでした。

その日は一日じゅう、イナゴは西へむかって歩いていきました。

次の日も、西へむかって歩いていきました。三日めも、止まることなく歩いていきました。家畜《かちく》小屋を乗りこえて、歩いていきました。父さんがスポットを家畜小屋へ入れてしまうまでに、スポットまでも乗りこえていきました。

イナゴは、プラムクリークの中へも入っていって、おぼれました。それでも、あとからあとから歩いて入っていきました。

ついに、イナゴの死がいでクリークがいっぱいになると、生きているイナゴが、その上を歩いていきました。

太陽が、一日じゅうてりつけていました。一日じゅう、イナゴが壁をのぼり屋根を乗りこえていく、つめの音がしていました。

一日じゅう、とびでた目がついている頭と、しがみついている足が、しめきった窓のふちに、びっしり見えていました。

一日じゅう、なめらかなガラスをはいのぼろうとしてはずりおち、何千匹ものイナゴが次から次へと押しあげられては、落ちていきました。

母さんの顔は青ざめ、かたい表情をしています。

父さんは口をきかず、目はきらっとも光りません。

ローラは、イナゴのはいまわっている音を耳からふりはらうことはできませんでした。肌《はだ》がむずむずしてくるのも、どうしようもありませんでした。

四日めになっても、イナゴは歩きつづけていました。

太陽は、もっと暑く、おそろしいほどぎらぎらてりつけました。

お昼近くになって、家畜《かちく》小屋からもどってきた父さんが、さけびました。

「キャロライン！　キャロライン！　外を見てごらん！　イナゴがとんでるよ！」

ローラとメアリーは、入り口へ走りました。

いたるところで、イナゴが羽をひろげ、地面からとびたっています。次から次へと、空中へまいあがり、高く高くとんでいきます。

ついに、日光がかげってうす暗くなり、イナゴはやってきたときと同じようにして出ていきました。

ローラは、外へ走りでました。そして、雪つぶのかたまりのように見える雲を通して、まっすぐに太陽を見あげました。

イナゴのうす黒い雲は、ちらちら、きらきらかすかに光り、高く遠くなるにつれて、だんだん白くなっていきました。そして、おりてくるのではなく、のぼっていきました。

その雲は、太陽を通りすぎ、西へ進み、やがて見えなくなってしまいました。

空にも地面にも、もうイナゴは一匹もいません。ただ、羽や足のとれたのが、あちこちにいるだけで、それも西へむかって足を引きずっていました。

あたりの静けさは、あらしのあとの静けさのようでした。

母さんは家の中へ入って、ゆりいすに身を投げかけるようにすわりました。

「神よ！」

と、母さんはいいました。

「主よ！」

その言葉は、祈りなのでしたが、「ありがとうございます！」といっているように、聞こえるのでした。

ローラとメアリーは、入り口の段に腰《こし》かけました。今はもう、入り口の段に腰をおろせます。そこには、イナゴはいません。

「なんて静かなの！」

メアリーが、いいました。

父さんが入り口に寄りかかって、真剣《しんけん》な顔でいいました。

「だれかに教えてもらいたいもんだ。いったいどうやってやつらは、出発のときが来たっていうことや、どっちの方角が先祖《せんぞ》がやってきた西の土地だっていうことがわかるんだろう。」
けれど、だれにも答えられませんでした。

33 ✣ 火の輪

イナゴがとんでいってしまった、七月からの日びは、なにごともなくおだやかでした。雨が降ると、イナゴが食べつくしてはだかになった茶色のみぐるしい土地に、草が一面に育ちました。

ブタ草は早く育ち、雑草《ざっそう》やアマランサス（訳者註《やくしゃちゅう》・ヒエ科の植物で、秋になると根もとから折れて球状《きゅうじょう》になって、野原を風に吹きちらされる）などが大きくひろがって、やぶのようになっていました。

ヤナギやハコヤナギやプラムの林は、ふたたび葉をつけました。花の季節《きせつ》はすぎてしまっているので、実は、なりそうにありません。

小麦は、今年はとれません。

干し草になる草はクリークぞいの低地に、まばらに育っていました。

ジャガイモは、生き残っていましたし、魚をとらえるやなには、魚がかかっていました。

父さんは、サムとデービッドをネルソンさんのすきにつけて、雑草が生えている小麦畑の一部分をたがやしました。

父さんは、家の西側に、クリークからクリークまで、はばの広い防火用のみぞをもう一度掘りました。

それから、畑に、カブの種をまきました。

「おそすぎるんだ。」

と、父さんはいいました。

「昔《むかし》の人たちは、カブは雨もようでも天気でも、七月の二十五日までには種をまけといったもんだ。だが、昔の人はイナゴのことは計算に入れなかったろうからね。それに、きみと子どもたちで掘るには、あまり多くないほうがいいよ、キャロライン。そのころぼくは、ここにはいないからね。」

父さんは、また東部へ行って、収穫《しゅうかく》をするところではたらかなければなりませんでした。

家を建てた支払いがすんでいませんでしたし、塩や、ヒキワリトウモロコシや砂糖《さとう》も買わなければなりません。

サムやデービッドやスポットが冬に食べる干し草を刈《か》るまで、ここにはいられませんでした。けれどネルソンさんが、草を刈ってその半分は父さんのぶんの干し草用に積んでおいてくれることに同意しました。

こうして、ある朝早く、父さんは出かけました。

ジャンパーをまるめて肩にかけ、口笛《くちぶえ》を吹きながら行くその姿は、遠ざかっていきました。でも、父さんのブーツには、穴《あな》ひとつありません。歩くことなど気にもしない父さんは、またいつの日か、歩いて帰ってくるのです。

外まわりの仕事や家事のあと、午前中に、ローラとメアリーは勉強しました。午後には、母さんがおさらいをしてくれます。

それからあとの時間は、スポットと子牛を受けとりに牛の群れのところへ行くまでは、遊んだりぬい物をしたりしました。

そのあとは、また外まわりの仕事をして、夕食をすませ、お皿を洗ってしまうと、ベッドへ行く時間になります。

ネルソンさんが、家畜《かちく》小屋の横に、父さんのために干し草を積んでくれました。

それからの日は、干し草の山の日のあたる側はあたたかでしたが、日かげになっている側は、冷たく感じました。

寒い風が吹き、朝は、霜《しも》がおりました。

ある朝、ローラがスポットと子牛を連れて牛の群れを待っていると、ジョニーが牛たちに手こずっていました。

ジョニーは、牛を、草原の西の霜枯《しもが》れて茶色の草がのびているところへ、連れていこうとしていました。

牛たちは、行きたがりません。くるりと後ろをむいて、もどってきてしまうのです。ローラとジャックは、ジョニーを助けて、牛たちを追いやりました。

太陽がのぼって、空が晴れわたりました。

けれど、ローラは家へ着く前に、西の空に雲が低くたれこめているのを見ました。鼻にしわを寄せ、息を長く深くすいこんだローラは、インディアン居留地《きょりゅうち》のことを思いだしました。

「母さん！」

とローラは、大声で呼びました。

母さんは外へ出てきて、雲をじっと見ました。

「遠いわよ、ローラ。」

と、母さんはいいました。

「こんな遠くへは来そうにないわ。」

午前中ずっと、風は、西から吹いていました。昼には、風はもっと強く吹いてきました。母さんとメアリーとローラは、入り口の庭に立って、だんだん近くなる黒ずんだ雲を見守りました。

「牛の群れはどこかしら。」

と、母さんは心配しました。

ついに、雲の下に、ちらちらする光が見えました。

「もし牛たちがクリークを渡っていれば安全で、心配ないのだけれど。」

と、母さんがいいました。

「火は、防火用のみぞは越せませんよ。家へ入ったほうがいいわ、あなたたち。お食事をなさい。」

母さんはキャリィを家の中へ連れて入りましたが、ローラとメアリーはもう一度、煙《けむり》がもくもく近づいてくるのを見ていました。

すると、メアリーが指さして口を大きくあけたまま、声が出ません。

ローラが金切り声をあげました。

「母さん！　母さん！　火の輪！」

赤くちらちらする煙の前を、火の輪がすばやくころがりながらやってきます。まわりの草に、火をつけながら。

またひとつ、またひとつ、それからまたひとつ、風より早くころがりながらやってきます。

いちばん初めの火の輪は、くるくるころがりながら防火用のみぞを越えました。

水の入ったバケツとモップを持って母さんが、火の輪にむかって走ります。ぬれたモップで打ちつけ、土の上で、黒くなるまでたたきます。

母さんは、次の火の輪にむかって走りますが、あとからあとからやってきます。

「さがってなさい、ローラ！」

と、母さんがいいました。

ローラは、メアリーの手をかたくにぎり、家にぴったり背中をつけて、見守っていまし

た。

家の中で、キャリィが泣いています。外へ出られないように、母さんがドアをしめておきました。

火の輪は、次から次とやってきます。

これは、大きなアマランサスだったのです。この種類の草は、種がじゅくすと根がうきあがって、かわいた草全体がまるくなり、風に吹かれて遠くへ種を運びます。

今、その草が、うなりをあげて吹く風の前を、燃えながらころがっているのです。そのあとを、燃えさかる火が追いかけてきます。

煙《けむり》が、母さんのまわりにうずまいています。

母さんは、走りながら、すばやい火の輪をモップでたたきつけていました。

ジャックは、ローラの足にからだをすりよ

せてふるえています。

煙《けむり》が目にしみて、ローラの目から涙《なみだ》が流れました。

ネルソンさんが、灰色の子馬で早足でやってきて、家畜《かちく》小屋の前でとびおりました。そして干し草用のフォークを引っつかむと、さけびました。

「走れ、早く！　ぬれた布きれを持ってこい！」

ネルソンさんは、母さんを助けに走りました。

ローラとメアリーは、麻《あさ》ぶくろを持ってクリークへ走りました。

ふたりが、それをびしょびしょにぬらしてもどってくると、ネルソンさんはフォークの歯にさしました。

母さんのバケツが、からになりました。ふたりは走って、水をいっぱいにしました。

火の輪が、丘をかけのぼりました。そのあとから、かわいた草の上を、火がすじになってついていきます。

母さんとネルソンさんが、モップや、ぬれたふくろで、それに立ちむかっています。

「干し草の山！　干し草の山！」

ローラが、金切り声をあげました。

ひとつの火の輪が、干し草の山にころがっていきました。

ネルソンさんと母さんが、煙の中を走っていきます。

もうひとつの輪が、家へむかって、黒く焼けた土の上をころがっていきます。

ローラは、びっくりしてしまって、なにをしていいかわかりません。

キャリィが、家の中にいます。

ローラは、ぬれた麻ぶくろで、火の輪が消えるまでたたきつけました。

そのあとは、もう、火の輪はありませんでした。

母さんとネルソンさんが、干し草の山のところで、火を止めていました。

すすけた干し草と雑草が、わずかに、空中でくるくるまっているだけでした。

大きな火は、防火用のみぞのほうへつきすすんでいました。

火は、みぞを越えることはできませんでした。

火は、すばやく南のほうへクリークへむかいました。

北のほうへむきを変えた火も、クリークにつきあたりました。火は、それより先へは進めません。だんだんと弱くなり、そこで消えてしまいました。

煙の雲は吹きはらわれ、大草原の火事は終わりました。

ネルソンさんがいうには、灰色の子馬で牛の群れのあとを追ったら、牛たちはクリークのむこう岸に渡ってしまっていたから安全だということでした。

「ほんとに感謝《かんしゃ》します。ネルソンさん。」

と、母さんはいいました。

「あたしたちのすむところを救ってくださったんですわ。子どもたちとわたしだけでは、どうすることもできませんでした。」

ネルソンさんが行ってしまってから、母さんがいいました。

「この世に、よき隣人《りんじん》ほどいいものはないのよ。さあ、いらっしゃい、あなたたち。手を洗ってお食事ですよ。」

34 ✣ 石板《せきばん》につけたしるし

大草原の火事のあとは、とても寒くなりました。

母さんは、ジャガイモやカブが凍《こお》らないうちに、掘って取りいれなければいけない、といいました。

母さんがジャガイモを掘って、メアリーとローラがひろいあげ、おけに入れて、穴《あな》ぐらへ運びます。

冷たい風が、強く吹きました。

ふたりはショールにくるまっていましたが、もちろん手ぶくろは、はめていません。

メアリーの鼻は赤くなり、ローラの鼻も氷のように冷たい。両手はかじかみ、足も感覚《かんかく》がなくなりました。

けれど、こんなにたくさんのジャガイモがとれたので、とてもうれしいのでした。

外まわりの仕事をすませて、ストーブのそばで冷たいからだをあたためるのは、いい気持ちでした。それに、ジャガイモをゆでているあたたかい匂《にお》いや、魚を油であげている匂いがしてきます。

食事をするのも、ベッドへ入るのも、いい気分でした。

やがて、うす暗く陰気《いんき》な天候になりました。

三人は、カブを引きぬいて収穫《しゅうかく》しました。これはジャガイモを収穫するより、ほねのおれる仕事でした。このカブは大きくて、しぶとく根をはっています。

それでローラは、引っぱるとき、どしんとしりもちをつくこともしばしばでした。

カブのみずみずしい緑の葉は、肉切りぼうちょうで、切りおとさなければなりません。

葉から出る汁《しる》と冷たい風で、ふたりの手は、ひびわれて血が出ました。

夜、母さんが、ラードと蜜《みつ》ろうをまぜて軟膏《なんこう》を作り、ふたりの手にすりこみました。

スポットと子牛は、みずみずしいカブの葉をおいしそうに食べました。それに、長い冬のあいだ、穴《あな》ぐらにじゅうぶんなカブがあるというのがわかっているのはうれしいことでした。

カブをゆでたり、マッシュにしたり、クリーム煮《に》にしたりできるのです。

また冬の夜、テーブルの上のランプのそばに、生《なま》のカブを盛《も》った大皿を乗せます。そして厚い皮をくるくるむいて、ぱりっとしたみずみずしいカブのうす切りを食べるのです。

ある日、最後のカブを穴ぐらに入れると、母さんがいいました。

「さあ、もう、いつ地面が凍《こお》ってもいいわ。」

たしかに、ぎりぎりのところでした。

その夜、地面が凍り、朝になると、雪が窓の外にひっきりなしに降っていました。

さて、メアリーが、父さんが帰ってくるまでの日数をかぞえる方法を考えました。

つい最近に来た父さんの手紙には、今いるところの脱穀《だっこく》が終わるにはもう二週間かかる、と書いてありました。

メアリーは、石板《せきばん》を持ちだし、そこに、一週間の日にちとして七つのしるしをつけました。その下に、次の週の日にちとして、さらに七つのしるしを書きつけました。

その最後のしるしが、父さんが帰ってくる日、ということになります。

ふたりが石板を母さんに見せると、母さんはいいました。

「もう一週間、しるしをつけておいたほうがいいわ。父さんが歩いてくるぶんがあるでしょ。」

それでメアリーは、あと七つのしるしを、のろのろと書きつけました。

ローラも、父さんが帰ってくるまでに、たくさんのしるしがあるなんて、いやです。

毎晩、ふたりがベッドへ入る前に、メアリーが、しるしをひとつ消しました。それは、一日がすぎたということです。

毎朝、ローラは考えました。

「メアリーがもうひとつしるしを消すには、その前にまるまる一日すごさなきゃなんないんだわ。」

外は、冷えびえする朝の空気が、いい匂《にお》いでした。

太陽が雪をとかしてしまっていましたが、地面は、かたく凍《こお》っていました。

プラムクリークは、いつもどおり、目ざめていました。冬の青空のもと、茶色の葉を水面に浮かべて流れています。

夜、ランプのともった家の、あたたかなストーブのそばにいるのは、心地よいものでした。

ローラは、そうじのいきとどいたなめらかな床《ゆか》の上で、キャリィやジャックと遊びました。

母さんは、くつろいで腰《こし》かけ、つくろい物をしています。

メアリーの本は、ランプの下に開かれています。

「眠る時間よ、あなたたち。」

母さんは指ぬきをはずしながら、いいました。

するとメアリーが、ひとつしるしを消して、石板《せきばん》を片づけました。

ある晩メアリーは、最後の週の、初めの日を消しました。みんなでそれを見守っていると、メアリーが石板を片づけて、いいました。

「父さんは今、うちへむかって歩いてるのよ！　あのしるしは、父さんが歩いてるしるしですもの。」

部屋のすみにいたジャックが、急に、うれしそうな声を出しました。まるで、メアリーのいったことがわかるように。

ジャックは、入り口のドアへ走りました。ジャックはドアに足をかけて立ちあがり、ひっかきながら鼻をならして、しっぽをふりました。

そのときローラは、風の中にかすかに「ジョニーが行進して帰ってくる」の口笛《くちぶえ》を聞きました。

「父さんよ！　父さん！」

とさけんで、ドアをぱっとあけました。ローラはジャックのあとからころがるように、風が吹く暗やみへ、がむしゃらにかけていきました。

「やあ、ちっちゃな女の子！」

父さんは、ローラをかたく抱きしめて、いいました。

「いい子だ、ジャック！」

ランプの明かりがドアの外へ流れだし、メアリーと、母さんとキャリィが出てきました。

「どうかね。かわいいおちびちゃん？」

父さんは、両手でキャリィを高く持ちあげて、いいました。

「大きなおじょうちゃんはここだね。」

と父さんは、メアリーのおさげを引っぱりました。

「キスしておくれ、キャロライン。このそうぞうしいインディアンたちがじゃまにならなければね。」

それからは、父さんのために夕食を用意しました。

だれも、ベッドへ行こうなんて、考えません。

ローラとメアリーは、一度になにもかも話そうとしました。火の輪のこと、ジャガイモとカブのこと、スポットの子牛がどんなに大きくなったか、そして自分たちの勉強がどこまで進んだかなど。

メアリーがいいました。

「だけど、父さんはここにはいないはずよ。石板《せきばん》のしるしを、歩きおわってないのよ。」

メアリーは、父さんがまだ歩いているはずのしるしを、見せました。

「そうか、わかった！」

と、父さんはいいました。

「手紙が、遠くから何日もかかってとどくまでのしるしを消さなかったからだよ。それに道をずうっと、いそいだ。北のほうでは、もうすでにきびしい冬だっていってたからね。町で買う、必要な物はなんだい、キャロライン？」

　母さんは、必要な物はなんにもない、といいました。

　魚とジャガイモを多く食べていたので、小麦粉はまだ残っているし、砂糖《さとう》も紅茶《こうちゃ》もありました。塩だけが少なくなっているけれど、あと五、六日はだいじょうぶでした。

「それじゃ町へ行く前に、まきを作ってしまったほうがよさそうだ。」

と、父さんがいいました。

「風の音がどうも気になる。ミネソタの大ふぶきは、突然《とつぜん》やってくるっていう話だ。聞いた話だが、ある人が町へ出かけて、急にやってきた大ふぶきにあい、もどれなくなってしまった。うちにいた子どもたちは家じゅうの家具を燃《も》やした。だが、大ふぶきがおさまってその人たちがうちへもどってくると、子どもたちはかちんかちんに凍《こお》ってしまっていたんだ。」

35 ✣ 留守番《るすばん》

昼間《ひるま》、父さんは、荷馬車に乗ってプラムクリークへおりていき、丸太をあとからあとから運んできて、入り口のドアの横に山のように積みました。

プラムやヤナギや、ハコヤナギの古木《こぼく》を切りたおし、父さんは若木《わかぎ》は残しておきました。切りたおした木を引っぱってきて積みあげ、ストーブ用のまきにわって、大きなまきの山にしました。

ベルトに手おのをつけ、腕《うで》にわなを持ち、肩《かた》には銃《じゅう》をかけて父さんは、プラムクリークぞいにマスクラットやミンク、カワウソ、キツネのわなをしかけました。

ある日、夕食のとき、父さんは、草地で一匹のビーバーを見つけたといいました。でも、父さんはわなをしかけなかったのでした。ビーバーは、とても残り少ない野生動物でしたから。

父さんは、キツネを見かけて銃をうちましたが、うちそこなってしまいました。

「狩りの腕だめしをさっぱりしないからだよ。」

と、父さんはいいました。

「ぼくたちのいるここはいいところだ。だがたいしたえものはいない。だから、西部の土地に思いをはせるんだ――」

「そこには、子どもたちの学校はないのよ、チャールズ。」

と、母さんがいいました。

「そうだ、キャロライン。いつも、きみのいうとおりだよ。」

と、父さんはいいました。

「聞いてごらん、あの風の音。あすは、あらしになるな。」

けれど、次の日は、春のようにおだやかでした。風はなくあたたかで、太陽がまぶしくふりそそいでいました。

午前中もまだ半ばだというのに、父さんが家へ入ってきました。

「早めに食事をして、午後、町へ散歩《さんぽ》に出かけよう。」

と父さんが、母さんにいいました。

「家の中にいるには、もったいない日だ。冬が来たら、いやになるほど家にいなきゃならないんだから。」

「だけど子どもたちは……」

と、母さんがいいました。

「そんなに遠くまで、キャリィを連れてくことできないわ。」

「こりゃおどろいた！」

父さんは、笑いました。

「メアリーとローラが、もうりっぱな女の子だ。午後のあいだくらい、キャリィの世話ができるよ。」

「もちろんあたしたちできる、母さん。」

とメアリーがいって、ローラもいいました。

「もちろんできるわよ！」

子どもたちは、父さんと母さんがたのしそうに出かけていくのを見守りました。

母さんは、茶色と赤の、クリスマスの贈《おく》り物《もの》のショールをかけ、茶色の毛糸のフードをあごの下でむすんでとてもきれい。

かろやかな足どりで、うれしそうに父さんを見あげている母さんを、ローラは小鳥のようだと思いました。

それから、ローラが床《ゆか》をはき、メアリーがテーブルの上を片づけました。メアリーがお皿を洗って、ローラがそれをふき、食器だなに入れました。そしてテーブルの上に、赤い格子《こうし》じまのテーブルクロースをかけました。

さあ、これからあとの午後の時間はずっと、たのしいすきなことができるのです。

最初に、学校ごっこをすることにしました。

メアリーが、自分が先生になる、といいました。だってメアリーのほうが年上《としうえ》で、ローラより多くのことを知っているからです。

ローラには、それはほんとうのことだとわかっています。

それで、メアリーが先生になり、メアリーはこの遊びが気にいりました。が、ローラはすぐにあきてしまいました。

「そうだ……」

と、ローラがいいました。

「ふたりが先生になって、キャリィに字を教えましょうよ。」

ふたりは、木の長いすにキャリィをすわらせ本を前において、一生けんめいに教えました。

けれど、キャリィは喜びません。キャリィには、字を習う気などないんです。

それで、この遊びは止《や》めにしました。

「じゃあ、留守番《るすばん》ごっこしよう。」

と、ローラがいいました。

「あたしたち、留守番をしてるところじゃない。」

と、メアリーがいいました。

「それがどうして遊びになるのよ?」

母さんがいない家の中は、がらんとしていて、静まりかえっていました。

今、母さんは、とてもしとやかでものしずかで、けっしてそうぞうしい音はたてません。

家全体が、まるで母さんの気配《けはい》を感じとろうとしているようでした。

ローラは、ひとりで外へ出てみましたが、もどってきました。

午後の時間が、だんだん長くなっていくようでした。なあんにも、することがありません。

ジャックまで、落ち着かなく行ったり来たりしています。

ジャックは、外へ出たいとたのんだのに、ローラがドアをあけると、出ていこうとしません。床《ゆか》に寝そべったり起きあがったり、部屋の中をぐるぐる歩きまわったり。

ジャックは、ローラのそばへ来て、うったえるようにじっと見つめました。

「なによ、ジャック?」

ローラは、たずねました。

ジャックはローラをじっと見ていますが、なにを伝えたいのか、わかりません。

ジャックは、うなるような声を出しました。

「だめよ、ジャック！　こわくなっちゃうじゃない。」

ローラは、いそいでいいきかせました。

「なにか外にいるのかしら？」

メアリーが、いいました。

ローラが走りでようとすると、入り口の階段《かいだん》のところでジャックが、ローラの服を足で引っぱって引きもどしました。

外はひどい寒さでした。

ローラは、ドアをしめました。

「見て。」

と、ローラはいいました。

「お日さまの光がうす暗い。イナゴがもどってくるの？」

「冬には来ないわよ、ばっかねぇ。」

と、メアリーがいいました。

「たぶん雨よ。」

「ばっかはそっちよ！」

ローラは、いいかえしました。

「冬に雨は降りませんよ。」

「それじゃ雪！　あんまりちがいはないわ？」

メアリーは、おこっていました。

それはローラも、同じでした。ふたりが口げんかになりそうになったとき、突然《とつぜん》、日光がかげりました。

ふたりは走って、寝室《しんしつ》の窓から外を見ました。

下のほうに白い物がある、うす黒い雲が、北西の方角からころがるような早さでやってきます。

メアリーとローラは、正面の窓から外を見渡しました。

もう確かに父さんと母さんが帰ってくる時間でしたが、ふたりの姿は見えません。

「たぶん大ふぶきよ。」

と、メアリーがいいました。

「父さんがあたしたちに話したみたいな。」

と、ローラがいいました。

ふたりは、うす暗い中で、互いに顔を見あわせました。

ふたりは、かちかちに凍《こお》りついてしまったあの子どもたちのことを考えていました。

「まきの箱がからっぽよ。」

と、ローラがいいました。

メアリーが、ローラを強くつかまえました。

「だめよ！」

と、メアリーはいいました。

「母さんがいったでしょ。もしあらしになったら家の中にいなさいって。」

ローラがふりほどくと、メアリーがいいました。

「ジャックが行かせやしないわよ。」

「あらしがここへ来る前に、まきを運んでこなきゃならないのよ。」

と、ローラは、メアリーに説明しました。

「いそいで！」

ふたりには、遠くから、悲鳴《ひめい》のような、きみょうな風の音が聞こえてきました。

ショールをすっぽりかぶったふたりは、あごの下で、ショールを大きなピンでとめました。

ローラのほうが早く、用意ができました。

ローラは、ジャックにいいきかせました。

「まきを運んでこなきゃならないの、ジャック。」

ジャックは、わかったようでした。

ジャックはローラと外へ出ると、ずっと足もとに寄りそっていました。

風は、つららより冷たい。

ローラは、まきの山のところへ走り、腕いっぱいにまきをかかえて、また走りました。

ジャックは、あとからついてきます。

ローラは、まきをかかえているので、ドアがあけられません。

メアリーが、ローラのためにドアをあけました。

そこでふたりは、どうしたらいいかわからなくなってしまいました。

うす黒い雲は、すごい速さで近づいてきます。

あらしがここへ来る前に、ふたりでまきを運ばなければならないのです。

腕《うで》いっぱいにまきをかかえていれば、ドアをあけることはできません。ドアをあけたままにしておけば、冷たい空気が入ってしまいます。

「あたし、ドアあけられる。」

と、キャリィがいいました。

「あんたにはできないわよ。」

と、メアリーがいいました。

「あたしも、できる！」

とキャリィはいって、のびあがって両手でドアの取っ手をまわしました。

キャリィは、ドアがあけられました！

キャリィは、ドアがあけられるほど、大きくなっていたのでした。

ローラとメアリーは、いそいでまきを運びました。

キャリィは、ふたりが入り口へ来るとドアをあけ、中へ入ると、しめました。

メアリーのほうが多くかかえて運びましたが、ローラのほうが、すばやい。

ふたりは、雪が降ってくる前に、まきの箱をいっぱいにしました。

雪は突然《とつぜん》、うずまく突風《とっぷう》とともにやってきました。

雪は、砂《すな》のようにかたい小さなつぶでした。それがローラの顔に、つきささるようにあたります。

キャリィがドアをあけると、雪は家の中に白い雲のようになってうずまきました。

ローラとメアリーは、
あらしのときには
家の外へ出てはいけない、
という母さんのいい
つけを忘れてしまいました。
ふたりは、まきを運ぶことのほかは、
なにも考えていませんでした。ふたりは死にものぐるいで、
持てるだけのまきをかかえ、よろよろしながら走りました。

ふたりは、まきの箱のまわりとストーブのまわりに、まきを積みました。もっと高く、もっと大きく積みあげていきました。

ばたん！

ふたりは、ドアをしめます。

まきの山へ走ります。

ぽんぽんぽんと、腕《うで》にまきを積みかさねます。

入り口へ走ります。

ばたん！

ドアが開いて、
ぴしゃっ！

と、後ろむきに、おしりでドアをしめます。

どしん、どさっ、ごつん！

まきをほうりおとして、また外のまきの山へ息をはあはあさせてもどります。

うずまいている白い雪で、まきの山は、やっと見えるくらいでした。雪は、まきのあいだにも、すっかり入りこんでいました。

ふたりには、自分たちの家も、ようやく見えるほどでした。

ジャックは、ふたりのそばを大いそぎで走る、うす黒いぼんやりしたかたまりのようでした。

つぶつぶした雪が、ふたりの顔をこすっていきます。

ローラの腕はいたくなり、胸は、息がはあはあしています。

ローラは、ずっと考えていました。

「あぁ、父さんはどこ？　母さんはどこなの？」

そして、自分自身にいいきかせていました。

「いそげ！　いそげ！」

ローラに、風が金切り声をたてているのが聞こえます。

まきの山は、なくなりました。メアリーが二、三本とり、ローラが二、三本とると、もうそこにはなにもありません。

ふたりがいっしょに入り口へ走り、ローラがドアをあけると、ジャックが中へとびこみました。

キャリィが入り口の窓のところで、手をたたきながら、キーキー声をあげました。

ローラが、二、三本のまきを落として、からだをくるりとまわしたちょうどそのとき。父さんと母さんが、外のうずまいている白い雪の中を走っているのが見えました。

父さんは、母さんの手をとり引っぱりながら、走るのを助けています。

ふたりは家の中へ走りこんでドアをばたんとしめると、雪だらけのまま息をはあはあさせて立っていました。

だれも、口をきく人はいません。

父さんと母さんは、雪にすっかりおおわれたショールと手ぶくろをして立っているローラとメアリーを、見つめていました。

ようやく、メアリーが小さな声でいいました。

「あたしたち、ふぶきの中を外へ出てしまったの、母さん。あたしたち、忘れてたの。」

ローラは、頭をたれたまま、いいました。

「家具を燃やしちゃいたくなかったのよ、父さん。それに、かちかちに凍《こお》りたくなかった。」

「いやあ、おっどろいたもんだ！」

と、父さんはいいました。

「ふたりは、まきの山をそっくり家の中へ移してしまったよ。二週間はもつと思って切っておいたまきを、ぜんぶだ。」

家の中には、外にあったまきの山が、そっくり積まれていました。一本のぬれたとけた雪が、まきから流れだし、水たまりになってひろがっていました。

小道が入り口のドアまで続き、そこで雪になっていました。

父さんが大きな笑い声を出し、母さんのやさしいほほえみが、メアリーとローラにあたたかくそそがれていました。

ふたりには、いいつけを守らなかったことが許されたのだと、わかりました。

まきを運びこんだことは、かしこいことでした。ただ、あまりにも多すぎましたけれど。

ふたりはまもなく大きくなって、まちがいはしなくなるでしょう。そのときには、なにをしたらいいのか、自分でいつも決めることになるのです。もうそのときには、父さんや母さんにいわれたとおりにしなくてもいいのです。

ふたりはあわただしく、母さんのショールとフードを取って雪をはらい、かわくようにぶらさげました。

父さんは、ふぶきがひどくなる前に、外まわりの仕事があるので、家畜《かちく》小屋へいそぎました。

母さんが休んでいるあいだにふたりは、いわれたとおりに、まきをきちんと積み、床《ゆか》をはいてモップでふきました。

家の中は、またさっぱりして、気持ちよくなりました。

やかんがシュウシュウと音をたて、ストーブの通気孔《つうきこう》から、火が赤あかと燃えているのが見えます。

雪は、窓にむかって吹きつけていました。

父さんが、入ってきました。

「ここへたどりついたら、こんなわずかな牛乳しか残っていない。風が、おけの中の牛乳を吹きとばしてしまったんだ。キャロライン、これはとんでもないふぶきだ。一インチ先も見えないし、風が一度にあらゆる方角から吹いてくる。道の上を歩いているつもりなんだが、家が見えないし——いやあ、もう少しで、家の角にいやというほどぶつかるところだった。もう一歩、左へ寄ってたら、ぜったいに家へは入れなかった。」

「チャールズ！」

母さんが、さけびました。

「もう、なんにもこわがることはない。」

と、父さんはいいました。

「だが、もしぼくたちが町から走りどおしで来なかったら、このあらしにやられてたな――」

そのとき、父さんの目がきらきらっと光りました。父さんは手でメアリーの髪をくしゃくしゃっとやり、ローラの耳を引っぱりました。

「家の中に、このまきがぜんぶあるなんて、ありがたいよ。」

と、父さんはいいました。

36 ✣ 大草原の冬

次の日、ふぶきは、もっともうれつに、荒れくるいました。

窓からは、なにも見えません。

雪が厚く窓に吹きつけて、窓ガラスはまるで白いガラスになりました。

家のまわりを、風が、ほえたけりました。

父さんが家畜《かちく》小屋へ行こうとして、さしかけ小屋の戸をあけると、雪が中へうずまいて入りました。外は、まるで白い壁でした。

父さんは、小屋のくぎにかけてある、ひと巻《ま》きのロープを取りました。

「なんにも手がかりなしでは、もしもどってこられないといけないからね。」

と、父さんはいいました。

「このロープを物干しづなのはしにむすびつけておけば、家畜小屋まで行けるはずだ。」

みんなは、父さんがもどってくるまで、心配で心配で、ひやひやしていました。

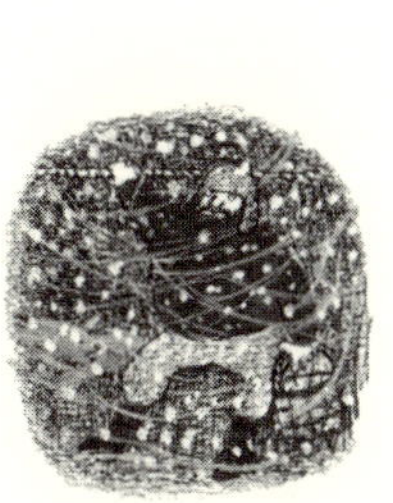

風はおけの中の牛乳をほとんど、とばしてしまい、父さんは話ができるまで、凍《こお》ったからだをストーブであたためていました。

父さんは、さしかけ小屋にゆわえつけてある物干しづなにつかまって、物干しの柱まで行きました。それから、持っていたロープのはしを柱にむすび、腕《うで》にかけたロープをほどきながら進んでいきました。

父さんには、うずまく雪のほかは、なにも見えませんでした。突然《とつぜん》、なにかにぶつかり、それが家畜《かちく》小屋の壁でした。家畜小屋のドアまで手さぐりで歩き、そこに、ロープのはしをゆわえつけました。

そして父さんは、外まわりの仕事をしてから、ロープづたいに家へもどってきたのでした。

一日じゅう、ふぶきは続きました。

窓は真っ白で、風は、ほえつづけ、泣きさけぶのを止《や》めません。

家の中は、あたたかで心地よい。

ローラとメアリーは、勉強をしました。そのあとは、父さんがバイオリンをひき、母さんはゆりいすであみ物。そして豆スープが、ストーブの上でぐつぐつと煮えていました。

夜じゅう、ふぶきは続き、次の日も、ふぶきでした。

ストーブの火明《ひあ》かりが、通気孔《つうきこう》から、ちらちら見えています。父さんは、物語を話してくれたり、バイオリンをひいたりしました。

その次の朝は、風がびゅうびゅう吹いているだけで、太陽が輝いていました。

窓越しにローラは、雪が、風に追われて白いうずまきになり、地上を走っているのを見ました。あたり一面、まるでプラムクリークが大水になって、あわだっているようでした。

ただし、この大水は、雪でしたけれど。

日の光さえも、ひどく冷たく感じました。

「どうやら、ふぶきは終わったようだな。」

と、父さんはいいました。

「もし、あす町へ行けるようだったら、食料《しょくりょう》のそなえをしておこう。」

次の日、雪は、あちこちに吹きだまりになっていました。

風が、吹きだまりの側面と上の部分を吹きあげて、雪煙《ゆきけむり》をあげています。

父さんは、町へ馬車で行って、ヒキワリトウモロコシの大きなふくろと、小麦粉《こむぎこ》と砂糖《さとう》を買ってきました。これだけあれば、当分のあいだはじゅうぶんです。

「肉をどこから手に入れるか考えるなんて、おかしな感じだ。」

と、父さんはいいました。

「ウィスコンシン州にいたときは、いつもクマの肉とシカ肉がたっぷりあったし、インディアンの居留地《きょりゅうち》にいたときは、あそこはシカやプロングホーンや野ウサギ、七面鳥《しちめんちょう》にガン、ほしいと思う肉はなんでもあった。ここには小さなワタオウサギしかいやしない。」

「これからのことを考えて、肉を育てる計画をたてなければならないわ。」

と、母さんがいいました。

「あたしたちの、食用の肉を太らせるのはとてもたやすいと思うのよ。ここの畑で、えさ用の穀物《こくもつ》ができるんですもの。」

「そうだ。」

と、父さんはいいました。

「来年は、まちがいなく小麦の収穫《しゅうかく》があるんだから。」

次の日、またふぶきがやってきました。

低くたれこめたうす黒い雲が、北西の方角からあっという間にころがるようにやってきて、太陽をかくしてしまいました。

空全体を雲がすっぽり包みこみ、風はびゅうびゅうほえたけり、うずまく雪であたりはかすんで、なにも見えなくなってしまいました。

父さんは、家畜《かちく》小屋へ行くのも、もどるのも、ロープづたいでした。

母さんは、料理をし、そうじをし、つくろい物をして、メアリーとローラの勉強の手助けをしました。

メアリーとローラは、お皿を洗って、ベッドをととのえ、床《ゆか》をはきました。

ふたりは、手と顔をきれいに洗って、髪をきちんとおさげ髪にしました。教科書で勉強してから、キャリィやジャックと遊びました。そして石板《せきばん》に絵を描《か》いたり、キャリィにABCを教えたりしました。

メアリーは、まだ、九枚はぎのパッチワークをぬっていました。

ローラのほうは、もうすでに「クマの足跡」のキルトを始めていました。これは、九枚はぎより、むずかしい。

ななめのぬい目があるので、それをきれいにぬうのが、とてもむずかしいんです。ひとつひとつのぬい目がきちんとまっすぐになっていなければ、母さんは先へ進ませてくれません。それで、短いところをぬうのに、ローラは何日もかかってしまうこともたびたびでした。

こうして、みんなは、一日じゅういそがしくしていました。

ふぶきは、次から次へと、かけ足でやってきました。

ひとつのふぶきが終わり、冷たい晴天《せいてん》の日が一日あると、またすぐに次のふぶきが始まります。

父さんは晴れた日に、すばやくまきをわり、しかけたわなを見にいき、雪におおわれた干し草の山から家畜《かちく》小屋へ干し草を投げいれました。

母さんは晴れた日には月曜日でなくても、洗濯《せんたく》をして、物干しづなにつるしました。

そんな日には、勉強はありません。

ローラとメアリーとキャリィは厚着をして、日のあたっている外で遊びました。

次の日には、またふぶきになりましたが、父さんと母さんには、なにもかも準備ができていました。

日曜日が晴れていると、教会の鐘《かね》が聞こえました。

澄んだ美しい音が冷たい空気を通してひびいてくると、みんなは外に立って、耳をすましました。

ローラたち一家は、日曜集会《にちようしゅうかい》には行けませんでした。家へ帰りつく前に、雪あらしがやってくるかもしれないからです。けれど、自分たちで、ささやかな日曜集会を開きました。

ローラとメアリーは、聖書《せいしょ》の中の何行かを暗唱《あんしょう》しました。

母さんが、ひとつの聖書物語と詩篇《しへん》をひとつ読みました。

それから父さんが、バイオリンで賛美歌《さんびか》をかなで、みんなそろって歌いました。
みんなは、歌います。

暗き雲　空に浮かび
　地上に影《かげ》おとすとき、
希望の光　わが道をてらす、
イエス　わが手を取りたまえば。

日曜日には父さんがバイオリンをひき、みんなで、かならず歌う歌がありました。

すばらしき　安息日《あんそくび》のつどいは
　うるわしき　宮殿《きゅうでん》にもまさりて、
喜びに　胸ときめき、
　美しき　安息日のわが家。

37 ✣ いつまでも続く雪あらし

あらしがだんだんおさまってきた、ある夕食のとき、父さんがいいました。

「あす、町へ行ってこよう。パイプのタバコがいくらか必要だし、ニュースも聞きたい。なにか、入り用な物があるかい、キャロライン？」

「いいえ、チャールズ。行かないで。ふぶきはまたすぐにやってくるのよ。」

と、母さんがいいました。

「あすはだいじょうぶだよ。三日続きのふぶきが終わったところだ。次のが来るまでのあいだのまきは、じゅうぶんに切ってあるし、今なら町へ行ける時間がある。」

と、父さんがいいました。

「そう、あなたがそう思うんならそうでしょうけれど……。でもチャールズ、せめてこれだけは約束《やくそく》してくださいね。もしふぶきがやってきたら町にとどまるんですよ。」

と、母さんはいいました。

「ここのふぶきの中じゃ、ロープにつかまらないで一歩も身動きはできやしない。だが、きみらしくもないね、キャロライン。ぼくがどこかへ行くのを、おそれるなんて。」

と、父さんがいいました。

「どうしても気になるのよ。」

と、母さんは答えました。

「行かないほうがいいように思うのよ。そんな感じなの——こんなの、おろかなことね。」

父さんは、声をたてて笑いました。

「まきを運びこんでおくよ。万一、町に足どめされたときのためにね。」

父さんは、まきを入れる箱をいっぱいにし、そのまわりにも、まきを高く積みました。

母さんは、父さんが凍傷《とうしょう》にならないようにもう一枚くつ下をはくようにすすめました。

それでローラがブーツジャック（くつぬぎ器）を持ってくると、父さんは、ブーツをぬいでもう一枚くつ下をはきました。母さんが渡したのは、あみ終わったばかりのあたたかい毛糸のくつ下でした。

「あなたが着るバッファローのオーバーコートがほしいわ。あの古いコートは、すり切れてあまりにもうすくなってる。」

と、母さんがいいました。

「ぼくはきみに、いくつかのダイヤモンドがほしいよ。」

と、父さんはいいました。

「心配するな、キャロライン。春まで、長くはないじゃないか。」

父さんはみんなに、にっこりほほえんで、古くてすりきれたオーバーコートのベルトをしめ、あたたかいフェルトのぼうしをかぶりました。

「風がとっても冷たくて寒いわ、チャールズ、耳あてをおろしていらっしゃい。」

と母さんは、心配しました。

「こんな朝にかい！」

と、父さんはいいました。

「このびゅうびゅう風は、吹かせておくさ！　さあ、きみたち、父さんが帰るまでいい子でいるんだよ。」

父さんの目は、ドアがしまるとき、ローラを見て、きらきらっと光りました。

ローラとメアリーは、お皿を洗って、ふき、床《ゆか》をはき、ベッドをととのえてほこりをはらいました。それから、教科書《きょうかしょ》の前に腰《こし》をおろしました。

ローラは、家の中がとても心地よく、さっぱりと片づいているので、あたりを見まわしました。

黒いストーブは、みがきこまれて、かすかに光っています。その上では、豆の入ったなべが、ぐつぐつと煮えています。

パンは、オーブンの中で焼けています。

ピンク色のふちどりのカーテンがかかった、ぴかぴかにみがかれた窓ガラスを通して、日の光がななめにさしこんでいました。

赤の格子《こうし》じまのテーブルクロースは、テーブルの上。

たなの上の時計のそばには、キャリィの茶色と白のかわいい犬と、ローラのすてきな宝《ほう》石箱《せきばこ》が乗っています。

ピンク色と白の、あの小さな羊飼《ひつじか》いの娘《むすめ》は、木の張り出しだなの上で、ほほえんでいました。

母さんは、窓ぎわのゆりいすに、つくろい物のかごを持ってきていました。

キャリィが、そのそばの足台に腰かけています。

母さんは、いすをゆすってつくろい物をしながら、キャリィが初級《しょきゅう》読本《どくほん》からアルファベットを読むのを聞いていました。

キャリィは、大文字《おおもじ》のAと小文字《こもじ》のa、大文字《おおもじ》のBと小文字《こもじ》のb、を読みました。そのあとは、笑って、おしゃべりをして、読本の絵を見ています。キャリィはまだ幼いので、静かにして勉強を続けることはできません。

時計が、十二時を打ちました。

ローラは、ふりこがゆれ、黒い針《はり》が、まるく白い文字盤《もじばん》のおもてを動いていくのをじっと見ていました。

父さんが帰ってくる、時間でした。

豆は煮えているし、パンは焼けています。父さんの食事の用意は、なにもかもできていました。

ローラは、窓のあたりに目をやりました。一瞬、目をこらすと、なにか、日の光がおかしいと感じました。

「母さん！　太陽がおかしな色よ。」

と、ローラはさけびました。

母さんはつくろい物から目をあげて、はっとしました。母さんはいそいで、北西の方角が見える寝室《しんしつ》へ行き、静かにもどってきました。

「本をしまいなさい、あなたたち。」

と、母さんはいいました。

「しっかり身じたくをして、もっとまきを運んでちょうだい。もし父さんが家へむかってなければ町にいるんですからね。そしたら、家の中にはもっとまきが必要なの。」

まきが積んである場所から、ローラとメアリーには、うす黒い雲がやってくるのが見えました。

ふたりは、いそいで走りました。でも、ふぶきがうなりながらやってくる前に家に運んだのは、ひとかかえずつのまきだけでした。

ふぶきは、ふたりがふたかかえのまきを持ってきたのを、まるでおこっているようでした。雪はものすごくうずまき、入り口の段が見えなくなってしまいました。

母さんは、いいました。

「今のところはこれでじゅうぶんよ。ふぶきはこれよりひどくはならないわ。父さんはもうすぐ帰ってらっしゃるでしょ。」

メアリーとローラは、からだをおおっていた物をぬいで、かじかんだ両手をあたためました。そしてふたりは、父さんを待ちました。

風は、ほえたけり、あざけって、家のまわりを吹きまくりました。雪は、白くなっている窓にむかって、びゅうびゅう吹きつけました。

時計の長針《ちょうしん》が、ゆっくりと文字盤《もじばん》をまわり、短針《たんしん》が「1」へ動き、それから「2」へ。

母さんは、三つの深皿に、熱《あつ》あつの豆をよそいました。焼きたてのあたたかい、ひとかたまりのパンを、小さくちぎりました。

「さあ、あなたたち。」

と、母さんはいいました。

「お食事をしたほうがいいわ。父さんは町にとまらなければなりませんからね。」

母さんは、自分の深皿によそうのを忘れていました。メアリーにいわれるまで、食べるのも忘れていました。口をつけても、ほとんど食べませんでした。母さんは、おなかがすいていないのだと、いいました。

ふぶきは、ますますひどくなりました。家が、風でゆれていました。

寒さが、床《ゆか》からはいあがってきます。父さんがきっちり作った窓やドアのまわりから、粉雪《こなゆき》がまいこみました。

「父さんは町にいるにきまってますよ。」

と、母さんはいいました。

「今晩《こんばん》はずっとあっちだから、今、外まわりの仕事をしたほうがよさそうだわ。」

母さんは、家畜《かちく》小屋用の父さんの古い長ぐつをはきました。母さんの小さな足にはぶかぶかでしたが、雪は入らないでしょう。それから父さんのジャンパーを着て、のどもとできっちり止め、ウェストのまわりをベルトでしめました。そして自分のフードのひもをむすんで、手ぶくろをはめました。

「あたしも行っていい、母さん？」

ローラは、たずねました。

「いけません。」

と、母さんはいいました。

「さ、よく聞きなさい。火に、気をつけるのよ。メアリーのほかは、だれもストーブにさわってはいけませんよ、母さんがどんなに長くかかっても。だれも外へ出たり、ドアをあけたりしてはだめよ。母さんがもどるまで。」

母さんは牛乳《ぎゅうにゅう》しぼりのおけをかかえ、うずまく雪の中で、物干しづなをようやくつかみました。そして背中で、裏口のドアをしめました。

ローラは、暗い窓のところへ走りましたが、母さんは見えませんでした。窓ガラスにむかって吹きつける、うずまく白い物のほかは、なにも見えません。

風が、泣きさけび、ほえ、わけのわからないことを早口でしゃべっています。まるで風の中に、いくつもの声がこもっているようでした。

母さんは、物干しのつなをしっかりにぎって、一歩一歩、進んでいるはずです。物干し柱まで行って、先へ進みます。うずまくはげしい雪であたりは見えず、ほおを引っかくように雪は吹きつけます。

ローラは、頭の中でゆっくりと、母さんの歩《あゆ》みを一歩ずつたどってみます。

今、母さんは確かに、家畜《かちく》小屋の戸にぶつかったはずです。

母さんはドアをあけて、雪といっしょに入りこみます。からだをくるりとまわして、すばやくドアをしめ、かけ金《がね》をおろします。

小屋の中は、動物たちの体温《たいおん》であたたかく、はく息でしめっぽい。大草原の芝土《しばつち》の厚い壁は、外の雪ふぶきをさえぎり、中は静かです。今、サムとデービッドがふりむいて、母さんにいななきました。

牝牛《めうし》が、あまえた声で、

「モオウーオウ。」

と鳴き、大きくなった子牛が、

「バウ!」

と、大声を出しました。

わかいメンドリたちが、あっちこっちと土をかき、一羽のメンドリは、

「コケッ、ケッケッケッ。」

と、ひとりごと。

母さんは、干し草用のフォークで、仕切りの中をすっかりきれいにします。ひとかきひとかき、古くなった寝《ね》わらを、たいひの山に投げます。それから、かいばおけに残っていた干し草をすくって、清潔《せいけつ》な寝床《ねどこ》を作るのに、ひろげてしきます。

母さんは、四つのかいばおけがいっぱいになるまで次つぎと、干し草の山から新しい干し草をフォークで投げいれます。

サムとデービッド、スポットと子牛は、おいしい干し草を、むしゃむしゃと音をたてて食べています。

四頭は、のどは、そんなにかわいていません。父さんが町へ行く前に、じゅうぶん水を飲ませましたから。

カブが積んであるそばに、父さんがいつもおいておく古いナイフで、母さんはカブを切りました。そしてそれぞれのえさ箱に、いくつかのカブを入れました。

母さんは、メンドリの水飲みに水があるか、調べます。それからトウモロコシをぱらぱらとまき、メンドリたちがカブもつつくように、一こあたえます。

さあ、今ごろは、スポットの乳をしぼっているはずです。

ローラは、母さんが牛乳をしぼるときの低いいすを片づける時間まで、じゅうぶんとって、待ちました。

母さんは、注意深く小屋の戸をきっちりしめてから、つなにしっかりつかまって、家へむかってもどってきます。

けれど、母さんは、もどってきません。

ローラは、長いあいだ待ちました。もう少し待とうもう少しと、心に決めて、待っていました。

風は今、家をゆすって吹いています。窓しきいをおおっていた砂糖《さとう》のようにこまかいざらざらした雪が、床《ゆか》にぱらぱらと入りこんで、そのまま、とけません。

ローラは、ショールにくるまって、ふるえていました。なにも見えない窓ガラスを、ローラは、じっと見つづけていました。ひゅうーと吹きつける雪の音と、ほえたけりあざけるような風の音を聞きながら。

ローラは、父さんと母さんがついに帰ってこなかった子どもたちのことを、考えていました。子どもたちは、家具をぜんぶ燃やしてしまって、かちかちに凍《こお》ってしまったのでした。

ローラは、もうじっとしていられなくなりました。火は赤あかと燃えているのに、じっさいにあたたかいのは、ストーブがおいてある部屋のすみだけです。

ローラは、とびらがあけてあるオーブンのそばにゆりいすを引っぱっていって、キャリィをすわらせ、服のしわをのばしてあげました。

キャリィは、たのしそうにいすをゆすっています。

ローラとメアリーは、ただただ、待ちつづけていました。

ようやく、裏口のドアが、ばたんとあきました。

ローラは、母さんのそばへとんでいきました。ローラが母さんのフードのひもをほどいているうちに、メアリーが牛乳おけを受けとりました。

母さんは、あまり寒くて、口もきけません。

ふたりは、ジャンパーをぬぐのを手伝いました。

母さんは、まず、こういいました。

「いくらか牛乳残ってる？」

おけの底に、わずかな牛乳がありました。おけの内側で、凍りついているのもありました。

「とんでもない風。」

と、母さんはいいました。

母さんは、手をあたためてからランプをともし、窓しきいにおきました。

「どうしてそんなことするの、母さん？」

メアリーがたずねると、母さんは、いいました。

「ランプの光が輝いて、雪の外からはきれいに見えるでしょ?」

母さんがひと休みしてから、みんなは、パンと牛乳で夕食にしました。

それからみんなは、ストーブのそばにすわって、じっと耳をすましました。

風がほえたけり、悲鳴《ひめい》をあげているのが聞こえます。家がキイーときしみ、雪がシャアーと吹きつけています。

「こんなことしてることはないわ!」

と、母さんがいいました。

「さあ、〝熱あつお豆〟をしましょ! メアリー、あなたとローラが組みになって、キャリイ、手をあげてごらんなさい。あたしたち、メアリーとローラより早くやりましょうね!」

みんなで〝熱あつお豆〟をやって、だんだんだんだん早く歌って、とうとう笑って歌えなくなってしまいました。

そのあと、メアリーとローラが夕食の食器を洗って、母さんは、あみ物をするのに腰《こし》をおろしました。

キャリイは、もっと〝熱あつお豆〟をやりたがりました。それでメアリーとローラが、かわるがわる相手になって遊びました。やめるたびに、キャリィはさけびました。

「もっと！　もっと！」

ふぶきの中の声は、ほえたけり、くすくす笑い、びゅうびゅう鳴り、そして家は、ゆれました。

ローラは、キャリィの手をぽんぽんと打ちあわせて、歌います。

熱いのすきなの　だあれ、
冷たいのすきなの　だあれ、
九日めの豆は、なべの中――

煙突《えんとつ》が、突然《とつぜん》、ごろごろと音をたてました。

見あげたローラは、キーキー声をあげました。

「母さん！　うちが火事！」

火の玉が、煙突をころがりおちてきました。火の玉は、母さんの毛糸の大きな玉より、大きい。

火の玉はストーブを越えて床《ゆか》に落ち、母さんは、とびあがりました。

母さんはスカートを引っぱりあげて、ふみつけようとしました。けれど、足をすりぬけて、母さんが落としていた、あみ物のほうへころがりました。

母さんは、あみぼうで、火床《ひどこ》の灰受皿の中へはらいのけようとしました。が、火の玉は、あみぼうの前を走っていったかと思うと、またもどってきました。

また別の火の玉が、煙突《えんとつ》からころがりおちました。そして、またひとつ。

その火の玉は、あみぼうの後ろから床《ゆか》の上をころがっていきましたが、床は燃えていません。

「まあ、なにかしら！」

母さんは、いいました。

みんなは、この三つのころがっている火の玉を、じっと見守っていました。と、突然《とつぜん》、ふたつになりました。それから、ひとつもなくなってしまいました。

どこへ行ってしまったのか、だれにもわかりません。

「こんなおかしなこと、見たこともないわ。」

と、母さんはいいました。

母さんは、こわがっていました。

ジャックのからだじゅうの毛が、逆立っています。ジャックは入り口のドアのところへ歩いていくと、鼻をあげて、遠ぼえをしました。

メアリーがいすの上で身をちぢめ、母さんは、両手で耳をふさぎました。

「お願いだからジャック、静かにして。」

と母さんは、ジャックにたのみました。

ローラは、ジャックのそばへかけよりました。抱きしめようとしましたが、ジャックは、いやがりました。そして自分の場所と決めている部屋のすみへ行って、前足をのばして鼻を乗せました。毛は逆立ち、目は、暗がりできらきら光っています。

母さんがキャリィをしっかり抱きました。ローラとメアリーも、ゆりいすのそばに身を寄せました。

みんなは、ふぶきのたけだけしい音を聞いていました。そして、ジャックの目が、きらきら光っているのに気づいていました。

とうとう、母さんがいいました。

「ベッドへ行ったほうがいいわ、あなたたち。すぐに眠ったほうが、すぐに朝になりますからね。」

母さんは、子どもたちに、おやすみなさいのキスをしました。

メアリーは、屋根裏部屋へ行く、はしご段をのぼりました。

ローラは、とちゅうまでのぼって、立ちどまりました。

母さんは、オーブンのそばで、キャリィのねまきをあたためていました。

ローラは、声をひそめて、たずねました。

「父さんは町にとまったのよね、ね、そうよね？」

母さんは、目をあげませんでした。

母さんは、明るくいいました。

「あら、あたりまえでしょ、ローラ。父さんとフィッチさんは今ごろ、ストーブのそばにすわってるにきまってるわ。いろいろ話したり、冗談《じょうだん》をいったりしてるわ。」

ローラは、ベッドに入りました。

真夜中にローラが目をさますと、はしご段のあいだから、ランプの灯《ひ》が光っているのが

見えました。

ローラは、こっそりとベッドから出て、冷たい床《ゆか》にひざをついて、下を見ました。

母さんがひとりで、いすに腰《こし》かけていました。頭をたれて、じいっと動かずにいます。

ランプは、窓辺で、輝いていました。

母さんは、身動きもしません。

ランプは、輝きつづけていました。

ふぶきは、おびえている家をとりかこむ底知れないやみの中で、ひゅうひゅうとほえ、あざけるように吹きまくっていました。

ローラは、音をたてずにベッドへすべりこみ、ふるえながら横になりました。

38 ✢ ゲーム遊びの日

次の日の朝、だいぶおそくなってから母さんが、朝食だといって、ローラを呼びました。

雪あらしは、ますます荒あらしく、はげしくなっていました。羽のような白い霜《しも》が窓にはりつき、きっちり作ってある家の中にも、砂糖《さとう》のような雪が床《ゆか》やベッドカバーの上をおおっていました。

二階はとても寒いのでストーブのそばで着がえようと、ローラは服をつかんで、いそいでおりていきました。

メアリーはもう着がえて、キャリィのボタンをはめていました。

ヒキワリトウモロコシのあたたかいマッシュ（訳者註《やくしゃちゅう》・ヒキワリトウモロコシのあらびき粉を、水か牛乳でやわらかく煮た物）と牛乳《ぎゅうにゅう》、バターをぬった焼きたての白いパンが、テーブルの上にならんでいました。

日の光は、うすぼんやりして白っぽい。霜が、どの窓ガラスにも、厚くついていました。

母さんが、ストーブの上に両手をひろげて、身ぶるいしました。

「さあ、家畜《かちく》たちに食料《しょくりょう》をやらなきゃならないわ。」

と、母さんはいいました。

母さんは、父さんのブーツをはきジャンパーを着て、自分の大きなショールをかぶりました。そしてローラとメアリーに、きょうはきのうより長くかかる、といいました。馬と牛に、水をやらなければならないからです。

母さんが外へ出てしまうと、メアリーは、こわくてからだも動きません。けれど、ローラは、そんなことはしていられませんでした。

「さあ、いらっしゃいよ。」

とメアリーにいいました。

「あたしたち、やることあるのよ。」

ふたりは、お皿を洗って、ふきました。ベッドカバーの雪をはらって、ベッドをととのえます。

ふたりは、ストーブのそばであたたまってから、ストーブをみがきました。そしてメアリーが、まき箱をそうじしているあいだに、ローラは床をはきました。

母さんは、まだもどってきません。

ローラは、からぶき布で、窓のさんと木の長いすと、母さんのヤナギのゆりいすのすみずみまでふきました。

それから木の長いすの上に乗って、とても注意深くたなと時計をふき、茶色のぶちのかわいい犬と、金色の紅茶《こうちゃ》茶わんと受け皿が上についている宝石箱《ほうせきばこ》をふきました。けれど、父さんが母さんのためにほった張り出しだなに乗っている、陶器《とうき》のきれいな羊《ひつじ》飼《か》いの娘《むすめ》には、さわりませんでした。母さんのほかは、だれも、この羊飼いの娘にはさわってはいけないことになっていましたから。

ローラがほこりをふいているあいだに、メアリーは、キャリィの髪をとかして、テーブルに赤い格子《こうし》じまのテーブルクロースをかけました。そして、教科書《きょうかしょ》と石板《せきばん》を出してきました。

風が、さしかけ小屋の中へ吹きこんだかと思うと、ようやく、雪煙《ゆきけむり》といっしょに母さんが入ってきました。

母さんのスカートとショールは、氷でかちかちに凍《こお》っていました。母さんは二頭の馬とスポットと子牛のために、井戸から水をくまなければならなかったのでした。強い風で母さんは、水をかぶり、服がびしょぬれになって寒さで凍りついてしまったのでした。

母さんは、小屋にじゅうぶんに水を運ぶことはできませんでした。けれど、凍りついたショールの下の牛乳は、ほとんど残っていました。

母さんは、少し休むと、まきを運ばなければならない、といいました。

メアリーとローラが、自分たちにやらせてといいましたが、母さんはいいました。

「いいえ。子どもでは、吹きとばされてしまう。あなたたちには、このふぶきがどんな物かわからないわ。わたしがまきを取ってきます。あなたたちは、母さんにドアをあけてちょうだい。」

母さんは、まき箱とそのまわりに、まきを高く積みました。

ふたりは、ドアをあけたり、しめたりしました。

母さんは、まきを運んでから、休みました。

ふたりは、まきからとけだした雪を、モップでふきました。

「いい子たちよ。」

と、母さんはいいました。

家の中を見まわして母さんは、自分が外へ出ているあいだに、ふたりがとてもよくはたらいたことをほめました。

「さあ。今度はあなたたち、勉強よ。」

と、母さんはいいました。

ローラとメアリーは、本の前に腰《こし》をおろしました。ローラは、まじめに、ページをしっかりと開きましたが、文字が頭に入りません。ふぶきがほえているのが聞こえ、なにかが空中でうなり声をあげ、キーキーさけんでいるようです。

雪は、窓に、シャアシャア吹きつけています。

ローラは、父さんのことは考えないようにしました。と、突然《とつぜん》、ページの文字がかすんで、しずくが文字をぬらしました。

ローラは、はずかしくなりました。キャリィでさえ泣くなんて、はずかしいことなのです。ローラは、八歳です。

ローラは、涙《なみだ》が落ちるのをメアリーが気づいたか確かめようと、横目で見ました。

メアリーの目は、かたくとじていました。顔じゅうにしわを寄せ、口は、わなわなとふるえていました。

「勉強はしたくないのよね、あなたたち！」

母さんが、いいました。

「きょうのような日は、きっと遊ぶよりほかにはないんだわ。最初になにをして遊ぶか、考えて。〝すみっこにいる子ネコちゃん！〟あれはどぅお？」

「あぁ、いい！」

と、ふたりはいいました。

ローラが部屋のひとつのすみに立ち、メアリーが別のすみに立ち、キャリイがもうひとつのすみに立ちました。

ここには、三つのすみしかありません。ストーブが、ひとつのすみにおいてありますから。

母さんが、部屋のまん中に立って、大きな声でいいました。

「かわいそうな子ネコちゃん、すみっこに行きたいの！」

するとみんなは、すぐに自分のすみから走って、ほかのすみへ入りこもうとします。

ジャックが興奮《こうふん》して走ります。

母さんが、メアリーがいたすみへひらりと入り、メアリーはとりのこされて、かわいそうな子ネコちゃん。

そのあと、ローラがジャックにつまずいて、とりのこされてしまいました。

キャリイは、初めはまちがえて、笑いながら関係のないすみへ走っていましたが、まもなく覚えました。

みんなは、走ってさけんで笑って、息が苦しくなるまで、かけずりまわりました。

みんなは、つかれて休みました。すると、母さんがいいました。

「石板《せきばん》を持ってらっしゃい。お話をしてあげましょう。」

「お話をするのに、どうして石板がいるの？」

ローラは、母さんのひざに石板をおきながら、たずねました。

「ま、見ていらっしゃい。」

と母さんはいって、こんな話をしました。


森の奥深く、こんな池がありました。

池には、こんなにたくさん魚がいました。池の南のほうに、ふたりの入植者《にゅうしょくしゃ》がすんでいました。ふたりは、まだ家を建てていなかったので、それぞれテントにすんでいました。

ふたりは、たえず魚をとりに池へ行ったので、まがった道ができてしまいました。

池から少し行ったところに、おじいさんとおばあさんが、窓がひとつある小さな家にすんでいました。

ある日、おばあさんが、水をくみに池へ行きました。

すると、魚がみんな、こんなふうに池からとびだしているんです。

おばあさんは、大いそぎで走ってかえっておじいさんに話しました。

「魚がみんな、池からとびだしてますよ！」

おじいさんは、よく見ようとして、高い鼻を家からつきだしました。

おじいさんは、鼻をならしていいました。

「ふん！　オタマジャクシじゃないか！」


「鳥だ！」

キャリィは大声をあげて手をたたき、笑って、笑って、足台からころがってしまいました。

ローラとメアリーも声をあげて笑い、何度もたのみました。

「ほかのも話して、母さん！　お願い！」

「そうね、じゃ、やりましょうか。」

と母さんはいって、話しはじめました。

「これは、ジャックが建てた家。銅貨《どうか》二こで建てました。」

母さんは、石板の両面を使って、その物語の絵を描きました。そしてメアリーとローラに、ふたりがその物語を読みとるまで、絵を見せました。

それから、母さんはたずねました。

「メアリー、この物語のお話できる？」

「できる！」

メアリーは、答えました。

母さんは、石板《せきばん》をきれいにふいて、メアリーに渡しました。

「じゃ、この石板にかいてごらんなさい。」

と、母さんはいいました。

「ローラとキャリィには、ほかの遊び道具をあげますよ。」

母さんは、自分の指ぬきをローラに渡し、メアリーの指ぬきをキャリィに渡しました。

そして、窓の霜《しも》に指ぬきを押しつけて、まんまるな円を作って見せました。窓に、絵が描けるんです。

ローラは、指ぬきを使って、クリスマスツリーを描きました。鳥たちも、とんでいます。煙突《えんとつ》から煙《けむり》が出ている丸太《まるた》の家も、作りました。ずんぐりした男の人とずんぐりした女の人も、描けました。

キャリィは、まるだけを作っていました。

ローラが窓に絵を描きおえ、メアリーが石板から目をあげると、部屋はうす暗くなっていました。

母さんは三人を見て、にっこりほほえみました。

「あたしたちあんまりいそがしくて、お昼のお食事をすっかり忘れてしまったわ。さあいらっしゃい、夕食にしましょう。」

と、母さんはいいました。

「その前に、外まわりの仕事しなくてもいいの?」

ローラが、たずねました。

「今晩はしなくていいわ。」

と、母さんはいいました。

「朝がおそかったから、あしたまではじゅうぶんあるくらいのえさをやってきたのよ。たぶんあしたになれば、ふぶきも少しはよくなるでしょうから。」

そのとたんに、ローラは、すっかり悲しくなりました。

メアリーも、同じでした。

キャリィが、めそめそ泣きながら、いいました。

「父さん帰ってきて!」

「しいーっ、キャリィ!」

母さんがいうと、キャリィは、だまりました。

「父さんのことを、あれこれ心配するのは止《や》めるのよ。」

と母さんは、きっぱりといいました。

母さんは、ランプに灯《ひ》をつけましたが、窓辺にはおきませんでした。

「さあいらっしゃい、夕食にしましょう。」

と母さんは、もう一度いいました。

「すんだら、みんな眠るんですよ。」

39 ✣ 三日め

ひと晩じゅう、家はゆれ、風の中でぎしぎしと音をたてていました。

次の日、雪あらしは、もっとひどくてものすごくなりました。風の音はすさまじくおそろしくなり、雪は、氷のばらばらいう音をたてて窓にあたりました。

母さんは、家畜《かちく》小屋へ行くしたくをしました。

「朝ごはんをおあがりなさい、あなたたち。火には気をつけるんですよ。」

と、母さんはいいました。

母さんは、ふぶきの中へ出ていきました。

長い時間がたってから母さんはもどってきて、また一日が始まりました。

うす暗くて、長い一日でした。

ストーブの近くにうずくまっていても、寒さが背中を押さえつけていました。

キャリィはむずかるし、母さんの笑顔《えがお》もつかれていました。

ローラとメアリーは、一生けんめい勉強しましたが、そんなには頭に入ってきません。時計の針は、あまりにものろのろと動いていて、ついに、ぜんぜん動いていないようにも見えました。

やっと、灰色の光がうすれて消えさり、また夜になりました。

ランプの明かりが、板壁《いたかべ》や、白い霜《しも》におおわれた窓を、てらしています。もし父さんがここにいたら、バイオリンをひき、みんなはたのしくて幸せになるんです。

「さあ、さあ!」

母さんが、いいました。

「こんなふうにすわりこんでることはないわ。〝ネコのゆりかご〟をして遊びましょうか?」

ジャックは、自分の夕食に口もつけずに、残していました。部屋のすみの自分の場所でため息をつきました。

メアリーとローラは顔を見あわせてから、ローラがいいました。

「遊びたくないの、母さん。もう、眠るわ。」

ローラは、氷のように冷たいベッドの中で、メアリーの背中に、自分の背中をぴったり寄せました。

雪あらしが、家をゆすっています。家は、あたりのキーキー声のおそろしさで、ふるえているようでした。

雪が、ばらばらと音をたてて、屋根をこすっています。

ローラは、かけぶとんをすっぽりかぶっていましたが、オオカミの遠ぼえよりもっといやな雪あらしのほえる音が、聞こえてきます。

冷たい涙《なみだ》が、ローラのほおを伝って流れました。

40 ✣ 四日め

朝になると、ふぶきのおそろしい音は、消えていました。

風が、悲しく泣きさけぶように吹いていましたが、家をゆすることはありません。

けれど、ストーブの火はごうごうと音をたてて燃えていても、家の中はちっともあたたかくなりません。

「ますます寒い。」

と、母さんがいいました。

「家の仕事は適当《てきとう》にしたらいいわ。ショールにくるまって、キャリイとストーブの近くにいらっしゃい。」

母さんが家畜《かちく》小屋からもどってきてまもなく、東側の窓の霜《しも》が、ほんのり黄色になりはじめました。

ローラは、窓へ走っていって息を吹きかけ、氷をつめでがりがり取って、のぞき穴《あな》を作

りました。

外は、太陽が輝いていました！

母さんがのぞき穴から外を見て、それからメアリーとローラが、かわるがわる外をながめました。

雪が、大地の上を、波のようになって吹きとばされていました。

空は、まるで氷のように見えました。すごい速さで吹きとばされていく雪の上の大気さえ、冷たそう。のぞき穴からさしこんでくる日の光も、あたたかさは感じられません。

ローラは、のぞき穴の横のほうに、なにかうす黒い物をちらっと見ました。

毛むくじゃらの動物が、吹きとばされていく雪の中を、ゆたゆたと歩いていました。一頭のクマだと、ローラは思いました。それが家の角をよろよろとまがったので、正面の窓が暗くなりました。

「母さん！」

と、ローラはさけびました。

ドアがあいて、雪だらけで毛むくじゃらの動物は、入ってきました。父さんの目が、その顔からみんなを見ていました。

父さんの声は、いいました。

「父さんがいないあいだ、いい子でいたかい?」

母さんが、走りよりました。

ローラとメアリーとキャリイが、大声をあげて笑いながら走りよりました。

父さんがオーバーコートをぬぐのを、母さんが手伝いました。

毛皮のオーバーコートは雪まみれなので、床《ゆか》の上は、雨が降ったようになりました。

父さんは、コートもぬぎおとしました。

「チャールズ! あなた凍《こお》ってる!」

母さんが、いいました。

「そんなところだ。」

と、父さんはいいました。

「それに、オオカミみたいに腹がすいてる。火のそばにすわらせてくれ、キャロライン、そして食べさせてくれ。」

父さんの顔はやせて、目が大きい。父さんはふるえながらオーブンの近くにすわり、寒かっただけで凍傷《とうしょう》にはなっていない、といいました。

母さんは、いそいで豆スープをあたためて父さんに渡しました。

「これはいい。」

と、父さんはいいました。

「これはからだをあっためる。」

母さんがブーツを引っぱってぬがすと、父さんは、足をあげて、オーブンの熱であたためました。

「チャールズ。あなた――あなた、どこに――」

と、母さんはたずねました。ほほえんではいましたが、くちびるはふるえていました。

「さあさあ、キャロライン、まさかぼくのことを悪く心配したんじゃないだろうね。」

と、父さんはいいました。

「ぼくは、きみや子どもたちのために、うちへ帰ってこなければならないんだ。」

父さんはひざの上にキャリィを乗せ、片方の腕でローラを抱きよせ、もう片方の腕でメアリーを抱きよせました。

「なんて思ってたかい、メアリー?」

「かならず帰ってくるって思ってた。」

と、メアリーは答えました。

「それでこそメアリーだ! それで、ローラは?」

「あたし、父さんがフィッチさんとお話してるなんて考えなかった。あたし――あたし一生けんめい祈ってた。」

と、ローラはいいました。

「ほらね、キャロライン！　うちへ帰れないなんてことがあるか？」

父さんは、母さんにいいました。

「もっと、その豆スープをくれ。それから、ぜんぶ話すよ。」

みんなは、父さんが豆スープとパンを食べ熱い紅茶《こうちゃ》を飲んでいるあいだ、待っていました。

父さんの髪の毛とあごひげは、雪がとけてぬれていました。

母さんが、タオルで、すっかりふきとりました。

父さんは、母さんの手を取って引きよせ、そばにすわらせて、たずねました。

「キャロライン、この天候がなんの前《まえ》ぶれかわかるかい？　これは、今度の小麦の収穫《しゅうかく》が豊作《ほうさく》だってことなんだよ！」

「そうなの、チャールズ？」

と、母さんはいいました。

「この夏には、一匹のイナゴもいないはずだ。町の人たちがいうには、イナゴは、暑くて雨が少ない夏とあたたかい冬の時しか発生しないそうだ。今、これだけの雪を経験《けいけん》してるんだから、秋にはすばらしい収穫《しゅうかく》はまちがいなしだ。」

「よかったわ、チャールズ。」

と母さんは、おだやかにいいました。

「うん。みんなでストーブにあたってそんなことを話してたが、うちへむかわなきゃならないことに気づいた。ちょうど店を出ようとしたとき、フィッチがバッファローのコートを見せたんだ。フィッチは、ひとりの男から安く手に入れたんだ。その男は、東部へ行く最終列車《さいしゅうれっしゃ》に乗る切符《きっぷ》を買う金が入《い》り用《よう》だったからね。フィッチは、十ドルで買わないかっていうんだよ。十ドルは、大金だ。だが、——」

「あなたがこのコートを手に入れて、ほんとによかったわ。チャールズ。」

と、母さんはいいました。

「そのときはわからなかったんだが、このコートを着てて、ほんとに幸運《こううん》だった。町を行くと、風がまともに吹きつけてきた。その寒さは、真鍮《しんちゅう》で作ったサルの鼻だって、凍《こお》って落ちてしまうくらいだ。ぼくの古いコートじゃあの風にはとうてい勝てない。春にしかけるわなでとれた毛皮ではらえばいいってフィッチがいうから、古いコートの上にバッファローのオーバーコートを着たんだ。

まもなく大草原に出ると、北西の方角に雲が見えたが、小さかったし遠かったから、うちまでだいじょうぶだと考えた。すぐさま、ぼくは走りはじめた。だが、半分も来ないうちにふぶきはおそってきた。すぐ目の前にある自分の手だって見えない。あんな一どきに四方八方から吹いてくる雪あらしでなければ、なんとかなる。あれじゃ、どうしようもない。あらしが北西から吹いてくるときには、左のほおに風を受けるようにしていれば、まっすぐ北に進める。だが、あの雪あらしのようじゃ、どうすることもできない。

それでも、前が見えなくても方向がわからなくても、まっすぐ前へ歩くしかないようだった。それで、まっすぐ前へ歩きつづけようと考えた。そのうち、道にまよったことに気づいた。たっぷり二マイルは来たのに、クリークに出ない。どっちのほうへまがればいいのかもわからない。することはただひとつ、歩きつづけることだけだ。ふぶきがおさまるまで、歩かなければならない。もし立ちどまったら、凍ってしまう。

それで、ふぶきの中を歩きとおすことにした。歩いて歩いて、歩いた。まったく目が見えなくなってしまったのと同じで、なんにも見えない。聞こえる物は、風の音だけだ。白くかすんだ中を、歩きつづけた。きみたち、気がついたかどうか知らないが、雪あらしの上のほうでほえたりキーキーさけんだりしている声がしてたんだよ？」

「そうよ、父さん、あたし聞いた！」

ローラは、いいました。

「そう、あたしも。」

と、メアリーがいいました。

母さんも、うなずきました。

「それから火の玉。」

と、ローラがいいました。

「火の玉？」

父さんが、たずねました。

「それはあとで、ローラ。続けてちょうだい、チャールズ。それからどうだったの？」

と、母さんがいいました。

「歩きつづけたよ。」

と、父さんは答えました。

「白くかすんだまわりが灰色になり、それから黒くなるまで歩いた。それで夜になったとわかった。四時間は歩きつづけてると思った。それにこういう雪あらしは、三日三晩は続くこともわかってた。それでも歩きつづけた。」

父さんが話を止《や》めると、母さんがいいました。

「あなたに見えるように、窓にランプをおいといたんですよ。」

「それは見なかったな。」

と、父さんはいいました。

「なにか見えないかと目をこらしつづけてたんだが、見えるのは暗やみだけだ。すると突《とっ》然《ぜん》、足もとがいっぺんにくずれて、すとーんと落ちた。十フィートは落ちたな。もっと深かったかもしれない。

なにが起こったのか、自分がどこにいるのかもわからない。だが、あの風からはのがれた。雪あらしは頭の上のほうでさけんだりびゅうびゅういったりしてるが、そこの空気はまずまず静かだった。手で、まわりをさわってみた。三方は手のとどくかぎり、高く雪が積もってる。もう一方は上からななめになってて、土のむきだしの壁のようだ。

これは大草原にある小さな谷で、その土手をふみはずしたんだと、すぐにわかった。あとずさりするとそこは土手の下で、背中と頭の上がしっかりした土で、まるでほら穴《あな》にいるクマみたいで居心地《いごこち》がいい。ここにいれば、凍《こご》えることは考えられなかった。風にはあたらないし、からだはバッファローのコートであたたかい。それで、まるくなって眠ってしまった。とてもつかれてた。

いやまったく、このコートがあって幸運《こううん》だったよ。それに、耳あてのあるとってもあったかいぼうしと、厚手《あつで》の特別なくつ下をはいていたからね、キャロライン。

目をさますと、雪あらしの音は聞こえたが、かすかだ。目の前に積もってる雪の表面が、はく息でとけて、氷になってた。落ちたときにできた穴《あな》が、ふぶきでうまってしまったんだ。上に六フィートは雪があったはずだが、空気はきれいだった。腕《うで》と足と指とつま先を動かし、鼻と耳が凍《こお》ってないか確かめた。まだふぶきの音が聞こえる。それで、また眠ってしまった。」

「いったいどれくらい眠ってたんだろう、キャロライン？」

「三日と三晩ですよ。」

と、母さんがいいました。

「きょうは四日めよ。」

それから父さんは、メアリーとローラにたずねました。

「きょうはどういう日か、知ってるかい？」

「日曜かしら？」

メアリーが、考えていいました。

「クリスマスの前の日よ。」

と、母さんがいいました。

ローラとメアリーは、クリスマスのことはすっかり忘れていました。

ローラが、たずねました。

「ずうっと眠ってたの、父さん?」

「いいや。眠りつづけて、おなかがすいて目がさめる。また、いくらか眠って、今度はほんとにひもじくなって目がさめる。父さんは、クリスマスのためにオイスタークラッカー(訳者註《やくしゃちゅう》・牡蠣《かき》のスープやシチューを食べるとき、そえてある塩味《しおあじ》の少ないクラッカー)をいくらか持ってた。バッファローコートのポケットに入れてあった。父さんは紙ぶくろからひとつかみ取って、食べた。手さぐりで雪をひとつかみ取り、水のかわりに口に入れた。それからずっとそこに横になって、ふぶきの止《や》むのを待っていた。

そりゃあキャロライン、きみや子どもたちのことを考えてそうやっているのは、ほんとにつらかったよ。きみが外まわりの仕事をしに、雪あらしの中へ出ていくのはわかっていたからね。だが、雪あらしが止むまでは、うちへ帰れないのはわかってた。

そうやって、長いこと待った。おなかがまたとってもすいてきて、残りのオイスタークラッカーをぜんぶ食べた。父さんの親指の先ほどしかない大きさのクラッカーだ。ひとつが半口にしかなりゃしない。ぜんぶで半ポンドなんだから、とても満腹《まんぷく》にはならない。

それから待ちつづけて、いくらか眠った。また夜になったな、と思った。目をさますたびに注意深く耳をすますと、かすかに雪あらしの音が聞こえた。その音から察すると、上の雪はどんどん積もっているようだったが、父さんのいる穴《あな》の空気は、まだきれいだった。それに血液《けつえき》の熱《ねつ》が、からだの凍《こご》えるのを守ってる。父さんは眠れるだけ眠ろうとしたんだが、とってもおなかがすいてて、すぐ目がさめてしまうんだ。とうとう、あんまりおなかがすいて、ぜんぜん眠れなくなってしまった。ねぇ、父さんはこれだけはぜったいにやるまいと心に決めてたことを、そのあとやってしまったんだよ。古いほうのオーバーコートの内ポケットから紙ぶくろを取りだし、クリスマスキャンディーをひとっかけら残さず食べてしまったんだ。ごめんよ。」

ローラが片側から父さんに抱きつき、メアリーがもう片側から抱きつきました。

ふたりは、かたく父さんを抱き、ローラがいいました。

「あぁ、父さん、食べてくれて、あたしとってもうれしい！」

「そうよ、あたしも、父さん！　あたしもよ！」

と、メアリーがいいました。

ふたりは、ほんとにうれしかったのです。

「そうか。来年は小麦が豊作《ほうさく》のはずだから、キャンディーはクリスマスまで待たなくたって食べられる。」

「おいしかった、父さん？　キャンディー食べたら元気になった？」

ローラが、たずねました。

「とってもおいしかったよ。それにずいぶん元気になった。すぐに眠ってしまって、きのうはほとんどと、夜も眠ったはずだ。急に、ぱっと目がさめた。音はなにも聞こえなかった。」

と、父さんはいいました。

「さあて。父さんが深い雪の中に入ってるから雪あらしの音が聞こえないのか、それとも雪が止《や》んだのか？　じいっと耳をすました。とても静まりかえってて、聞こえるのは静けさだ。

いいかい、父さんはアナグマみたいに雪を掘りはじめた。穴から出るには、そんなに時間はかからなかった。雪を引っかきながら雪の土手の上へ出たら、そこはどこだったと思うかい？

プラムクリークの岸の上だ。魚のあのやなをしかけた場所の、ちょうど真上だったよ、
ローラ。」

「えっ、この窓から見えるとこよ。」

と、ローラはいいました。

「そうだ。この家が見えたよ。」

と、父さんはいいました。

あの長くておそろしい時間をずうっと、父さんは、そんな近くにいたのでした。窓辺《まどべ》のランプは、雪あらしの中では、光が見えないのでした。そうでなければ、父さんは光を見ていたはずです。

「父さんの足はこわばってしまってたし、引きつって、立っているのもやっとだった。」

と、父さんはいいました。

「だが家が見えるので、うちへむかって速く歩けるだけ速く歩いた。そして、父さんはここにいる！」

と父さんは、ローラとメアリーを抱きしめながら話を終えました。

それから父さんは、大きなバッファローコートのところへ行き、ポケットから、平たくて四角い、ぴかぴか光っているカンを取りだしました。

父さんは、たずねました。

「クリスマスの食事に、なにを持ってきたと思うかい？」

みんなには、わかりませんでした。

「牡蠣《かき》だよ！」

と、父さんはいいました。

「おいしい、新鮮《しんせん》な牡蠣だ！　買ったときはかちかちに凍《こお》ってた。まだそのままかちかちに凍ってる。さしかけ小屋においといたほうがいいな、キャロライン。そうすれば、あしたまでそのままだ。」

ローラは、カンにさわりました。氷のような冷たさでした。

「オイスタークラッカーはぜんぶ食べてしまったし、クリスマスキャンディーもぜんぶ食べた。だが……」

と、父さんはいいました。

「牡蠣はうちへ持ってきたぞ！」

41 ✣ クリスマスイブ

父さんは、その日の夕方、早めに外まわりの仕事に出ていきました。ジャックは、その後ろにぴったり寄りそっています。ジャックは、父さんから目をはなすまいと思っているのでした。

家に入ってきたときには、父さんもジャックも、冷たくて雪だらけでした。父さんは、足をばたばたとふみならして雪をはらい、古いコートとぼうしを、さしかけ小屋のすぐ近くのくぎのぼうしかけにかけました。

「風がまた吹きはじめたぞ。朝になる前に、また雪あらしになるよ。」

と、父さんはいいました。

「あなたがここにいるんだからチャールズ、ふぶきがどんなにひどくたって気にならないわ。」

と、母さんがいいました。

ジャックは満足《まんぞく》そうに前足をのばして腰《こし》をおろし、父さんは、ストーブで両手をあたためながら腰かけていいます。

「ローラ。バイオリンケースを持ってきたら一曲ひいてあげるよ。」

と、父さんがいいました。

ローラは、バイオリンケースを父さんのところへ持っていきました。

父さんは、バイオリンの音を合わせ、弓にロジン（訳者註《やくしゃちゅう》・精製《せいせい》した松ヤニ）をぬりました。

バイオリンの音は、母さんが夕食を作っているあいだ、家じゅうに鳴りひびきました。

おう、チャーリーは、すてきな若者《わかもの》、
おう、チャーリーは、しゃれ者よ！
チャーリー、娘《むすめ》たちにキスをする
なんとも見事な、その腕《うで》まえよ！

虫くいだらけの小麦なんて
　あたしはいりません、

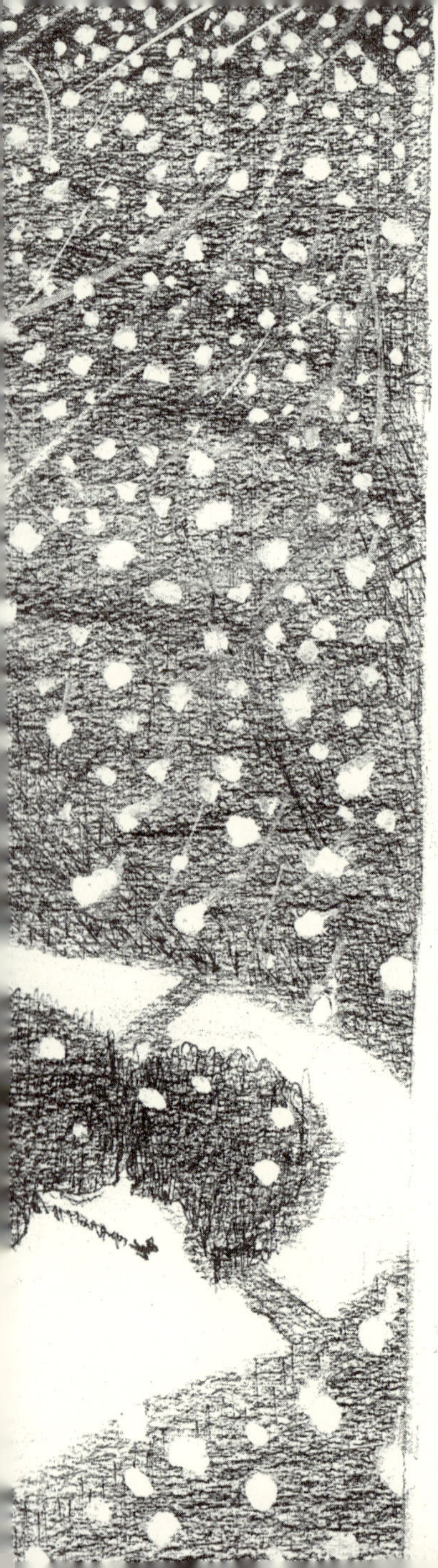

あんたの大豆だって
　　いりません、
今すぐほしいのは
真っ白な小麦粉《こむぎこ》よ、
チャーリーにあげるケーキ
焼くために！

父さんの声は、うかれた曲に乗って、はしゃいでいます。
キャリィは笑いながら手をたたき、ローラの足は、おどっていました。
それから、バイオリンの曲が変わり、父さんは「リリィ・デェール」を歌いはじめました。

おだやかな、静かな夜だった、
月の青白い光は
丘を越え、谷をやさしくてらし……

父さんは、ストーブの前でいそがしくしている母さんを、ちらっと見ました。
メアリーとローラは、すわってバイオリンを聞いているのです。と、バイオリンの音はうきうきした調子になり、高く、低く、父さんの声と歌いました。

メアリー、お皿をならべなさい、
ならべなさい、ならべなさい、
メアリー、お皿をならべなさい、

みんなでお茶を、飲みましょう！

「あたしはなにをするの、父さん？」

ローラは、大きな声でいいました。

メアリーは走っていって、食器だなからお皿とカップを取りだしています。

バイオリンと父さんは、歌いつづけています。高くなった音が、さっとさがってきて歌いました。

ローラは、あと片づけよ、

あと片づけよ、あと片づけ、

ローラは、お皿をさげましょう

みんなのお茶が、すんでから！

それでローラは、メアリーが夕食のテーブルのしたくをして、自分は、すんでから食器をさげればいいのだとわかりました。

外の風は、ますます荒あらしく、ますます大声でキーキーさけんでいます。

雪は、窓にむかって、シュウシュウとうずまきながら吹きつけていました。でも、父さんのバイオリンは、明かりのともった家の中で、あたたかく歌っていました。

メアリーが用意しているテーブルの上の大皿が、ちりんちりんと小さな音をたてています。

キャリィは腰《こし》かけているゆりいすをゆすり、母さんはストーブとテーブルのあいだを、静かに行ったり来たりしています。

母さんは、テーブルのまん中に、ミルク用のなべにいっぱい入っているおいしい茶色のベークド・ビーンズ（よくみのったインゲン豆を、塩《しお》づけブタ肉《にく》とトマトソースに、香辛《こうしん》料《りょう》を加えて蒸《む》し焼《や》きにした物）をおきました。そして今、母さんはオーブンから、四角い焼き皿いっぱいに焼きあがった黄金色《こがねいろ》のトウモロコシパンを取りだしました。

蒸し焼きにした料理の豊かな香《かお》りと、あまいこうばしい香りがいっしょになって、とてもおいしそうに部屋じゅうにみちています。

父さんのバイオリンが、陽気に笑って歌います。

おれは、騎馬水兵《きばすいへい》のジンクス隊長《たいちょう》、
おれの馬には、トウモロコシと大豆だぜ

だから、給料《きゅうりょう》はからっぽだ
おれは、騎馬水兵のジンクス隊長！
おれは、部隊《ぶたい》の隊長だ！

ローラは、ジャックのすべすべした毛並みの頭をなで、耳をかいてやってから、うれしくて両手でその頭を抱きしめました。

なにもかも、とてもいいぐあいです。

イナゴはいなくなり、来年、父さんは小麦を収穫《しゅうかく》できるのです。

あしたはクリスマスで、ごちそうに、牡蠣《かき》のシチューがあります。

贈《おく》り物《もの》もキャンディーもありませんが、ローラには、それ以上、ほしい物は考えられませんでした。

あのクリスマスキャンディーが、父さんを無事《ぶじ》にうちへ連れてきてくれたことが、とてもうれしかったのでした。

「さ、夕食ですよ。」

と母さんが、やさしい声でいいました。

父さんは、ケースの中にバイオリンをしまいました。そして立ちあがって、みんなをぐるっと見まわしました。

父さんの青い目は輝いて、みんなにそそがれていました。

「ごらん、キャロライン。」

と、父さんはいいました。

「あんなに、ローラの目がきらきらしてるよ。」

プラムクリークの川辺で ✢ 訳者あとがき

足沢良子

「大草原の小さな家」シリーズの三巻めは「プラムクリークの川辺で」(*On the Banks of Plum Creek*)。

ここでは、ローラたち一家がインディアン居留地《きょりゅうち》の丸太《まるた》小屋を出て、遠いミネソタ州にやってきたところから物語は始まります。ローラの年齢《ねんれい》も、七歳《さい》からやがて八歳に。

一章から四十一章までの長い物語には、開拓《かいたく》時代の日常《にちじょう》生活のさまざまな悲しみや喜びが、ローラの目を通して語られています。

一家が最初にすんだ家は、ノルウェー人の移住者《いじゅうしゃ》から譲《ゆず》りうけた、土手の土の中にある清潔《せいけつ》な家でした。

父さんは、家族のためにけんめいにはたらきました。畑で、そして隣人《りんじん》の仕事の手伝いに。母さんは、いいました。

「わたしは、はっきりいいますよ。そんなに夢中ではたらいたら、体をこわしてしまいますよ。」

やがて一家は、父さんが隣人の手を借りて作った新しい家へ移ります。その家は丸太ではなく、製材《せいざい》した板で作った家でした。窓には、ガラスも入りました。

クリークからは、何種類もの魚がとれました。父さんは、一家が食べる分より多くは、けっしてとっては来ませんでした。

これは、このシリーズの最初の巻「大きな森の小さな家」の中で、父さんが必要以上の狩りをしなかったのと同じです。

父さんは、クリーク沿いにわなをしかけますが、ビーバーのわなはしかけませんでした。ビーバーは、とても残り少ない野生《やせい》動物でしたから。

冬にそなえてのまきも、父さんは丸太《まるた》をあとからあとから運んできますが、ヤナギやハコヤナギの古木を切りたおすだけで、若木は残しておくのでした。

さて、この物語の半ばで、メアリーとローラ姉妹には、今までの生活にはなかった一つのことが始まります。それは、「学校」でした。

町までの二マイル半の道を、二人は毎日、学校へ通うことになりました。

そこで二人は、どんなことを経験《けいけん》し、なにを学んだでしょうか。

人《ひと》にはそれぞれの性格《せいかく》があり、個性《こせい》というものがあります。その性格は、兄弟姉妹でも全くといっていいほど異なることがあります。ローラと姉のメアリーの場合も、そうでした。

ローラは、非常に強い個性の持ち主です。それはもう、読者もおわかりでしょう。

ローラ自身がもっている長所は、しかしまかりまちがえば欠点にもなり得るものに対して、両親はどう対処《たいしょ》したでしょうか。

この物語の中でえがかれている家庭のしつけ、家庭教育には、読む人の心に深く感じるものがあります。

一家がミネソタ州に落ちついて、小麦の最初の収穫期《しゅうかくき》をむかえたその時、とんでもないものが襲《おそ》ってきました。イナゴの大群《たいぐん》でした。

イナゴの異常《いじょう》発生は、現在でもアフリカなどで時たま起るものです。

小麦もトウモロコシも野菜も、そして野の草もすべて食べつくしてしまったイナゴ。

つかれきった父さんに、母さんはいいます。

「気にすることはないわ、チャールズ。今までも、つらいときを切りぬけてきたわ。」

父さんは、答えます。

「心配は止めよう、キャロライン。できることはぜんぶやったんだから、なんとかやっていけるよ。」

こうしてまた、困難《こんなん》にたちむかっていくのでした。

ローラは、春の大水で水量の増したクリークで水遊びをしようとして、クリークが遊んでなどいないことを身をもって経験しました。クリークの流れは、オオカミや牛の群れのように生き物ではありませんが、強くておそろしい自然の力をもっているのでした。だれもクリークを思いどおりにすることはできません。ローラは、人の力より強いものがあることを知ったのでした。

ローラたち一家は、大草原の冬のおそろしさも経験します。それは、何日も続く雪あらしでした。

最後の章「クリスマスイブ」は、きびしい雪あらしの合い間の、楽しいひとときです。

父さんは、いいました。

「……今、これだけの雪を経験してるんだから、秋にはすばらしい収穫《しゅうかく》まちがいなしだ。」

そして父さんは、バイオリンで陽気な曲、それからしっとりした曲と、自在《じざい》にひきこなします。

やがて母さんが料理する蒸し焼き料理の豊かな香《かお》りと、あまいこうばしいトウモロコシパンの香りがしてきました。

秋には、小麦のすばらしい収穫は、まちがいないことでしょう。

二〇〇五年一〇月

大草原の小さな家　3

プラムクリークの川辺で

On the Banks of Plum Creek

2005年11月　第1刷発行

作 ✣ ローラ・インガルス・ワイルダー　*(Laura Ingalls Wilder)*

訳 ✣ 足沢良子　（たるさわよしこ）

画 ✣ むかいながまさ

発行者 ✣ 間澤洋一

発行所 ✣ 株式会社 草炎社

〒160-0015　東京都新宿区大京町 22-1　HAKUYOHビル 5 階

電話 ✣ 03-3357-2219（編集）　03-5362-5150（営業）　03-5362-2898（FAX）

振替 ✣ 00140-4-46366

製版・印刷 ✣ 株式会社光陽メディア

製本 ✣ 株式会社難波製本

Published by SOEHNSHA, Tokyo, Japan

ISBN 4-88264-184-4　N.D.C. 933　478P

Printed in Japan

みなさんのおたよりをお待ちしております。
おたよりは編集部から著者へおわたしいたします。